T I J A N

FALLEN CREST

Ce livre est une fiction. Les noms, caractères, professions, lieux, événements ou incidents sont les produits de l'imagination de l'auteur utilisés de manière fictive. Toute ressemblance avec des personnages réels, vivants ou morts, serait totalement fortuite.

Titre de l'édition originale : Family – *Fallen Crest*

POUR LA TRADUCTION FRANÇAISE :
Photographie de couverture : © Shutterstock.com
Graphisme : Emmanuel Pinchon
Collection New Romance® créée par Hugues de Saint Vincent

Pour la présente édition :
Collection dirigée par Franck Spengler

34-36, rue La Pérouse
75116 Paris

ISBN : 9782755640540
Dépôt légal : décembre 2019
Imprimé en Espagne par Liber Duplex

TIJAN

FALLEN CREST

#2

Traduit de l'anglais par Florence Mantran

Hugo Poche

NEW ROMANCE®

Cette histoire est dédiée à mes lecteurs.
Vous m'inspirez, tous !

CHAPITRE 1

Jamais je n'avais vu une fête pareille. Le manoir était plein de gens. On avait laissé les portes ouvertes, et le flot des invités se déversait dans le jardin de devant. L'allée des voitures contournait une grande fontaine où quelques filles s'amusaient à barboter. Leurs t-shirts trempés et leurs cheveux en bataille leur donnaient un air ultra-sexy. Les garçons qui traînaient autour, un verre à la main, appréciaient visiblement le spectacle. Plus d'un s'échauffait en imaginant comment la soirée risquait de se terminer. Ils voulaient du sexe… et sans attendre. L'une des filles poussa un glapissement tandis que l'un des garçons la sortait de l'eau en la soulevant dans ses bras.

OK… je préférai passer sans m'arrêter.

Les soirées de Fallen Crest Public étaient considérées comme les plus réussies, mais celle-ci avait déjà une tout autre classe.

Alors que je m'arrêtai devant les marches de l'entrée, une bouffée d'air chaud me parvint de l'intérieur. Il y avait des gens partout. Je me frayai un chemin parmi eux, jusqu'à me retrouver dans le jardin de derrière, qui ouvrait sur une autre piscine, un terrain de basket et un court de tennis. C'était gigantesque !

Des filles passèrent devant moi en riant, suivies à la trace par des garçons surexcités.

Puis quelqu'un buta dans mon dos.

– Oh, désolé, entendis-je derrière moi.

Je pivotai pour tomber sur le regard bleu cristal d'Adam Quinn, celui que, deux mois plus tôt, je considérais encore comme mon ami.

– Oh… lâcha-t-il sans pouvoir ajouter autre chose.

Embarrassé, il finit par me jeter un regard en coin et glissa les mains dans les poches.

Un sourire narquois sur les lèvres, je détaillai son jean sur mesure et sa chemise blanche déboutonnée sous laquelle apparaissait un t-shirt blanc, qui, comme une seconde peau, lui moulait divinement les abdos et le torse. À tous les coups il forçait sur les séances de musculation, mais, bon… en quoi ça me concernait ? Deux mois déjà qu'il avait tiré un trait sur notre amitié. Et, puisque Adam était le chouchou de Fallen Crest Academy, tout le monde l'avait béatement suivi. Plus personne ne me parlait, même sa voisine, la seule que j'avais fini par considérer comme une véritable amie.

– Becky, comment elle va ? lui demandai-je… même si je n'aurais pas dû.

Il tressaillit.

J'éprouvai comme un sentiment de triomphe, mais si bref qu'il disparut aussi sec.

– Euh… fit-il en continuant de fuir mon regard. Elle va bien. Je crois qu'elle sort avec un gars de ton lycée.

– De mon lycée ?

– De FC Public, oui. Tu vois ce que je veux dire. Leur lycée, tu en fais partie, maintenant… donc, oui, ton lycée.

– Je suis toujours à FC Academy, je te signale.

– J'ai entendu autre chose, rétorqua-t-il sèchement.

Tous mes sens étaient en alerte. Je savais de quoi il parlait, mais j'ignorais que c'était déjà sur toutes les lèvres. Franchement nul.

– Qu'est-ce que tu as entendu ?

De nouveau, il regarda ailleurs. Ça n'allait pas traîner. Impossible pour Adam de rester longtemps honnête avec moi.

– Qu'est-ce que tu as entendu ? Dis-moi.

– Allez, Sam.

– Allez, quoi ?

Il était prêt à se tirer, je le sentais. Je lui pris le bras pour l'en empêcher.

– Qu'est-ce que tu as entendu ? répétai-je, mes yeux dans les siens.

– Lâche-moi, dit-il en s'assurant que personne ne nous voyait. Je ne suis même pas censé te parler.

– Mais, enfin, qu'est-ce que tu racontes ?

Un bras s'enroula alors autour de ma taille pour me plaquer contre un torse dur, très dur.

Le menton de Mason se posa sur mon épaule et son souffle me caressa le cou. Un geste totalement possessif qui m'envoya des picotements dans tout le corps, surtout lorsque sa main glissa le long de ma taille pour s'arrêter sur ma hanche. Il me serra contre lui, plus un millimètre ne nous séparait, et je luttai contre le désir de fermer les yeux et de m'abandonner entre ses bras.

– Je dois y aller, marmonna Adam.

Il s'éloigna de quelques pas, puis s'arrêta pour articuler :

– Merci d'avoir invité tout le monde à ta fête.

– Ce n'est pas *ma* fête, corrigea Mason.

Ses mains restaient fermement en place mais je sentais comme une froideur s'installer en lui.

Adam ne broncha pas. Il ne chercha pas à détourner les yeux. Il avait appris. Puis son regard rencontra le mien un instant et, cette fois, il se détourna. Un frisson me parcourut car je percevais sa colère. Mais il se contenta de répliquer :

– C'est la maison de ton meilleur pote, donc c'est *ta* fête aussi.

– C'est la fête de Nate ? m'étonnai-je en cherchant à me retourner entre les bras de Mason.

Ses mains toujours plaquées sur mes hanches, il ne me laissa pas faire. Je lui glissai alors un bras autour du cou pour attirer sa tête vers moi. Lorsque nos yeux se rencontrèrent, je luttai comme une malade pour ne pas fondre littéralement. Son regard vert s'adoucit et un léger sourire lui étira les lèvres.

Quand, de ses doigts, il m'effleura la bouche, je fermai les paupières et lâchai un gémissement de plaisir. Mais, qu'est-ce que je faisais ? Lui saisissant la main, je lui dis :

– Arrête.

– Arrête quoi ? demanda-t-il, amusé.

– C'est la fête de Nate ? insistai-je.

Ça voulait dire une chose : on était chez lui. Et ça signifiait aussi…

– Nate revient ?!

Soudain, quelqu'un nous entoura de ses bras pour nous étreindre plus fort encore… si c'était possible.

– Salut, les kids !

Logan empestait l'alcool.

– Je vous adore, les mecs. Et, vous savez ce que j'adore aussi ?

Mason grimaça. Avec un sourire au coin de ses lèvres, il suggéra

– La copine de Nate ?

Jetant la tête en arrière, Logan poussa un hurlement de loup, avant de répondre d'une voix étonnamment calme :

– Ouais, peut-être…

Il posa alors sur moi un regard dont l'intensité me saisit. Même s'il était troublé par l'alcool, j'y décelai une incroyable gravité. L'expression la plus sincère que Logan m'ait offerte depuis des mois. La sincérité naïve d'un enfant de cinq ans…

– Mason t'a dit ? Nate revient faire le second semestre ici. C'est énorme, non ?

Oui, énorme… Nate était le quatrième membre de notre groupe, mais son absence faisait mal. Quant à Mason, il n'avait pas dit un mot mais, comme il continuait de sourire à Logan, je n'ouvris pas non plus la bouche. Nate revenait. C'était tout ce qui comptait. Jetant un nouveau coup d'œil autour de nous, je doutais encore que cet endroit gigantesque lui appartenait.

– C'est… la maison de Nate ?

J'avais beau l'avoir compris, il fallait qu'on me l'assure. Comme aucun des deux ne me répondait, je continuai de contempler, incrédule, les alentours. Il y avait tant de gens à cette fête. J'en reconnus quelques-uns du lycée – normal, avec Adam ici – et d'autres de Fallen Crest Public. Je voyais aussi certains amis de Mason et de Logan, dont beaucoup venaient de leur lycée. Mais les élèves de Fallen Crest ne formaient tout de même pas la totalité des invités ? Qui d'autre était là, alors ?

– Hé, mec, dis-lui.

– Le truc, c'est que Nate a des amis… assez haut placés, je dirai, répondit Mason sans se départir de son petit sourire.

Pile à cet instant, un acteur très connu nous croisa, une fille pendue à chacun de ses bras.

J'en restai bouche bée. Ça me paraissait incroyable. Les parents de Nate étaient cinéastes, et c'était normal qu'ils connaissent un paquet de gens du cinéma et d'Hollywood. Malgré ça, je n'arrivais toujours pas à y croire.

Agrippant la main de Mason, je lui soufflai :

– Ma mère est dingue de lui.

À ces mots, il bondit en arrière.

– Hé, mollo ! s'exclama Logan, les mains levées vers nous. Pas trop de détails, minette.

– Quoi… ?

– Oui, s'il te plaît, reprit Mason, on ne veut pas savoir à cause de qui ta mère se branle.

– Quoi ? répétai-je sur un ton outré.

Putain… il pensait que…

– Non ! m'écriai-je. Je ne voulais pas dire… non !

Ils pouffèrent de rire tous les deux, et je me sentis d'un seul coup super embarrassée. J'étais furieuse et mortifiée en même temps. Comme je levai la main pour gifler Mason, il me la saisit au vol et en profita pour m'attirer de nouveau contre lui. J'avais le dos contre sa poitrine et il me couvrit de ses bras. Il se tourna alors vers Logan, ses mains descendant lentement sur mes hanches, et son corps ondulant derrière le mien.

– Oh, s'il vous plaît, les gars… se lamenta Logan. Je vis avec vous, n'oubliez pas.

Mason se pencha jusqu'à ce que ses lèvres m'effleurent l'oreille, et je les sentis sourire contre ma peau.

– Mais, personne ne t'oblige à rester, petit frère.

– Attends, je te corrige : je *dois* vivre avec vous. Va vraiment falloir remédier à cette situation, d'ailleurs.

Sur ce, il nous salua avec deux doigts en l'air et s'éloigna. L'instant d'après, il ralentit l'allure, glissa les mains dans ses poches et laissa tomber ses épaules, ce qui lui donna une tout autre allure. Son geste s'expliqua quand on vit arriver devant lui un groupe de filles. Cette façon de se tasser sur lui-même lui donnait un air vulnérable, quasiment irrésistible pour la gent féminine quand il se doublait d'une réputation dangereuse.

Mason rit contre ma nuque. Puis il me prit l'oreille avec les dents et la mordilla tendrement.

Émoustillée, je me hissai sur la pointe des pieds tandis qu'il jouait avec mon lobe, sur lequel il tira doucement, amoureusement. Sensuellement. Une vague de chaleur me saisit l'entrejambe pour s'y engouffrer sans pitié. Comme ses hanches se mouvaient lascivement contre mes fesses, je m'y abandonnai et fermai les yeux de plaisir. C'était trop. Tellement trop. Le même désir puissant s'empara de moi, et je me sentis partir.

– Mason… soufflai-je au bord de l'asphyxie

Mon bras se leva vers son cou et sa bouche, lentement, s'aventura de plus en plus bas. C'est à peine si je me rendis compte qu'il me faisait pivoter entre ses mains. Le torse pressé contre mes seins, il souleva une de mes jambes afin de s'immiscer plus profond entre elles. Je m'arc-boutai contre lui, je cherchai à respirer mais, aussitôt, ses lèvres couvrirent les miennes.

Je perdis tout contrôle.

Il réclamait, il ordonnait, il exigeait, et je ne pouvais rien contre lui. Sa langue se glissa dans ma bouche offerte, et il laissa échapper un grognement de satisfaction. Le sentiment de toute-puissance que je ressentis alors devint vite toxique. J'en voulais davantage, et ma langue rencontra de nouveau la sienne, pour la caresser et la taquiner en même temps. Puis je la retirai pour lui effleurer la lèvre supérieure et, tandis que j'ouvrais des paupières lourdes de désir, je lus dans ses yeux la même avidité gourmande. Je savais alors qu'il ne se passerait pas longtemps avant que Mason ne se retrouve en moi, puissant et fiévreux.

Un frisson de délice me parcourut. Je ne voulais rien d'autre que ça.

– Je sais que vous êtes tous les deux des bêtes en rut, amoureux et tout le bazar, mais peut-être pas au point de nous faire une sexe tape amateur ici même.

On s'écarta l'un de l'autre, haletants, pour découvrir un Nate au visage hilare, qui nous montra un groupe d'invités, caméras à la main, prêts à appuyer sur le bouton d'enregistrement.

– Salut, Nate, articulai-je d'une voix rauque.

Affreusement embarrassé, je me sentis rougir jusqu'aux oreilles. Je n'arrivais pas à croire que j'avais presque perdu tout contrôle, comme Mason, d'ailleurs. C'était lui qui donnait le ton, et, la plupart du temps, je le laissais agir. Mais il n'était pas non plus loin de l'addiction quand on se lançait dans ce genre d'ébats. Je le devinais tout aussi accro que moi !

Mason laissa échapper un juron – que je fus la seule à entendre – et se tourna aussitôt, de sorte que les gens ne voyaient plus que son dos, et rien de moi.

– Hello, Sam.

Je tressaillis devant la gaîté qu'il montrait. La main de Mason attira mon visage vers son épaule et, quand il parla, je sentis sa voix, tendue comme un arc, vibrer dans sa poitrine.

– Merci, mec.

– Quand tu veux.

Nate semblait s'amuser de la situation. En venant poser ses lèvres sur mon front, il murmura avant de s'écarter de nous :

– C'est sympa de te voir aussi, Sam. Sois gentille avec mon pote, tu veux ?

Après son départ, Mason repoussa les cheveux de mon visage et plongea ses yeux dans les miens. En percevant la chaleur de son regard, mon cœur se mit à battre plus fort. C'était donc encore possible. Deux mois, déjà, qu'on se voyait nuit et jour, et aucun de nous ne semblait se lasser de l'autre. J'ignorais d'ailleurs ce que je ferais si ça arrivait, si un tel cauchemar survenait.

Tout ce que je savais, tandis que Mason continuait de me serrer contre lui, c'était que je ne pouvais pas me permettre de le perdre. Ni lui, ni aucun des deux autres, que ce soit Logan ou Nate. C'étaient les seuls amis que j'avais sur cette terre.

Un début de panique chercha à s'emparer de moi, que je parvins heureusement à contenir. Il le fallait. Je ne pouvais pas faiblir. Pas dans ses bras. Jamais dans ses bras.

CHAPITRE 2

La fête se prolongea sans incident jusqu'au bout de la nuit, et j'en fus soulagée. Fidèle à son habitude, Mason ne me quitta pas d'une semelle, même si une tonne de ses amis le réclamait ici et là. La plupart du temps, les élèves d'un même lycée formaient un groupe indissociable, et, moi, je ne faisais pas partie de ce groupe. Que je sois ou pas la petite amie de Mason, ils continuaient de me considérer comme une gosse de riche snobinarde de Fallen Crest Academy. D'accord. Je n'avais pas le statut financier de mes camarades de classe – loin de là – mais ce n'était pas pour ça je n'avais pas mes entrées parmi eux. Le père de Mason et de Logan était l'un des hommes les plus fortunés de Fallen Crest, ce qui ne l'empêchait pas d'être accepté dans tous les cercles.

Je n'étais pas idiote.

Les filles ne m'aimaient pas car je sortais avec celui qu'elles considéraient comme inapprochable, excepté les rares fois où il en avait choisi une pour une relation physique. Maintenant qu'il avait une petite amie, elles étaient dégoûtées. Elles me vomissaient, m'insultaient, allaient jusqu'à me brutaliser parfois, mais jamais en la présence de Logan ou Mason bien sûr ! Quant aux garçons, les uns me jetaient des regards mauvais tandis que les autres restaient à l'écart. Nate m'avoua même un jour que certains d'entre eux se demandaient si je finirais par « changer » Mason.

Ce n'était pourtant absolument pas mon intention.

Jamais je ne discutais quand Mason m'annonçait qu'il allait à une soirée. Après m'être fait agresser pour la troisième fois par une fille en colère, je décidai de ne plus l'accompagner dans ses sorties. Sur le moment, ça le déstabilisa, mais je haussai les épaules devant ses questions. Je lui dis que je préférais partir courir et il lâcha l'affaire. Ce n'était même pas un mensonge de ma part. J'adorais courir, et les fêtes, ce n'était pas ma tasse de thé. J'y allais uniquement parce que mes deux meilleures amies et mon ex-petit ami m'y entraînaient. Mais, depuis, on ne se voyait plus. Je n'avais pas de copains non plus au lycée. Personne ne m'invitait à des soirées, qu'elles soient organisées par Fallen Crest Academy ou Fallen Crest Public, ces dernières étant considérées comme les plus réussies.

Quant à la fête de Nate, elle dépassait tout ce qu'on pouvait imaginer.

En faisant la queue devant les toilettes, une fille me dit avoir vu des élèves d'autres lycées. Ce qui n'avait rien de surprenant. Si Mason et Logan étaient les boss dans leur école, Fallen Crest Academy avait aussi ses chefs, et je m'étonnais qu'il n'y ait pas plus d'écoles représentées à la fête de Nate.

Même s'il avait été forcé de s'éloigner après sa grosse embrouille avec Mason, Nate revenait assez souvent pour donner l'impression de vivre ici. Aujourd'hui, il rentrait pour leur dernier trimestre au lycée. Ils termineraient l'année ensemble, et ils continueraient ensuite, toujours ensemble. Mason ne parlait pas beaucoup de ses études supérieures, mais je savais qu'il s'était inscrit dans une université où il pourrait jouer au foot. Nate y étudierait aussi. Ils seraient donc copains de chambre et, à mon avis, Logan entrerait lui aussi dans la boucle un an après. Mais pour l'instant, je préférai arrêter de penser à ça…

Je n'aimais pas imaginer le jour où Mason partirait. J'aimais encore moins songer au dilemme qui se présenterait à moi au prochain semestre.

– Tu as l'air pensive, me souffla Mason en roulant de côté sur le lit.

Il me glissa un bras autour de la taille et m'attira contre lui avant de me passer une jambe sur la hanche. Ainsi blottie, le dos contre lui, je me sentais en sécurité.

Je souris en sentant le désir me picoter la peau. Il ne m'en fallait pas beaucoup pour ça, juste un contact, une caresse et l'idée de ce qui allait se passer. Quand je me retournai vers lui, son regard palpitait, et un léger sourire lui étirait le coin des lèvres. Je lui pris la joue et me pressai contre son torse.

J'avais l'impression de ne jamais pouvoir me rassasier de lui.

– Sam, murmura-t-il.

– Oui…

Ma main se promena sur sa poitrine puis s'aventura plus bas, sur ses hanches étroites. Je lui caressai les muscles, si parfaitement sculptés qu'ils paraissaient avoir été retravaillés sur Photoshop. Lorsqu'un de mes doigts se glissa sous la ceinture de son boxer, il étouffa un hoquet. Anticiper les instants de délice qui nous attendaient me fit sourire. J'aimais le toucher. J'aimais le faire gémir de plaisir et, tandis que je le faisais rouler sur le dos pour le chevaucher, je vis son regard se perdre dans le mien.

– Tu me donnes le vertige… articula-t-il d'une voix fiévreuse.

Une main plaquée sur mes fesses, il laissa ses doigts me pénétrer en m'arrachant un petit cri de plaisir. J'accentuai le mouvement de mes hanches contre lui et il s'aventura plus loin encore en moi. Les yeux clos, je me sentis partir vers l'extase lorsque la sonnerie de son téléphone retentit.

On se figea dans un même mouvement.

Il sonna de nouveau.

Nos yeux se rencontrèrent, on savait tous les deux qui appelaient. On en avait discuté la veille au soir quand j'avais choisi d'éteindre mon téléphone.

Puisque la fête avait lieu chez les parents de Nate, Mason avait préféré y passer la nuit. Le choix avait été facile : c'était soit le manoir des Kade, où ma mère s'était mis en tête d'interdire à Mason l'entrée de ma chambre, soit la maison de son meilleur ami. Il ne nous restait plus qu'à décider ce qu'il fallait faire pour l'empêcher de m'appeler.

Je n'aimais pas éteindre mon téléphone. Non pas que je recevais beaucoup d'appels ou de textos, mais il était arrivé que Mason ou Logan se blessent ou se fassent agresser. C'est comme ça que j'avais manqué un appel de Mason alors qu'il venait d'être impliqué dans une sale bagarre, et je m'étais promis de ne jamais recommencer l'expérience. En même temps, il m'avait promis que si je refusais de prendre le moindre appel, il s'occuperait lui-même d'arranger les choses le lendemain avec ma mère et son père.

Le téléphone sonna pour la troisième fois.

Mason maugréa et se dégagea de mon étreinte. Il décrocha, se leva et partit vers la salle de bains.

– Quoi ? l'entendis-je articuler.

L'eau se mit à couler et, en le rejoignant, je vis qu'il avait posé le téléphone sur une étagère avant de se glisser sous la douche. Quand il en sortit, la voix de son père résonnait encore avec force dans l'appareil. Mason semblait furieux mais je savais que sa contrariété était due à ma mère. Quand elle avait quelque chose en tête, Ann-Lise était comme un chien déterrant un os. Et elle avait décidé que je ne devais pas forniquer avec mon demi-frère !

Mason, qui avait très mal pris la chose, leur avait dit d'aller se faire foutre. S'ensuivirent des disputes, des cris, toutes sortes de menaces et même, une fois seulement, du chantage. Mais rien ne l'avait découragé. Il avait fait front et, moi, je m'étais mise à courir de plus en plus longtemps. Puis, un jour, alors que je revenais d'un running de cinq heures, ma mère nous avait surpris tous les deux en nous disant qu'on pouvait se voir… à condition de ne pas coucher ensemble. Jamais.

Une interdiction qu'on s'empressa évidemment d'ignorer, mais qu'elle s'obstina malgré tout à nous imposer. Bonjour, la détermination !

– … et tu diras à Samantha de rappeler sa mère. Ann-Lise est totalement bouleversée. J'ai dû l'emmener à l'hôpital afin de l'aider à se calmer. Elle n'a pas dormi de la nuit.

Après s'être séché, Mason s'approcha de moi, m'embrassa le front et me poussa gentiment sous la douche. Un sourire en coin, une petite tape sur les fesses, et il repartit dans sa chambre, son téléphone à la main.

Ma toilette terminée, je sortis de la salle de bains pour constater que Mason avait disparu. Je m'habillai alors puis descendis à la cuisine. Notre chambre se trouvait au fond d'un couloir donnant sur le palier du premier étage, qui formait un cercle. Avant de prendre l'escalier, je passai devant une série d'autres chambres qui semblaient occuper tout l'étage. La maison n'était en fait qu'un grand cercle au milieu duquel trônait une fontaine. Arrivée en bas, j'entendis l'eau s'écouler. Des bruits me parvinrent aussi d'un coin un peu à l'écart. Je préférai donc tourner sur la gauche et couper par le salon pour rejoindre la cuisine.

Un groupe de gens était agglutiné devant le comptoir et autour de l'îlot central. Nate était aux fourneaux, une fille littéralement collée à lui. Elle portait une espèce de chemise blanche qui lui couvrait à peine les seins, et un short en jean qui lui couvrait à peine les fesses ! Un sourire gourmand aux lèvres, elle dévorait Nate d'un regard enjôleur.

À cette vision, je ne pus retenir un cri.

Le son aigu se répercuta dans toute la pièce, stoppant net toutes les conversations.

Je ne vis Ni Mason ni Logan, mais seulement le groupe d'amis qui me considéraient d'un air dégoûté. Un des garçons, une bière à la main, se redressa contre le comptoir et me décocha un regard plein de mépris.

– T'as un problème ?

Nate se précipita sur lui.

– Ethan, s'il te plaît, ne commence pas.

– Quoi ? tu l'as entendue ?

– Oui.

Une main sur la hanche, sa copine prit une pose de défi avant de déclarer :

– Tu l'as entendue ? C'était pas très gentil, Nate. Et c'est moi qu'elle visait. Elle me prend pour une bouffonne.

– Et toi, tu as été gentille avec elle ?

Un frisson me parcourut en revoyant le regard de Nate au moment où j'entrais dans la cuisine. Il était alors tranquille, détendu. Puis, interpellé par la réaction de ses amis, il avait plissé les yeux… des yeux qui, maintenant, luisaient de colère. La fille recula et tout le monde se tut. Il émanait du meilleur ami de Mason une autorité que je ne lui connaissais pas. Si un jour j'avais douté du lien qui les unissait, je n'en doutais plus une seconde. C'était Mason, avec juste une allure et un corps différents. Il se dégageait d'eux la même puissance, la même assurance. Et je ne le découvrais que maintenant.

La lèvre retroussée en une moue de dégoût, il s'approcha d'Ethan. D'un revers de main, il envoya balader sa bière avant d'en écraser nerveusement la canette par terre.

Puis, d'une voix glaciale, Nate lui dit :

– Tu as été plus qu'impoli avec elle, et eux, ils ne le savent pas.

Ses yeux scannèrent un instant le groupe puis il enchaîna :

– Réfléchis un peu. Tu crois qu'ils vont accepter ton attitude envers elle ? Tu as envie de te faire botter le cul ? Eh bien, continue de la maltraiter.

Il s'interrompit, inspira profondément puis ajouta :

– Elle n'a pas dit un mot. Réfléchissez à ça, vous aussi, bande de trous du cul.

– Chéri, geignit la fille près de lui en lui tendant une main.

Nate l'ignora et, les poings serrés, quitta la cuisine… me laissant seule au milieu d'un groupe qui ne me supportait pas.

Bientôt, une armada de regards hostiles me fusilla.

Je n'arrivai plus à respirer.

Une boule dans la gorge, je restai tétanisée. J'avais attaqué quelqu'un ? Certainement pas. Alors, je devais attendre d'être attaquée ? Je savais qu'ils n'hésiteraient pas. C'est là que j'entendis :

– Espèce de salope !

Et, voilà.

C'était la fille qui était avec Nate. Crânant devant moi dans sa tenue ridicule, elle jeta en arrière ses longs cheveux noirs. Et, soudain, quelque chose me revint. Je me rappelai certains de leurs noms. Kate, par exemple, était la meneuse. J'étais quasi sûre qu'elle avait profité des « bontés » de Mason avant qu'il sorte avec moi, et cette fille était sa meilleure amie. Oui… Parker… je m'en souvenais, à présent.

J'ouvris la bouche, prête à riposter. J'ignorais encore ce que j'allais dire, mais ça viendrait. J'espérais seulement que ça ait un sens ou que ça ne m'attire pas encore plus d'ennuis. Ces vacheries perpétuelles, ces agressions verbales en permanence, ça commençait vraiment à me saouler.

Mais, c'est là qu'Ethan intervint de nouveau. Balançant dans l'évier sa canette écrasée par les soins de Nate, il ordonna :

– Laisse tomber, Parker.

Elle se retourna vivement, ses seins se balançant l'un contre l'autre, et lâcha :

– Tu rigoles ?!

Il soupira, se passa une main sur le visage.

– Non, Nate a raison. Laisse-la tranquille. Kade la kiffe, alors laisse-la. Elle ne va rien te faire, et j'en ai marre de tout ça. Je n'ai pas l'intention de m'en prendre plein la gueule, et c'est ce qui risque d'arriver, si on continue. Tu vas dire quelque chose devant eux et ça foutra le bordel.

– Mais…

Il s'écarta du comptoir et croisa les bras, ce qui fit magistralement ressortir ses biceps d'athlète.

– Tu ne feras rien du tout, tu entends ? Pas tant que je serai là. Laisse pisser. Et va dire ça à toutes tes petites copines. Ça leur fera très plaisir, je le sens.

Bouche bée d'indignation, elle resta muette. Mais pas longtemps. Quand un gars laissa échapper un petit hennissement, elle explosa.

– Ta gueule, Strauss ! C'est pas ton affaire !

Rigolant de plus belle, il se tapa la cuisse avant d'ajouter :

– C'est super marrant de te voir te faire botter le cul.

Si elle avait pu me tuer, elle n'aurait pas hésité. Livide, elle croisa les bras et articula :

– Tu vas me payer ça. Les mecs sont peut-être de ton côté, mais pas nous, et tu vas le sentir. T'as intérêt à faire gaffe à tes fesses, maintenant.

Elle sortit d'un pas rageur, et je savais qu'elle allait me bousculer au passage. Mais je réagis avant, et c'est moi qui lui mis un coup d'épaule. Elle alla rebondir contre le comptoir, avec un hoquet de surprise. Me jetant un regard haineux, elle se redressa et quitta la pièce brusquement.

Un silence de plomb s'installa alors dans la cuisine.

Le cœur battant, j'attendis l'attaque suivante. Viendrait-elle de la poignée de filles qui se tenaient au milieu des garçons ?

Je n'étais pas stupide. Je savais que les amis de Mason et Logan, ceux de Fallen Crest Public, venaient d'un milieu populaire où l'argent n'était pas roi. Ils se fichaient bien de savoir qui se faisait offrir des voyages par papa et maman, quel parent fricotait secrètement avec tel autre parent, ou encore qui trompait qui avec sa secrétaire. C'étaient des gamins qui ne se la racontaient pas, qui vivaient à fond et qui se serraient les coudes. Ils étaient soudés, super unis, et savaient la fermer quand il le fallait. Ils n'étaient pas débiles non plus, même si ceux de mon lycée les considérés plutôt comme des abrutis. Et je savais qu'il venait de se passer là quelque chose d'essentiel.

Ethan, le quatrième chef après Mason, Logan et Nate, s'était retourné contre l'une des filles. Un nouveau fossé venait de s'ouvrir. Elles allaient me haïr maintenant, contrairement aux garçons qui la jouaient plus cool. À en juger par les petits rires qui fusaient à droite et à gauche, on aurait dit qu'ils attendaient ça depuis longtemps. Et puis, pour être franc, qui avait envie d'aller se frotter à Mason ou Logan ?

Moi, par contre, j'avais une bataille à livrer. Les filles n'allaient pas me ménager. Et puisqu'elles n'avaient plus le soutien des garçons, j'imaginais qu'elles me feraient les pires coups.

Je sentais que ça allait être l'enfer.

Si Kate était leur chef, et Parker, son acolyte, deux autres filles composaient ce quatuor : Natalie et Jasmine. Elles n'étaient pas avec nous dans la cuisine, ce matin, mais je savais qu'elles ne traînaient pas loin. Et, un jour ou l'autre, elles allaient me tomber dessus.

Ethan partit attraper une autre bière dans le frigo. Appuyé au comptoir, une jambe passée devant l'autre, il croisa les bras et me gratifia d'un sourire narquois.

– Toi, tu vas avoir besoin d'apprendre à botter le cul de certaines. Ces nanas, elles se foutent pas mal de savoir ce que pensent Mason et Logan. Ce sont de vraies salopes, qui vivent en meute. Tu as intérêt à te méfier… et à savoir mordre.

L'enfer… c'est bien ce que je disais.

Je ne pensais pas que le running allait m'être utile dans cette histoire, et je n'étais pas surprise. Je savais que tout ça finirait par arriver. C'était un groupe que je devais combattre avec mes propres armes, pour prouver que je méritais ma place parmi eux.

CHAPITRE 3

Mason n'était pas dans notre chambre quand j'y retournai. Je partis donc à sa recherche. En passant devant un escalier qui descendait au sous-sol, j'entendis siffler derrière moi.

– Sam, qu'est-ce qui se passe ?

Logan remontait les marches, torse nu et le jean ouvert. Ses cheveux étaient ébouriffés, comme s'il venait de se réveiller ou de s'envoyer en l'air. Avec lui, on ne savait jamais. Et, là, j'eus ma réponse.

J'ouvris des yeux énormes. Jessica le suivait. Sa tunique partait en vrille et elle reboutonnait son jean. Une masse de cheveux lui couvrait le visage, qu'elle repoussa négligemment avant de s'arrêter derrière Logan.

Avec un sourire suffisant, elle s'appuya contre le mur.

– Oh, salut, Sam… ça va ?

– Tu te moques de moi ? demandai-je à Logan.

Une lueur de regret traversa son regard quand il tendit la main vers moi.

– Tu vas bien ? Tu as l'air contrariée.

– Tu l'as baisée ?

– Tu semblais contrariée même avant de nous voir. Qu'est-ce qui se passe ?

– Oh…

Il n'avait pas envie de parler de Jessica. D'accord, je comprenais le message. J'avais la haine. Je ne supportais pas l'idée de les savoir ensemble, lui et elle. C'était l'un de mes pires cauchemars.

– Si tu sors avec elle… je disparais.

Il plissa les yeux une demi-seconde, ce fut sa seule réaction. Puis il esquissa un sourire insolent et lâcha :

– Oh, Sam, franchement. Ce n'est pas grand-chose, je te le jure.

– Quoi ? Pauvre type, grinça Jessica à côté de lui.

– Mais il s'est passé quelque chose, continua-t-il. Raconte.

– Logan… lui dis-je, une main sur le front.

Et voilà qu'une migraine me saisissait, une de celle je ne pourrais pas arrêter, je le savais. Dans une heure, j'aurais mal à me taper la tête contre les murs, et je me retrouverais vite fait par terre dans la salle de bains.

– … je suis incapable de quoi que ce soit, là. Je veux juste savoir où est Mason. Tu le sais ?

Un grognement me répondit.

Je pivotai vers elle.

– Toi, je ne veux plus t'entendre ! Ce matin, ça n'a pas été la joie, et je meurs d'envie de me défouler sur toi. Vraiment.

Elle me décocha un regard hautain mais ne rétorqua rien. J'étais interloquée. Jessica n'était pas du genre à manquer de répartie quand il s'agissait de cracher son venin. Elle était comme ça, méchante de nature. Mais je me rendis compte qu'elle gardait sa langue à cause de Logan. Elle le défendait. Je n'y croyais pas. J'avais envie de m'arracher les cheveux. J'ignorais ce qu'elle avait pu lui dire ou lui faire pour obtenir ça de lui, mais je sentais que c'était pervers. Puis, je me souvins de quelque chose.

– Tu ne sors plus avec Jeff ?

– Si, fit-elle en haussant les épaules, mais on a une relation… plutôt libre, si tu vois ce que je veux dire. Tu es bien placée pour le savoir.

Son sourire plein de suffisance m'horripila. Sans réfléchir, je lui balançai une gifle.

Elle s'étrangla de surprise. Quand elle me lança un regard plein de haine, je reconnus la bonne vieille Jessica. Le souffle court, elle essayait tant bien que mal de reprendre le contrôle d'elle-même.

– Tu as été ma meilleure amie pendant des années, lui dis-je alors d'un ton acide. Je suis sortie avec Jeff pendant trois ans. Si tu crois que ça m'a encore plus blessée d'apprendre que tu te l'envoyais depuis deux ans, tu te goures, ma pauvre fille. C'est un ami, que j'ai perdu, et en même temps, mes deux meilleures amies.

Soudain, son regard changea, et sa main retomba lentement de sa joue.

– Bon, d'accord, toutes les deux, intervint Logan.

Sa main sur mon épaule, il me poussa en arrière et demanda :

– Qu'est-ce tu as ? Qu'est-ce qui s'est passé, ce matin ?

Je le laissai m'entraîner dans un couloir, loin de Jessica. En me retournant, je la vis s'éloigner dans l'autre sens. J'espérais qu'elle allait partir. Je ne supportais plus de la voir rôder ici, dans mon univers. Pas question qu'elle me pourrisse une deuxième fois la vie.

Mais, d'abord, je devais mettre les choses au point avec Logan.

– Alors, tu as couché avec elle ?

Embarrassé, il se passa une main dans les cheveux, se frotta la joue et lâcha un profond soupir.

– Écoute, je ne savais pas ce que je faisais, hier soir.

– Tu l'as fait oui ou non ?

Ça faisait mal. Très mal.

– Oui… soupira-t-il. Je suis désolé, Sam. Je… je n'ai pas pensé à toi. Ça semblait tellement loin, et puis j'étais pinté. J'étais seul… vautré sur le canapé, en bas, et elle était là. Elle m'a susurré des tas de choses douces… j'avais ses mains partout sur moi… j'ai aimé ça… Beaucoup. Cette nana, elle est bonne au lit, c'est vrai mais… merde, j'aurais dû réfléchir. Franchement, je suis désolé. Sincèrement.

– Elle m'a pris mes amis.

C'était dur d'admettre ça, mais il le fallait. Jeff n'était pas le plus clean des gars, mais j'étais sûre qu'elle l'avait séduit. Et qu'elle avait demandé à Lydia de les couvrir. Elle me les avait pris tous les deux. Et quand la vérité avait éclaté, elle avait tenté d'en retourner d'autres contre moi. Qu'est-ce que je lui avais fait de si horrible pour mériter ça ? Je n'en avais pas la moindre idée. C'était ça, le pire. J'ignorais pourquoi cette fille que j'aimais depuis l'enfance me haïssait à ce point. Mais avait-on vraiment été amies un jour ?

Un bras puissant m'entoura les épaules et je me sentis attirée vers la poitrine de Logan, qui me déposa un baiser sur le front.

– Je regrette vraiment, Sam. Mais je te promets que ce qui s'est passé la nuit dernière ne s'est produit qu'une fois, et que ça ne se reproduira pas. Il n'y aura plus jamais rien entre cette fille et moi. Je suis désolé…

Je hochai tristement la tête. Ce qu'il venait de me dire me consolait un peu. Mais tant que Jessica n'aurait pas de nouveau surgi dans ma vie, j'ignorais le mal qu'elle pouvait encore me faire. Je ravalai mes larmes et ma colère, puis me tournai vers Logan qui disait :

– … pool house, peut-être.

– Hein ?

– Si tu cherches Mason, il est probablement du côté de la piscine. C'est là que lui et Nate ont l'habitude de se retrouver pour être tranquilles. Ils pensent que personne n'est au courant, mais on le sait tous !

Il me sourit et me serra dans ses bras.

– Ça va mieux ?

– Oui, ça ira. Elle me rappelle de sales souvenirs, c'est tout.

– D'accord.

Il bâilla et se passa une nouvelle fois une main sur le visage.

– Il faut vraiment que je me réveille. Tu as mangé quelque chose ?

– Oui, j'étais à la cuisine.

– OK. Va voir du côté du pool house, je suis sûr qu'il y est. Moi je vais grignoter un morceau.

Il me déposa un autre baiser sur le front avant de me laisser partir. Je le regardai s'éloigner d'un pas tranquille. Jamais je n'aurais cru que Logan savait parler sans jouer les caïds.

En passant l'une des portes de la terrasse couverte, je découvris pas mal de gens autour de la piscine. Comme je ne reconnaissais personne, je continuai vers le pool house. En y entrant, je trouvai Mason assis sur un tabouret de bar, un café fumant devant lui, et auquel il semblait n'avoir pas encore touché. Les deux coudes sur le comptoir, il avait son téléphone collé à l'oreille.

– Salut, toi, résonna alors une voix derrière moi.

Je bondis et me retournai.

Nate était allongé sur un canapé, le visage barré d'un énorme sourire.

– Il est resté une éternité au téléphone, me dit-il en indiquant Mason. Il parlait avec son père.

Je le regardai mais il ne me fit aucun signe. Puis j'entendis ses mots :

– Va te faire foutre, papa ! Je ne plaisante pas !

Je fus frappée par l'hostilité de sa voix… et encore plus par le petit rire qu'émit Nate derrière moi.

– Tu trouves ça drôle ?

– Oui, avoua-t-il sans se départir de son sourire.

Allongeant un bras sur le dossier, il ajouta :

– Quand Mason est vénère, ce n'est jamais bon pour la personne qu'il a en face. Et, puisque c'est son père, j'attends avec impatience de savoir ce qu'on va faire.

– Si c'est ce que tu veux, très bien ! continua Mason avant de raccrocher et de plaquer brutalement son téléphone sur le bar.

Il descendit du tabouret mais se figea sur place en me voyant. Toute sa colère sembla s'évanouir, et il soupira.

– Je suis désolé, Sam. Vraiment.

– Mais, de quoi tu parles ? demandai-je. Qu'est-ce qu'à dit ton père ?

– Ta mère est une vraie garce. On est censés rentrer à la maison. Et tout de suite.

– Qu'est-ce qu'il a dit d'autre ?

Je savais qu'il y avait plus que ça. Je le voyais à son expression, mais il secoua la tête.

– Mason… ? insistai-je.

– Il faut qu'on rentre.

Je sentais qu'il était très mal. Mason ne cédait jamais devant personne, et c'était pourtant ce qu'il était en train de faire. Je redoutais le pire. Je ne voulais pas retourner au manoir. Je ne voulais pas avoir affaire à ma mère, surtout pas quand elle semblait avoir autant troublé Mason.

Nate se leva pour nous accompagner, un petit sourire sur le visage comme s'il anticipait un feu d'artifice. Mais Mason l'arrêta d'une main.

– Non, mec. C'est juste Sam et moi.

Son sourire s'évanouit, il redressa bien haut son mètre quatre-vingt-dix, se carra les épaules et demanda :

– Tu es sûr ?

– Oui.

– Et, Logan ?

– Tu évites de lui dire ce qui se passe.

Posant une main sur mon dos, il me fit passer devant lui. Puis, il s'arrêta devant la porte, et lança à Nate :

– Garde-le ici. Tranquille. Inutile qu'il se précipite là-bas, ça ne ferait qu'aggraver la situation.

Nate hocha la tête. Mission reçue et acceptée.

Cet échange entre eux fit naître en moi un sentiment étrange. Je n'aimais pas cette espèce d'entente tacite qui excluait tout le monde de leur précieux petit duo. S'ils faisaient ça vis-à-vis de Logan, ils pouvaient tout aussi bien le faire avec moi. Et ça ne me plaisait pas. Je n'aimais pas l'idée que Mason ait quelqu'un qui puisse me « gérer », comme il demandait à Nate de gérer Logan, parfois.

Mais je me gardai de dire quoi que ce soit. J'avais trop peur, non pas de la réaction de Mason, mais de moi-même, car je ne me sentais plus la force de maîtriser ce genre d'émotions. Comme celle qui m'avait envahie quelques minutes auparavant en découvrant Jessica et Logan ensemble. En même temps, je commençais à réaliser tout ce que j'avais dû enfouir depuis le début de l'année, et ce n'était que la partie émergée de l'iceberg. Il y avait encore tant de douleur cachée en moi… Tandis que je quittais discrètement la maison de Nate pour monter dans l'Escalade aux côtés de Mason, je savais qu'on ne partait pas pour un agréable après-midi de baisers et de câlins. On partait retrouver ma mère et son père.

Et j'imaginais déjà le pire.

Alors qu'on se dirigeait vers la ville, j'éteignis la radio, me calai contre le dossier, puis inspirai longuement avant de poser la question qui me taraudait :

– Alors, ton père, qu'est-ce qu'il a dit ?

Mason ne parut pas réagir mais je le sentis se tendre imperceptiblement. Puis il laissa tomber :

– Ta mère voudrait que l'un de nous deux quitte la maison.

– Quoi ?!

– Je ne veux pas partir et je ne veux pas non plus que tu t'en ailles. Je ne veux pas être obligé de te voir en cachette, encore moins sentir ta mère fouiner dans notre dos quand on est à la maison. J'ai eu à gérer des problèmes tellement plus graves qu'elle. Franchement, ça me gonfle. Et puis elle était où quand elle t'a larguée comme ça chez nous, sans amis et sans père ? Elle s'est tirée avec papa, et voilà que, maintenant, elle voudrait jouer à être ta mère ?

Il lâcha un juron et secoua violemment la tête. Ses yeux étincelaient de colère.

– Je n'arrive pas à croire ce qu'ils nous font, tous les deux, poursuivit-il. Papa le sait très bien. On s'est élevés tout seuls. C'est moi qui ai élevé Logan. Lui, il n'était jamais là. Soit il trompait maman, soit il était en voyage d'affaires. Oui, c'est moi qui ai élevé Logan, pas lui. Et voilà qu'il décide tout d'un coup d'être mon père ? Non, mais, j'hallucine. J'ai dix-huit ans. Je pars à la fin de l'été, et il me fait ça maintenant ?

Je pars à la fin de l'été... Ces mots me heurtèrent de plein fouet. Je m'écrasai dans mon siège. Je savais que Mason allait partir, mais je ne voulais pas y penser. Il s'en allait. Il s'en allait pour de bon.

Il allait disparaître.

Je ne voulais pas retourner au manoir.

– Arrête-toi.

– Quoi ?

– Arrête la voiture. Dépose-moi là.

– Mais… pourquoi ?

Il ralentit et tourna dans un parking.

– Qu'est-ce qui se passe ?

– Je ne vais pas faire ce qu'ils demandent. Tu as raison. Je sais que ma mère veut qu'on arrête de coucher ensemble, mais c'est impossible.

Je ne voulais pas arrêter. J'en étais incapable.

– Non, calme-toi, Sam, répliqua-t-il d'une voix douce en m'attirant vers lui. On ne se quittera pas, je te le promets. C'est juste que je ne sais pas quoi faire avec ta mère. Mon père prétend qu'elle devient folle, qu'elle balance des menaces…

Il s'interrompit brusquement.

Ça devenait dramatique.

Le cœur battant, je lui demandai :

– Qu'est-ce qu'elle dit ?

– Elle menace de le quitter si je m'entête à vouloir te voir.

– Tu plaisantes, là ?

Il secoua la tête. La tristesse de son regard me fit profondément mal.

– Quoi d'autre ?

Il fallait que je sache. Tout.

– Elle dit que, s'il ne peut pas contrôler son gamin, elle saura contrôler sa fille. Qu'elle le quittera en t'emmenant.

Je laissai ses paroles m'envahir. Puis, je hurlai :

– Elle ment !

Elle mentait, ce n'était pas possible autrement.

Mason ne répliqua rien.

Je connaissais ma mère, je savais qu'elle ne quitterait jamais James Kade. C'était impossible.

Elle ne pouvait compter que sur lui. Il était son âme sœur – du moins, elle le pensait – et il l'aimait. David l'aimait aussi, mais pas autant que James.

Je pris la main de Mason et la serrai dans la mienne.

– Elle ment. Ann-Lise sait que James ne voudra pas la perdre. Il l'aime trop, alors elle bluffe. Elle ne le quittera pas. Elle sait qu'il l'en empêchera.

Il retomba contre son dossier et déclara d'un ton tranquille :

– Je sais mais, tu vas voir, ça va marcher. Il va me demander de dégager pour la garder avec lui.

Je fermai les yeux. Ma mère était une belle salope. Submergée par tout un tas d'émotions, j'étais sur le point de m'effondrer.

– Qu'est-ce qu'on fait ?

– On ne peut pas l'empêcher de faire du chantage, et lui, il n'hésitera pas.

C'était donc ça. Ma mère lançait un ultimatum. Ce serait elle ou son fils. James devait faire un choix, et on savait parfaitement ce qu'il déciderait.

CHAPITRE 4

On ne retourna pas au manoir des Kade. Comme il nous restait deux semaines de vacances avant de devoir prendre une décision, on partit pour Los Angeles. Juste lui et moi. Un besoin vital.

Après avoir fait demi-tour, il appela Nate pour lui dire qu'on allait passer quelques jours dans l'une des propriétés de sa mère. Puis il appela Logan et lui raconta la même chose, en ajoutant qu'on avait besoin d'un peu de temps ensemble. Aucun des deux ne sembla heureux de cette décision, surtout quand il leur annonça que ça pouvait durer quelque temps. Mais aucun des deux ne discuta non plus.

Je savais que Logan et Nate avaient besoin d'avoir Mason auprès d'eux, au cas où il leur arriverait une aventure. Mais, moi, je ne désirais qu'une chose, m'éloigner. L'ambiance était devenue infernale entre Ann-Lise et Mason. Ni l'un ni l'autre ne voulait céder, et je craignais que ça se termine en drame. Logan, lui, restait en dehors de tout ça, la plupart du temps, mais il lui arrivait parfois de relancer la bagarre. Un commentaire un peu insolent lui sortait de la bouche, ou bien il racontait comment ça marchait au lit entre Mason et moi ! Histoire de la choquer, il adorait aussi partager ses propres expériences sexuelles. Ann-Lise semblait alors prête à exploser.

La boule au ventre, je me remémorai un de ces épisodes embarrassants. James et moi, on ne disait rien mais je le sentais aussi affecté que moi. Je ne comprenais pas toujours la relation qu'il entretenait avec ses fils, mais je savais qu'elle était spéciale.

– Nous y voilà, déclara Mason en engageant l'Escalade sur une allée pavée menant à un grand bâtiment.

Un portier se tenait devant la double porte vitrée de l'entrée. Tandis qu'une limousine noire s'arrêtait à notre hauteur, une femme vêtue d'une robe couleur chair en descendit. Elle portait des lunettes noires et un chignon très classe. Elle attendit que le chauffeur sorte le bagage qui l'accompagnait. Mais, au lieu de le lui tendre, il le donna au portier qui, d'un geste de la main, commanda l'ouverture des portes coulissantes. Puis il la suivit à l'intérieur, avant de ressortir pour aller garer la voiture un peu plus loin.

– Ta mère a un appartement dans cet immeuble ?

– Oui, au dernier étage.

J'en restai interloquée.

– Je t'ai dit qu'elle était riche, sourit Mason. L'argent de mon père, ce n'est rien à côté. Ce n'est que l'un de ses appartements et, crois-moi, c'est celui qu'elle utilise le moins. Tu as vu la femme qui vient d'entrer ?

– Oui.

– Maman la déteste. Je ne sais même pas pourquoi…

– C'est pour ça qu'elle ne vient pas souvent ici ?

Il hocha la tête tandis que le portier réapparaissait. Il avança l'Escalade jusqu'à la porte et, quand on en sortit, l'homme nous gratifia d'un sourire à la fois poli et amical. Vêtu d'un costume bleu marine agrémenté d'une cravate jaune, les cheveux grisonnants, il paraissait avoir entre cinquante et soixante ans. Il avait un visage avenant, et le bleu de ses yeux se fit chaleureux quand il accueillit Mason. L'affection qu'il lui portait était évidente. Il le prit dans ses bras et, de sa main gantée de cuir blanc, lui tapota gentiment l'épaule.

– C'est bon de vous voir, Monsieur Kade ! Cela fait si longtemps.

Mason lui répondit par un grand sourire en disant :

– C'est vrai.

L'homme le garda un court instant dans ses bras puis demanda :

– Et votre mère ? Elle est avec vous ?

– Non, Stuart. Et j'espère qu'elle ne saura pas que je suis ici.

Tendant une main vers moi, il ajouta :

– Voici mon amie, Sam. Ce sont les vacances scolaires, donc on en profite pour se cacher.

– Je vois, sourit-il en posant sur moi un regard plein de chaleur. Elle est très jolie, Monsieur Mason. Vous avez du goût.

– Je crois, oui.

Je ne pus m'empêcher de rougir. Moi, jolie ? Mason avait fumé…

– Et Monsieur Logan ?

– Non, c'est juste moi et Sam.

– Ah, je vois. Ce genre de vacances…

– Exactement. Et… motus, bien sûr, Stu.

– Bien entendu, Monsieur Kade.

– Non, Stu, c'est Mason. Vous êtes censé m'appeler Mason.

– Bien sûr, Monsieur Kade.

Il me tendit alors la main.

– Et, comment dois-je appeler cette exquise créature ? Samantha, j'imagine ? Mademoiselle ? Quel est votre nom de famille ?

– Vous pouvez l'appeler Samantha, reprit Mason.

En acceptant sa main tendue, j'eus la surprise de le voir déposer un léger baiser sur le dos de la mienne. Un geste carrément inattendu, mais dont le côté amical ne me parut pas du tout déplacé. C'était dû au respect qu'il portait à Mason, et j'en restai impressionnée.

– Non, je ne peux pas, lui répondit Stuart en me lâchant la main. Je n'ai pas le droit d'utiliser son prénom. Quel est votre nom, Mademoiselle ?

– Strattan.

– Mademoiselle Strattan, donc, conclut-il avec un sourire bienveillant.

Je voulus protester tant ça me paraissait étrange. Bizarre, même. Et, si un de mes amis l'entendait… non, je n'avais pas d'amis. Aucune importance, donc.

La réception n'était pas immense, avec un bureau, un coin salon pour les visiteurs et, bien sûr, un ascenseur dans lequel on s'engouffra. Lorsque les portes s'ouvrirent sur le vingt-troisième étage, j'eus l'impression de me retrouver dans une série télévisée. L'appartement était à la fois moderne et classe, avec des canapés blancs devant une cheminée, et une table rouge installée face à la cuisine. Lorsque Mason me prit la main pour me conduire vers notre chambre, j'y découvris un lit géant, recouvert de fourrure. Le mur du fond n'était qu'une immense baie vitrée allant du sol au plafond, qui offrait sur Los Angeles une vue spectaculaire.

– Comme promis, déclara Mason en m'entraînant vers le placard, tu n'auras pas besoin de vêtements. Ma mère en garde en permanence ici pour tout le monde. On a quelques cousines de ta taille, et elle adore les gâter. Quand elles viennent ici, elles savent qu'elles peuvent arriver les mains vides.

– Et toi ?

Il sourit et me montra la commode dont le blanc s'harmonisait avec le couvre-lit.

– Je garde toujours des fringues ici, comme Logan. C'est là qu'on loge quand on vient voir ma mère.

– Tu as des cousins et des cousines ?

Il ne m'en avait jamais parlé.

– Oui. Tous à moitié fous et gâtés pourris, mais je crois que tu les aimerais.

– Du côté de ta mère ?

– Oui. Elle a deux frères et une sœur cadette. Ils ont tous des enfants. Logan et moi, on vit avec papa, mais on essaie quand même de se voir de temps à autre. Là, ça fait longtemps.

– Depuis combien de temps ?

– Depuis l'été. On est partis en croisière avec les cousins. Ma mère était aux anges. Elle adore nous avoir avec sa famille.

– Mason… lui demandai-je alors, une boule dans la gorge.

C'était la question que je mourais d'envie de lui poser depuis longtemps, déjà.

– Pourquoi est-ce que tu vis avec ton père ? Pourquoi c'est si important pour toi de rester avec lui ?

Totalement pris au dépourvu, il s'assit sur le lit. L'air sombre, il me tendit la main en me faisant signe d'approcher. Ce que je fis, le cœur battant. Ses doigts me parurent froids, d'abord. Puis, comme il les enroulait autour de ma main, je sentis une douce chaleur l'envelopper. Il m'attira alors entre ses jambes et, en se laissant tomber en arrière, me souleva par la taille, si bien que je me retrouvai à califourchon sur ses hanches. L'air sombre qu'il affichait quelques secondes plus tôt se dissipa pour laisser place à une expression tout autre, qui me remua jusqu'aux tripes.

Il me dit alors, d'une voix douce :

– Jusqu'à cette année, c'était à cause du foot. On est restés avec maman après leur divorce, mais l'école qu'on fréquentait n'avait pas d'équipe de foot. C'est là que papa nous a parlé de ton père. Il voulait qu'on aille à Fallen Crest Academy, mais, après avoir déménagé et visité le lycée, j'ai compris que l'équipe ne serait pas assez bonne pour faire des recrues. On s'est donc inscrits à Fallen Crest Public. Ils avaient un nouveau coach, quelqu'un dont j'avais un peu entendu parler. Ça semblait plus prometteur. L'équipe était meilleure. Les gars étaient plus grands, plus costauds, et plus sérieux vis-à-vis de leur sport. Perso, je n'ai pas regretté, c'était la bonne option pour moi. Pour Logan, je ne sais pas. Il n'est pas aussi impliqué que moi dans le foot. Je crois que, s'il jouait, c'était uniquement parce que je jouais.

– Et maintenant ?

Son sourire pâlit légèrement tandis que, d'un doigt, il traçait le contour de mon visage. Puis il le prit entre ses mains et m'embrassa la joue, doucement, tendrement. Envahi d'une subite et délicieuse chaleur, je sentis mon cœur accélérer et, déjà, je haletai. Sa bouche fiévreuse se fit exigeante, et je cédai sans lui opposer de résistance. Sa langue se glissa entre mes lèvres à demi ouvertes, pour venir caresser la mienne. C'était l'instant magique que je préférais. On était tous les deux liés, dedans comme dehors. Puis, j'en voulais davantage. Comme toujours. J'en voulais toujours plus avec lui.

Il s'écarta et je manifestai ma déception par un gémissement. Mais son petit rire me fit sourire, et je posai mon front sur le sien.

– Si Logan reste ? dit-il en reprenant ma question. D'après toi ?

– Ce serait… à cause de moi ?

Logan… à cause de moi ? Je me sentis bête, mais savoir ça me remplit de joie.

Sa main, glissée sous ma nuque, m'attira la tête en arrière. Son regard brûlant me fit tressaillir.

– Je ne te laisserai pas partir, Sam. Je t'aime. Je te l'ai déjà dit, et je suis sérieux. Je ne laisserai pas ta mère contrôler ma vie.

L'hostilité soudaine de sa voix me fit bondir. Je savais que Mason n'aimait pas ma mère, et je commençais même à me demander s'il ne la haïssait pas carrément.

Il poursuivit :

– J'étais d'accord pour qu'elle vienne habiter au manoir. Il me restait un an. Mais je n'imaginais pas qu'elle puisse causer autant de problèmes en un an.

– Et Logan ? hasardai-je, les mains sur ses épaules.

Il se redressa et, me passant un bras sous la taille, me souleva afin que je puisse enrouler les jambes autour de ses reins. On était comme emboîtés, tous les deux. Il lui suffisait d'ôter son jean, il me suffisait d'ôter le mien, et il se serait aisément glissé en moi. Je le sentis se raidir contre moi. Cette sensation m'intoxiquait littéralement.

– Avant ton arrivée, je crois qu'il serait reparti vivre chez maman. Il kiffait notre ancien lycée. Il adorait fréquenter la même école que nos cousins. Il y en a deux, James et Will, qui sont exactement comme Logan. Ensemble, ils forment les trois mousquetaires.

– Trois Logan ? demandai-je, vaguement inquiète.

– Oui, fit-il en riant. Mais, il y a un bout de temps, maintenant. Pourquoi cette question ?

– Tu crois qu'il va rester encore un an ?

– Oui, si toi tu restes aussi. Tu sais qu'on aimerait tous les deux que tu passes à FC Public. Notre équipe d'athlétisme est bien meilleure. Je t'en ai déjà parlé.

Je soupirai en me rappelant ces conversations. Mason m'en avait touché un mot une fois, quand on était au lit. Puis Logan avait à son tour évoqué le sujet, un jour à la cuisine, et Mason avait sauté sur l'occasion. Je ne leur avais jamais dit ce que j'avais décidé mais, pour être franche, je n'en étais pas certaine moi-même.

Fallen Crest Academy était une meilleure école mais, ils avaient raison, Fallen Crest Public possédait une meilleure équipe d'athlétisme. Mason était allé voir leur coach, qui avait accepté de me rencontrer. Il m'avait regardé courir pendant une semaine, avait mesuré mon temps sur la piste, mais n'avait rien dit à l'issue de notre dernière séance. Je préférais donc attendre de savoir ce qu'il en pensait avant de passer d'un lycée à l'autre.

– Je ne pige pas, Sam. Pourquoi tu veux rester là-bas ? Cette pétasse a mis tout le monde contre toi.

– Tu es mignon quand tu es en colère, dis-je en souriant.

– Donc, je suis mignon chaque fois qu'on parle de ça. Ça m'énerve toujours cette discussion avec toi. Pourquoi tu ne veux pas changer de lycée ? Je ne comprends pas. Tu pourrais avoir une bourse, Sam. Regarde les choses en face. Tu veux vraiment dépendre de ta mère pour entrer à l'université ? Ou de ton père ? Tu n'as eu aucune nouvelle d'eux ces derniers temps, je me trompe ? Ça te fait quoi ?

Je sentis un mal de crâne me gagner, mais différent celui-là. Sourd et entêtant. Je n'avais pas envie de discuter de mes parents.

– Je comprends pourquoi tu veux que je change. Mais, tu vois, je ne sais pas si ça vaudrait le coup. Le coach Grath ne m'a jamais rappelée. Si ça se trouve, je ne serai même pas admise dans l'équipe, alors, pourquoi je changerais ?

– Déjà pour ne plus être dans la même école que cette garce et toutes ses petites followers, marmonna-t-il. Tu n'as pas d'amis, là-bas. Ils sont tous nuls.

– Peut-être. Mais c'est un bon lycée. Je suis toujours allée là, et mon père…

Je m'interrompis et voulus me détourner, mais ses doigts furent trop rapides. Il me prit le menton et m'en empêcha. J'essayai de lutter mais, trop tard… il avait entendu.

– C'est pour ça que tu ne veux pas changer, hein ? À cause de ton père. Tu penses que c'est une façon de continuer à le voir, c'est ça ?

Je ne répondis rien. Pas parce que je refusais d'en parler, mais parce que je ne pouvais pas. Ma gorge était comme paralysée, et je sentais un poids terrible sur ma poitrine. C'était dur d'ignorer tout ça.

– Sam.

Je secouai la tête, je tentai une nouvelle fois de me détourner mais une larme s'échappa.

Mason grommela quelque chose et me prit dans ses bras. Je me blottis contre lui tandis qu'il me serrait avec force. Puis il me caressa les cheveux et les repoussa de mon front. Ses doigts descendirent sur mes yeux pour essuyer ces larmes que je ne pouvais plus retenir. C'était toujours la même chose, quand je pensais à mon père. Alors, je m'efforçais le plus possible de ne jamais penser à lui.

Ému à son tour, Mason m'embrassa sur le front.

– Je suis désolé… Vraiment.

Ma main glissa sous sa chemise et je me laissai aller à mon chagrin. Jamais je ne lui aurais montré ça quelques mois plus tôt. Mais, maintenant, je ne pouvais plus faire autrement. J'avais besoin de lui. J'avais faim de lui.

Sans cesser de me caresser la tête, il demanda :

– Ça fait combien de temps ?

Je secouai la tête. Ça faisait encore mal de parler.

– Si elles ne t'atteignent pas, c'est à toi de les atteindre.

Je levai vers lui un regard affolé. Est-ce qu'il me demandait de… ?

– Oui, tu m'as bien entendu. Tu vas les voir et tu leur demandes ce qu'elles foutent ?

Un rire rauque s'échappa de ma gorge. C'était si facile pour lui. Si on lui barrait le chemin, Mason fonçait dans le tas. Le problème, ce n'était pas qu'on puisse l'arrêter, c'était de savoir comment passer au travers. Comment piétiner les obstacles, leur rentrer dedans ou simplement les dégager.

Mais, moi, je ne pensais pas comme ça.

– Pourquoi tu ris ?

Je restai muette.

– Bon sang, parle-moi, Sam.

– Non, ce n'est pas pour ça qu'on est ici.

– Quoi ?

– On est ici pour échapper à toute cette merde, précisément. Je n'ai pas envie de parler d'eux, pour le moment. On est là pour passer du bon temps ensemble, juste toi et moi.

Ses mains me lâchèrent.

– Tu es sérieuse ?

– Oui…

Puis je me mordis la lèvre. Mon cœur se mit à battre plus fort. Et j'attendis.

Un silence pesant s'installa entre nous.

J'attendis encore.

– Très bien.

Soulagée, je me détendis, tout en réalisant combien ça lui coûtait de ne pas insister.

Je gérerais mes deux pères, le biologique et celui qui m'avait élevée. Aujourd'hui, ça m'était impossible. Mais, un jour, oui, il faudrait que je le fasse.

CHAPITRE 5

Il était six heures du matin quand l'écran de son téléphone s'éclaira. Maugréant son mécontentement, Mason s'assit dans le lit et décrocha. Pourquoi Logan appelait-il si tôt ? Je tentai d'écouter ce qu'il racontait, en découvrant en même temps les douze messages que ma mère m'avait laissés durant la nuit.

– Attends, parle moins vite, dit Mason à son frère.

J'entendis alors la voix surexcitée de Logan. Au bout d'un moment, Mason lâcha un juron sauvage.

Craignant le pire, je soupirai et me levai. Il était temps pour moi de rentrer affronter ma mère. Mason et Logan faisaient d'excellents pare-chocs, mais j'étais la seule à pouvoir réellement la calmer.

En me voyant émerger de la salle de bains, douchée et habillée, Mason me jeta un regard intrigué et interrompit sa conversation avec Logan en posant une main sur le téléphone.

– Qu'est-ce que tu fais ?

– On rentre.

– Mais… on vient d'arriver.

– Je sais, répliquai-je, fatiguée de me sentir perpétuellement stressée à cause de ma mère.

Stop. Je devais arrêter de la fuir et de tenter d'ignorer la situation. Je me cachais depuis que nos parents avaient découvert la vérité sur nous. Il fallait que ça cesse.

– Tu es sûre ?

Je hochai la tête. Devant mon visage déterminé, Mason ôta sa main du téléphone.

– Ne bouge pas, Logan. On rentre.

N'ayant pratiquement rien emporté avec nous, il ne nous fallut pas longtemps pour réunir nos affaires. Quant à ce petit break hors du monde, il avait été de courte durée. Mais, d'abord, pourquoi être venus jusqu'ici ? Franchement, ça suffisait. J'en avais plus qu'assez d'être harcelée nuit et jour au téléphone par ma mère. Et je n'avais plus envie de l'entendre me menacer par le biais d'autres personnes.

En sortant de l'ascenseur, je vis que l'Escalade nous attendait sagement devant l'immeuble, et que le fidèle Stuart était là pour nous ouvrir la porte. Son sourire se figea un peu quand il découvrit ma mine triste, puis il embrassa Mason avant de le laisser partir. Après une halte rapide pour avaler un petit-déjeuner, on prit le chemin du retour. Le trajet se fit en silence. Tendue, je regardai souvent Mason, qui lui paraissait serein. Encore une fois, c'était son style de vie. Il ne goûtait pas trop les confrontations, mais il ne les craignait pas non plus.

J'aurais aimé être comme lui. Mais m'engueuler avec une petite garce, ce n'était pas la même chose que me disputer avec ma mère. Ma mère que je savais devoir respecter. J'aurais dû suivre ses règles dès le premier jour. Si mon lien avec elle avait été plus fort que ma relation avec Mason, les choses auraient pu être différentes. Je n'aurais peut-être même pas couché avec lui. Je l'aimais, j'avais besoin de lui. Je me sentais très seule, je souffrais, je dépérissais. Il était tombé à point nommé, et c'était grâce à lui si les choses avaient changé. Grâce à lui que je me sentais plus forte, aujourd'hui.

Il le fallait.

Quelques heures plus tard, Mason me prenait la main et me demandait :

– Tu es prête ?

Je fus incapable d'articuler une réponse. Alors qu'on franchissait l'allée menant au manoir, j'aperçus la voiture de ma mère, garée un peu plus haut. L'Escalade de Logan était là, également, et il y avait aussi un monospace que je ne reconnus pas.

– Je peux encore faire demi-tour, proposa-t-il. Tu n'es pas obligée d'entrer.

– Si, j'y vais, fis-je d'une voix tendue.

À cet instant, ma mère me terrifiait.

Je sentais que ça n'allait pas bien se passer.

– Sam.

La voix de Mason m'arrêta au moment où j'ouvrais la portière. Je me retournai et fondis littéralement. Il fixait sur moi un regard suppliant.

Il me prit de nouveau la main, et la tint serrée dans la sienne.

– Ne la laisse pas tout gâcher.

Je hochai la tête, au bord des larmes.

– Si ta mère essaie de foutre en l'air notre relation, poursuivit-il, je ne peux pas te promettre de bien réagir. Si elle s'entête à…

C'était du désespoir que je lisais maintenant dans son regard. Un désespoir mêlé de menace.

Bouleversée, je me jetai sur lui comme pour me fondre dans son corps. Mes lèvres trouvèrent les siennes et je cherchai à tout lui donner dans ce baiser. Notre étreinte s'éternisa donc un long moment. Quand on s'écarta enfin l'un de l'autre, je lui murmurai :

– Je ne la laisserai pas changer quoi que ce soit à notre vie.

Je ne pouvais pas la laisser faire.

Alors qu'on pénétrait dans la maison, des éclats de voix nous parvinrent du salon. On entendit un cri, bientôt suivi d'un bruit sourd, manifestement un objet qui s'était brisé en tombant. Je n'y croyais pas… tout le quartier devait entendre ma mère en train de hurler de colère. Pétrifiée, je me sentis emportée par un vertige qui me ramena plusieurs années en arrière, lorsqu'elle avait piqué une de ces crises dont elle avait le secret. Elle avait explosé comme jamais, ce soir-là, en faisant voler tout ce qui se trouvait à sa portée. Meubles, bibelots, vaisselle, tout avait disparu sous les coups d'une batte de baseball. À la fin, quatre heures plus tard, plus rien n'était intact.

– *Tout ça, c'est ta faute !* avait-elle braillé en me pointant du doigt.

Mais, ça, c'était six ans plus tôt, et aujourd'hui j'étais à un mois de ma majorité.

Je devais ravaler ces émotions qui, heureusement, n'avaient pas refait surface depuis un bout de temps. Et ça n'allait pas recommencer maintenant. Ma mère n'aurait pas ce pouvoir sur moi.

– Ça va ? me demanda Mason en tirant sur ma main.

Des gouttes de sueur perlaient sur mon front, je brûlais de l'intérieur. Il ne devait pas me voir comme ça. J'avais gardé tout ça en moi si longtemps. Je ne voulais pas qu'il voie à quel point cette soirée-là m'avait anéantie. Alors, je maîtrisai mon malaise et hochai doucement la tête.

J'avais dix-sept ans. Je me trouvais dans une autre maison. J'avais une vie différente.

– Sam.

– Oui ?

Je ne reconnus pas le son de ma voix, tant elle me parut éraillée. Ému par mon trouble, Mason me caressa la joue et remonta la main vers mes larmes qu'il essuya une à une. Sa paume était fraîche contre ma peau, et je humai littéralement ce contact doux et tendre. J'en avais besoin, à cet instant. Oui, j'avais besoin de sa force… de cette force que ma mère venait de m'ôter en l'espace de quelques secondes.

– Hé, ma douce, articula-t-il en prenant mon visage entre ses mains. Qu'est-ce qui se passe ?

Je secouai la tête et m'écartai de lui.

– Arrête ! résonna une voix dans le salon.

Je le repoussai.

– Elle m'a fait ça ?! éructa ma mère dans le salon.

Sa férocité me fit sursauter. Cette rage, je croyais qu'elle l'avait perdue avec les années, mais je me trompais. Comment avait-elle pu la cacher tout ce temps à James ? Avait-il au moins assisté une fois à une de ses crises d'hystérie ?

Je pris une profonde inspiration, replaçai mes épaules et levai la tête. Je savais ce qui m'attendait dans la pièce voisine. J'étais prête.

Je fis un pas en avant, non sans me laisser surprendre par le rire sardonique de Logan.

– Vous vous foutez de ma gueule ? Pas étonnant qu'elle se soit barrée.

– Logan !

Ann-Lise hurla et, de nouveau, un objet se brisa.

– C'est ça, continuez ! Allez-y, défoulez-vous, espèce de psychopathe !

– Logan, tais-toi !

– Oh, ça va, papa ! Regarde-la… elle est complètement barge !

J'entrai dans le salon, Mason derrière moi. En nous découvrant – en *me* découvrant ? – Logan perdit toute envie de rire. Je ne devais pas avoir l'air tout à fait normal. Mon instinct me disait de fuir, mais je n'en fis rien. Mason m'effleura la main en me contournant comme pour me protéger.

James semblait consterné, et moi, je ne pouvais détacher les yeux de ma mère.

Vêtue d'un peignoir, Ann-Lise avait les cheveux relevés. Ils rentraient manifestement d'un dîner en ville, et elle était encore coiffée et maquillée. Mais son rimmel avait coulé, ce qui lui donnait un regard de sorcière. Une mèche s'échappait de son chignon, qu'elle ne chercha même pas à replacer. Une assiette dans sa main tremblante, elle abaissa le bras en plantant son regard dans le mien. Il me parut froid, si froid. Un frisson glacé me parcourut.

La mère que je craignais depuis si longtemps était de retour.

– Toi... siffla-t-elle.

Je reculai d'un pas avant de comprendre ce que je faisais, mais c'était trop tard. Une lueur de triomphe lui traversa les yeux. Elle avait encore de l'emprise sur moi, elle le savait. Mais Logan, assis derrière elle, choisit cet instant pour bondir debout.

Elle sursauta et se retourna, prête à exploser.

– Et vous voulez savoir pourquoi on s'est tirés ?

La voix soudaine de Mason stoppa tout.

Se tournant vers son père, il enchaîna :

– Regarde-la, papa. Elle part en vrille. Je ne veux pas la voir approcher Sam.

Les yeux exorbités, Ann-Lise serra un peu plus fort l'assiette qu'elle avait dans la main.

J'étais tétanisée. D'un bras, Mason m'attira derrière lui, comme pour me protéger d'elle. J'étais censée me battre, je le savais mais, au lieu de ça, j'appuyai ma tête sur son dos. Toute la force que j'avais accumulée depuis cinq mois, elle me l'avait prise. Elle me laissait complètement vidée. Et je tremblais comme je l'avais fait à onze ans.

– Samantha, articula-t-elle durement. Regarde-moi.

Je me contentai de trembler.

Mason s'esclaffa.

– Vous rêvez, là !

– Ouais, allez-vous faire foutre, renchérit Logan. Vous êtes qui pour lui parler comme ça ?

Ulcérée, Ann-Lise riposta :

– Je suis sa mère. Voilà qui je suis !

Je fermai les yeux.

– Eh bien, agissez comme une mère, reprit Mason sur un ton vibrant. Je ne sais pas qui vous a élevée, mais ma mère et mon père ne me parleraient jamais comme ça.

– Peut-être qu'ils auraient dû, rétorqua-t-elle.

J'avais beau serrer les paupières comme une malade, je la voyais dans mon esprit. Je savais qu'elle avait le menton relevé, les yeux pleins de flammes et qu'elle était prête à cogner. Ma mère était une très belle femme avec de longs cheveux d'ébène, lisses et souples. Elle était mince, portait des robes ajustées, et avait de l'élégance. Son look à la fois classique et recherché lui donnait l'air d'un ange… aux yeux des hommes.

Je savais toujours quand elle voulait quelque chose parce qu'elle mettait alors sa robe rose pastel et caressait David dans le sens du poil. Elle usait de tous ses charmes pour obtenir ce qu'elle désirait, et ça marchait à fond. Il se laissait avoir en permanence et, à première vue, James Kade n'était pas très différent. Elle aurait pu me battre à mort, il lui suffisait ensuite d'un regard humide et d'une lèvre tremblante pour le faire craquer.

Ann-Lise était peut-être folle, mais elle avait un pouvoir immense sur le sexe opposé, et elle utilisait comme une arme.

– Ann-Lise ! intervint James sur un ton irrité, cette fois.

– Quoi… James ?

Disparue, la rage qui la tenait quelques instants plus tôt. Sa voix s'était radoucie. Elle savait qu'elle était allée trop loin. Je commençai mentalement le compte à rebours. 3…

– Tu ne peux pas dire des choses comme ça devant mes enfants.

2…

Logan poussa un hennissement.

1…

– Oh, chéri, ce n'est pas ce que je voulais dire. Je regrette… vraiment. C'est juste que… je m'inquiétais pour mon bébé. Il me l'a enlevée, je suis en train de la perdre, James Je ne veux pas perdre ma fille.

Et bonjour les pleurnicheries !

– Je l'aime tant, James. Tu peux comprendre ça, n'est-ce pas.

– Non, j'y crois pas ! lâcha Logan, dégoûté.

– Logan ! aboya son père avant de s'adoucir d'un coup. Tu ferais mieux de quitter cette pièce. C'est bon pour vous tous, d'ailleurs.

– Tu plaisantes ?! riposta Mason. Elle te manipule. Et, toi, tu marches ?

James hoqueta de surprise. Puis il articula sur un ton dédaigneux :

– Ta mère a appelé, aujourd'hui. Elle aimerait que, toi et Logan, vous passiez vos vacances avec elle dans sa propriété de Malibu. Je crois que ce serait bien pour tout le monde que vous partiez le plus vite possible.

– Je ne laisse pas Sam seule ici, protesta Mason. Si j'y vais, elle me suit.

– Qu'est-ce que… ? s'étrangla Ann-Lise

– Chérie, coupa sèchement James avant de se tourner vers son fils.

– Mason, je pense qu'il serait bien de mettre un peu de distance entre toi et Samantha. Vous venez de prouver, tous les deux, que vous n'êtes pas capables d'agir comme des personnes responsables. J'avais espéré que vous le deviendriez quand j'ai appris que vous aviez une relation. Mais votre petite escapade à deux n'a pas servi du tout votre crédibilité.

Il parut soudain fatigué. Lassé.

– Je vous ai demandé à maintes occasions de cesser de vous voir… de façon intime, du moins sous ce toit, mais vous l'avez totalement ignoré. Vous ne m'avez pas laissé le choix. Je ne te permettrai pas une deuxième fois de disparaître avec Samantha. Sa mère était dans tous ses états, et nous étions terriblement inquiets de savoir où vous pouviez être, et si vous alliez même revenir.

S'ensuivit un lourd silence. Puis Logan leva les mains en l'air en jurant, pendant que Mason rétorquait :

– Tu te fous de moi, là ?

– Pas question, reprit Logan, fou de rage. On n'ira pas. Ou, si on y va, elle vient avec nous.

– Je regrette, les garçons. Sincèrement. Mais vous n'êtes pas les bienvenus dans cette maison pendant ces vacances d'hiver.

L'air totalement abattu, il fit un geste de côté.

Un homme aux allures d'armoire à glace s'avança alors vers nous. Il portait un costume trois pièces qui cachait mal sa puissante musculature. Le regard froid, il hocha la tête en direction de Logan et Mason.

– Messieurs.

– Tu es sérieux, papa ? s'étrangla Logan, indigné. Mais c'est pas possible ! Qu'est-ce que j'ai fait, *moi* ?

– Logan, on sait tous que tu es de leur côté, et que tu as un faible pour Samantha.

– Oui… elle est comme ma sœur.

– Très bien, vous la protégez tous les deux, et j'admire la chose. Mais, en même temps, vous détruisez sa relation avec sa mère. Il faut que vous vous éloigniez d'elle, tous les deux. Vous vous souvenez de Howard ?

– Et, si je refuse de partir ? le défia Mason.

– Monsieur Mason, reprit Howard en s'avançant vers lui, vos bagages sont prêts, et votre mère attend notre arrivée…

– Je n'irai nulle part, coupa-t-il. C'est hors de question. Désolé, Howard, mais je n'ai plus douze ans. Vous ne pouvez pas me forcer à partir. J'ai dix-huit ans, papa. Tu ne peux pas me fiche dehors comme ça, ça ne marchera pas.

– Comme tu voudras, mais tu ne seras pas autorisé à voir Samantha tant qu'elle vivra sous mon toit.

– Et, si elle ne vit plus ici ? demanda-t-il en croisant les bras avec assurance.

Toujours collée au dos de Mason, je retenais mon souffle. Je me sentais incapable de croiser le regard de ma mère. Je savais qu'elle aurait gagné alors, consciente d'avoir réussi à me réduire à la gamine de onze ans qu'elle avait si bien su écraser. Je frémis à ce souvenir. Je ne voulais plus revivre cette humiliation.

– Howard, déclara James, vous accompagnerez Logan à la voiture. Si Mason refuse de vous suivre, vous l'y obligerez dans dix minutes.

– Mais…

– Bien, Monsieur, répondit Howard. Monsieur Logan, si vous voulez bien. La voiture est prête.

– Quoi… ?! s'exclama Logan. Non, papa… enfin, c'est débile ! Tu me fiches dehors ? C'est une blague, ou quoi ?

Raide comme la justice, James lui répondit :

– Tu ne me laisses pas le choix, Logan. Si tu veux rester sous mon toit et terminer tes années de lycée ici, avec Samantha, tu devras te plier à ma volonté. Tu passeras tes vacances avec ta mère. À ton retour, tu respecteras mes règles. Dans le cas contraire, il te restera deux options : vivre aux côtés de ta mère ou être arrêté pour fugue. N'oublie pas que tu n'as pas encore dix-huit ans, Logan.

Puis, il s'adressa à son fils aîné :

– Ceci est aussi valable pour toi, Mason. Tu es majeur et je ne peux pas te forcer à partir vivre chez ta mère, mais je peux toujours imposer ces règles à Samantha. Elle est encore mineure. Si elle quitte la maison de sa mère, elle se fera arrêter comme fugueuse.

Mon pire cauchemar était en train de se réaliser. Elle m'avait piégée. Paniquée, je cherchai ma respiration quand le rire quasi démoniaque de Mason résonna contre ma tempe. Il articula alors d'une voix si froide que j'en frissonnai :

– Tu oublies un détail, papa.

– Ah, oui ? Et, lequel ?

– Il ne te reste qu'un mois. Samantha aura dix-huit ans dans un mois.

Ann-Lise sursauta, et James parut soudain secoué.

– Très bien, soupira-t-il. Il me reste donc un mois pour réparer ton erreur d'avoir ainsi soutenu leur relation.

– Quoi ?! s'étrangla Logan. Tu vas tout de même pas… ?

– Logan, VA-T'EN ! rugit son frère.

Ulcéré, il recula, hésita puis sembla se résigner.

– OK, d'accord, je me tire. Mais, c'est n'importe quoi…

En passant devant moi, il me prit dans ses bras et murmura :

– Ne t'en fais pas, Sammy, la partie vient juste de commencer. Ne te laisse pas abattre.

Il m'embrassa sur le front puis sortit, suivi de Howard le colosse, et la porte se referma derrière eux.

– C'est ridicule, protesta Mason. Tu ne vois pas qu'elle t'a complètement lavé le cerveau, papa ?!

James ferma les yeux avant de se passer une main soucieuse sur la joue. Ses cheveux semblaient avoir grisonné d'un coup, en dix minutes. D'une voix fatiguée, il déclara :

– Je regrette que tu puisses penser ça, Mason. Vraiment. Mais je dois soutenir ma future épouse. Cela fait trop longtemps que toi et Logan dirigez les choses. Il est grand temps que je mette un terme à tout ça.

Me plaçant à la hauteur de Mason, je levai les yeux vers lui. La noirceur de son regard me glaça. Je compris alors que, oui, la partie ne faisait que commencer. L'espace d'une seconde, je craignis même sa réaction.

CHAPITRE 6

Une heure plus tard, je me demandais encore comment un tel bouleversement avait pu arriver. Logan était parti. Pour de bon. Je ne le reverrai pas avant deux semaines, quand les reprendraient. Et Mason s'était installé chez Nate.

Je me secouai et m'assis à mon bureau. Mon ordinateur était allumé mais mes mains n'avaient pas touché le clavier.

Mason n'était plus là.

Il n'avait plus le droit de me voir.

Ann-Lise m'interdisait de le rencontrer. Et si je désobéissais ? Elle m'assurait qu'elle mettrait à exécution les menaces de James. Dès l'instant où je le rejoindrais, elle appellerait les flics et me ferait arrêter. Mais, pouvait-elle vraiment faire ça ? Je n'en avais pas la moindre idée. Pouvait-elle nous forcer comme ça ? Mais Mason avait raison. Il me restait un mois avant d'atteindre ma majorité… avant d'être légalement indépendante.

Plongée dans mes réflexions, je vis l'annonce d'un message clignoter sur mon téléphone.

En l'écoutant, j'entendis une voix profonde me déclarer :

– Bonjour, je suis le coach Edward Grath. Je m'excuse de ne pas vous avoir rappelée plus tôt, mais je voulais montrer vos temps à d'autres entraîneurs de la région.

Il enchaîna enthousiaste :

– Non seulement je peux vous intégrer à notre équipe d'athlétisme, mais je pense également pouvoir vous obtenir une bourse dès la fin de cette année. J'ai déjà posé des jalons auprès de recruteurs, et l'un d'eux m'a appelé. Ils sont très intéressés par vos performances. Si vous continuez à courir dans ces temps, vous n'aurez aucun problème pour qu'on vous accorde une bourse universitaire. Mes félicitations, Samantha. Appelez-moi dans la semaine. J'aimerais commencer un entraînement avec vous dès que possible.

Sur le moment, j'eus du mal à y croire. J'étais intégrée dans une équipe ? Il me garantissait une bourse ? Je clignai des yeux, je n'arrivais pas à y croire. Puis, d'une main tremblante, je repris mon téléphone. Je tapai le numéro de Mason, mais sans résultat. L'opérateur m'indiqua alors que sa ligne avait été déconnectée.

C'était quoi, cette histoire ?

Je regardai mon écran. J'avais peut-être composé un faux numéro ? Mais… non, puisqu'il était dans mes raccourcis. J'essayai encore une fois. Sans plus de résultat. Après avoir vérifié qu'il était bien dans mes contacts, je restai sans voix. Le numéro de Mason n'existait plus. J'appelai alors Logan… même topo. Ils auraient tous les deux déconnecté leur ligne ? Pour contrarier leur père ? Mais… sans me laisser leurs nouveaux numéros ? Impossible.

J'étais dégoûtée. Je venais de recevoir une incroyable nouvelle, et je ne pouvais même pas en faire profiter les deux seules personnes qui m'aimaient un peu.

Et, Nate ? songeai-je soudain.

Mais, au même instant, je me rappelai que je n'avais pas son numéro. M'écartant de mon bureau, j'attrapai mon sac. Je sortis dans le couloir… pour tomber pile sur Ann-Lise, vêtue de son déshabillé en soie, qui me considérait d'un air de reproche.

– Qu'est-ce que tu fais ?

– Je vais voir Mason.

– Non, pas question.

– Carrément, si.

Elle me fusilla du regard et, de nouveau, la peur me saisit. Je me sentais incapable de me débarrasser du souvenir de cet horrible soir où, à onze ans, j'avais subi sa colère hystérique. Elle me tenait au creux de sa main. Si elle serrait, je ne savais pas comment je réagirais.

– Non, articula-t-elle sur un ton menaçant. Tu n'iras nulle part.

Ravalant mon émotion, je me frottai les paumes sur mon pantalon. Puis, d'une voix mal assurée, je lui demandai :

– Qu'est-ce que tu vas faire, Ann-Lise ? Qu'est-ce que tu vas faire si je refuse de t'obéir ?

– Ann-Lise… répéta-t-elle. Tu m'appelles par mon prénom, maintenant ?

– J'ai dix-sept ans. Dans un mois, je suis majeure. Tu essaies de me contrôler, mais tu fais pitié, franchement !

Mes genoux tremblaient comme des feuilles… même si elle ne s'en rendait pas compte.

À ma grande surprise, alors que je m'attendais à une nouvelle crise de sa part, elle secoua la tête et fit un pas en arrière. Puis elle ravala une larme et je crus même percevoir un sanglot dans sa gorge. Je n'y croyais pas. Elle me parla alors si doucement que je dus tendre l'oreille.

– Tu sais que le fait d'avoir des rapports sexuels avec une mineure est illégal.

Silence absolu.

J'étais ulcérée. Non, elle ne ferait pas ça. Elle ne pourrait pas.

– Tu ne feras jamais ça !

– Pas encore, fit-elle en redressant fièrement la tête.

– Non… tu ne ferais pas ça…

Elle détruirait Mason. Elle lui gâcherait sa vie entière.

– Je ne le veux pas, Samantha, mais je te sens m'échapper depuis qu'on s'est installées dans cette maison. Et, ça je ne l'accepterai pas. Personne ne viendra m'enlever ma fille. Personne. Ni ton père, ni ton petit ami, ni tes amis, personne.

De nouveau, la colère s'emparait d'elle.

– De la même façon, je ne te laisserai pas t'interposer entre James et moi.

Déjà, elle s'éloignait dans le couloir quand elle s'arrêta et se retourna pour ajouter :

– Et on te coupera Internet, si tu décides de contacter l'un ou l'autre des garçons via ton ordinateur. Il n'est pas question que tu approches Mason *ou* Logan.

– Tu ne peux pas me garder en cage comme un animal. Dans un mois, je suis majeure.

– J'ai donc un mois pour récupérer ma fille. Et j'ai bien l'intention de le faire.

En plissant les yeux, elle précisa :

– Si tu t'approches de Mason, je porterai plainte pour détournement de mineur. Je pense qu'il y a assez de gens à pouvoir témoigner que vous avez eu ensemble des rapports sexuels.

Personne ne le ferait. Il n'y avait aucun témoin. Les gens le soupçonnaient, c'est tout. Je n'étais pas idiote. Mason était un Kade, bien sûr qu'il faisait l'amour avec sa petite amie, mais on n'avait aucune preuve. Malgré tout, je ne pouvais pas risquer une chose pareille. La vie de Mason était en jeu, et il ne restait qu'un mois.

Un mois. Un mois sans le voir.

Impensable.

Je rentrai dans ma chambre et, là, je m'effondrai sur mon lit. Je ne pouvais plus voir Mason. Je ne pouvais plus voir Logan. La panique m'envahit et je partis sous la douche. Tout habillée. Je tournai les robinets à fond et me laissai tomber assise. Réchauffée par l'eau, je pris mes genoux entre mes bras et y reposai la tête. Puis je me lançai dans une longue série de respirations.

Je pouvais m'en sortir. Je savais que je le pouvais.

Franchement.

Je m'étais déjà sortie de ce genre de merde, quand j'avais deux meilleures amies qui n'étaient, pour finir, pas du tout mes amies. C'était à l'époque où Logan et Mason me semblaient irréels. Je les prenais pour des connards. Je me débrouillais toute seule, alors. J'étais capable de le refaire.

Le couloir était sombre et étroit, les murs si élevés que je n'en voyais pas le haut. Je haletais en me dirigeant vers la salle de bains. Quelque chose me tambourinait dans les oreilles. Ça ne s'arrêtait pas. Je grimaçai de douleur mais il fallait que j'aille dans la salle de bains. Sachant que ma mère ne serait pas heureuse si je dérangeais quoi que ce soit, j'avançais dans le plus grand silence. Mes pieds nus étaient glacés. La moquette ne les réchauffait pas. J'aurais dû enfiler les chaussettes que ma mère voulait absolument que je mette en me couchant, mais je les ôtais toujours dès qu'elle quittait la pièce. Je détestais dormir avec. Elles se prenaient dans les draps, et je me réveillais tout entortillée dans les couvertures. Quand mon pied se prit dans quelque chose, je lâchai un gémissement et tombai par terre. J'ouvris et fermai la bouche pour m'empêcher de crier. Si ma mère dormait, et que je la réveillais, elle deviendrait folle.

Comme la douleur se dissipait et que j'étais sûre de ne pas crier, je me relevai et continuai d'avancer dans le couloir en boitillant. J'avais très envie de faire pipi, mais je me forçai à marcher lentement. Craignant de me faire une nouvelle fois mal au pied, je marchai à tâtons le long du mur. Arrivée à l'angle du couloir, je m'arrêtai. C'était allumé dans la salle de bains. Je le voyais au rai de lumière sous la porte.

Oh, non.

Je pressai mes mains sur mon entrejambe. Je mourais d'envie de faire pipi. Et je ne pouvais pas entrer là. Ma mère serait hors d'elle.

Je me mis à trembler. Il faisait trop sombre pour descendre jusqu'à la salle de bains du rez-de-chaussée. Et trop froid. Alors que je frissonnais en attendant de pouvoir entrer, je finis par me demander s'il y avait vraiment quelqu'un à l'intérieur. Peut-être que ma mère avait oublié d'éteindre en sortant... non, c'était impossible. Elle vérifiait tout avant d'aller se coucher. Aucune lampe ne restait allumée. Elle s'assurait que chaque porte était fermée. Et par trois fois elle vérifiait chaque fenêtre.

Si quelqu'un avait oublié la lumière, ce ne pouvait être que papa. Cette idée me rassura. S'il avait fini, je pouvais entrer. S'il s'y trouvait encore, il ne se fâcherait pas. Jamais il ne se fâchait contre moi.

Merde, je ne pouvais plus me retenir !

Je m'approchai, je collai mon oreille au battant mais je n'entendis rien. En dernier recours, je m'agenouillai et regardai sous la porte. Impossible de voir s'il y avait quelqu'un ou pas. Alors, prenant une longue inspiration (je flippais complètement), je tournai la poignée.

Ce n'était pas verrouillé. Ouf... soulagée, je souris. Si quelqu'un était dedans, il se serait enfermé. Je me décidai donc à ouvrir la porte.

Et, là, je restai paralysée.

Horrifiée, ce fut le sang que je découvris d'abord.

– AAAAHHHH !

Réveillée en sursaut, je bondis assise dans mon lit. Mon cri cessa brusquement et j'inspirai avec rage, comme si j'avais failli me noyer. Je manquais d'air. Je me plaquai une main sur la poitrine, mon cœur battait la chamade.

Je dégringolai du lit… pour me vautrer par terre tant mes jambes étaient emmêlées dans les draps. Je restai sur le sol, tremblant comme une feuille. Je n'avais pas froid. J'avais chaud. Une main sur le front, je me demandai si cette chaleur était dans ma tête ou bien réelle. Non, ça ne venait pas de mon imagination. Je me tapotai le visage, il était inondé de sueur.

Misère, qu'est-ce qui m'arrivait ?

Je me forçai à respirer régulièrement. Il fallait que je me calme.

Un long moment passa sans que je puisse bouger. La terreur était toujours là. Je la sentais au creux de ma poitrine et je n'avais qu'une envie, la chasser. Mais elle restait là. Mason… je voulais Mason. Il aurait pu être ici, à mes côtés. Il m'aurait prise dans ses bras et je m'y blottirais, en ce moment. Mais je me rappelai ce qui s'était passé la veille.

Je fermai les yeux. Tout irait bien. Ce n'était qu'un mois. Mais, même, un mois… C'était maintenant que je le voulais. Alors, je fis ce que je pouvais faire de mieux : je saisis ma couverture et partis vers sa chambre.

Debout au milieu de la pièce, j'inspirai profondément. Autour de moi flottait son odeur, celle de son eau de toilette, de son after-shave. Ça me calma un peu. Puis je me glissai entre ses draps. Avant, je me réchauffais au corps de Mason… Désormais, je ne trouverai plus cette chaleur.

J'étalai ma couverture sur son lit et me blottis à l'intérieur. Je serrai son oreiller contre moi et tentai de retrouver le sommeil.

Deux heures plus tard, je ne dormais toujours pas. Je roulai de côté et jetai un coup d'œil à son réveil. Trois heures du matin.

Putain…

Je repoussai vivement les draps, sautai du lit et courus dans la salle de bains. J'allumai, enfilai un de ses joggings d'entraînement et un de ses sweat-shirts. Puis je regagnai ma chambre, glissai les pieds dans mes chaussures et saisis mon sac. Je descendis l'escalier sans un bruit, attrapai mes clés sur la console de l'entrée et ouvris la porte. Quand elle se referma derrière moi, je courus vers ma voiture, démarrai en ignorant le crissement des pneus sur les graviers, et me dirigeai tout droit vers la maison de Nate.

Un énorme risque, je le savais. Mais je devais voir Mason. À tout prix. Il était trois heures vingt-trois quand je me garai dans l'allée devant le manoir de Nate. Tout était éteint et je n'avais pas de téléphone pour le réveiller. Il me restait donc une option. Taper à la porte et coller ma main à la sonnette jusqu'à ce que quelqu'un se réveille. Quand la lumière apparut et que j'entendis marmonner à l'intérieur, je reculai d'un pas et attendis.

Nate entrouvrit la porte, l'air renfrogné. Il me jeta un regard stupéfait puis se retourna et cria :

– Mason !

Alors, il me fit entrer et referma derrière nous.

– Il est où ? demandai-je avec empressement.

– Là-haut, dans la chambre où vous étiez, tous les deux.

J'avalai littéralement l'escalier et le retrouvai à mi-chemin. Il écarquilla des yeux énormes en me découvrant là, devant lui, mais ne prononça pas un mot. Il m'attrapa, me souleva dans les airs et grimpa le reste des marches. Pendue à son cou, je me fondis dans son regard.

Quand il me reposa devant lui, je touchai son visage, rêche sous mes doigts à cause de sa barbe naissante, et je lui soufflai :

– Tu es trop beau…

– Toi aussi, tu es canon, murmura-t-il avec un sourire.

Puis il m'entraîna dans sa chambre, ferma la porte d'un coup de pied et se laissa tomber avec moi sur le lit. Ses lèvres fondirent sur les miennes. Accrochée à ses épaules, je m'arc-boutai contre lui et mes jambes lui entourèrent la taille.

J'avais faim, je mourais de faim de lui. J'étais prête à exploser avant même qu'il me touche mais, dès qu'il le fit, je le repoussai pour lui grimper dessus. L'instant d'après, il me renversait sur le dos et on échangea les mêmes gémissements tandis qu'il se glissait entre mes cuisses.

Quand il se mit à danser en moi, ma tête retomba sur l'oreiller. Comme toujours, je me sentis emportée.

Comment me lasser un jour de lui ? Comment me rassasier ? Ça me semblait impossible. Mais, pour l'instant, au moins durant les deux prochaines heures, j'essaierais…

CHAPITRE 7

Après avoir fait l'amour une deuxième fois, je me levai et commençai à réunir mes vêtements.

– Qu'est-ce que tu fais ? me demanda Mason en se retournant sur le lit.

– Il faut que je rentre.

– Mais, non. On ne va pas t'arrêter pour avoir fugué. J'ai appelé quelqu'un qui fait ses études de droit. D'après lui, on ne peut pas faire ça.

– Non, mais on peut t'arrêter pour détournement de mineur.

À la tête qu'il fit alors, je me plaquai une main sur la bouche. Il sauta du lit et s'approcha de moi. Mais je secouai la tête et l'empêchai de me retenir.

– Non, Mason. Je dois vraiment y aller. Je n'aurais même jamais dû venir.

– Hop, hop, hop, attends, là.

– Non, arrête, Mason, fis-je en le repoussant.

Puis, je lui demandai tout à trac :

– Au fait, tu as changé ton numéro de téléphone ?

– Comment ça ?

– Ton numéro a été déconnecté.

– Tu plaisantes ?

Il alla prendre son jean et en sortit son téléphone. Puis il essaya de m'appeler. Rien.

– Logan aussi, précisai-je.

Il tenta d'appeler d'autres gens et lâcha un juron.

– C'est quoi, ce bordel ? Mon téléphone est *dead*. Je n'arrive pas à y croire. Il a bloqué nos téléphones. Merde !

Pourtant, la seconde suivante, il se mit à rire et ajouta :

– Bon réflexe, j'avoue.

– Bon réflexe ? répétai-je avant de lui arracher son appareil des mains pour le précipiter contre le mur.

– On ne joue pas aux échecs, là, Mason. Je ne pouvais pas t'appeler. J'ai complètement flippé, cette nuit… J'ai fait un cauchemar, et…

Impossible de continuer. Et puis, je ne voulais pas.

– Hé, là, fit-il d'une voix rassurante.

Il me posa les mains sur les épaules. À ce contact, je me raidis et m'écartai de lui. Il ne comprenait pas. Il n'avait rien compris du tout.

– Je ne rigole pas, Mason. Ma mère n'est plus normale…

– Arrête, elle ne l'a jamais été.

Non, il ne voulait pas comprendre. Il n'avait pas vécu avec elle quand elle… je fermai les yeux. Je refusais de penser à ces instants. Mais mon cauchemar me revint. Tout ce sang. Je frissonnai en me sentant transportée malgré moi en arrière, dans ce couloir, en train d'ouvrir la porte et de la découvrir…

– Sam !

– Quoi ?

Mason me réveilla en me secouant les épaules. Il me fallut cligner plusieurs fois des yeux pour revenir à la réalité. Il était pâle et semblait bouleversé.

– Quoi ? répétai-je.

J'avais eu un passage à vide, je le sentais.

– Ne me refais jamais ça !

– Je t'ai fait quoi… ?

– Tu es partie, comme si tu étais ailleurs. Tu m'as foutu une de ces trouilles !

Ses mains tremblaient quand il m'attira contre lui et posa ma tête au creux de sa poitrine. Son visage s'abaissa vers le mien tandis qu'il essayait de me calmer, ou peut-être de se calmer lui-même.

Je m'écartai pour récupérer mon sac.

– Je dois rentrer, Mason. Avant qu'elle se rende compte que j'ai filé.

Non sans manifester sa contrariété, il me suivit dans l'escalier et jusqu'à ma voiture. Je m'installai au volant mais, au moment où je mis le moteur en route, il s'accroupit devant la fenêtre.

– Mason, je dois vraiment partir.

La panique commençait à m'engloutir, et il ne le voyait pas.

– OK, dit-il sur un ton irrité. Bon, et maintenant, comment on se voit ? Laisse tomber, je n'ai pas l'intention de suivre ces règles complètement connes.

– Elle va te faire arrêter…

– C'est clair que non. Je connais mon père. Il ne la laissera pas faire.

– Mason, tu n'as pas entendu Ann-Lise. Elle pensait vraiment ce qu'elle disait. Elle le fera, qu'il soit d'accord ou pas. Il n'est peut-être même pas au courant, mais je sais qu'elle le fera. Il s'est passé quelque chose avec elle. Elle n'est plus pareille. Elle est redevenue comme avant…

Je me mordis la lèvre. Impossible d'en dire plus. Inutile que les gens apprennent comment elle avait pu se comporter avec moi. Ils ne sauraient pas la gérer. Personne n'était capable de la gérer…

Son regard vrillé au mien, Mason semblait lire dans mes pensées. Ma mère allait tout gâcher. Je le sentais jusqu'au plus profond de moi. Elle allait tout faire foirer.

– Écoute, Sam, je t'aime. Je ne la laisserai pas faire, d'accord ? Comment je fais pour te voir ?

Je ne savais pas. Il fallait vraiment que je parte, c'était tout ce qui comptait, pour l'instant. James allait bientôt se lever. C'était toujours le premier à le faire. J'avais une demi-heure devant moi, et il m'en fallait plus de vingt pour atteindre le manoir.

– Je m'en vais, Mason !

– D'accord, d'accord…

Il s'écarta vivement et j'accélérai aussitôt. Une fois sur la route, je gardai les doigts crispés sur le volant. Je pouvais à peine respirer. Tous les feux semblaient passer rouge devant moi et je me retenais de ne pas les brûler… non par souci de prudence mais parce que je craignais de me prendre un PV. Alors, ils sauraient. Ma mère saurait que j'avais filé au beau milieu de la nuit.

À peine garée dans l'allée, je courus vers le sous-sol et me glissai à l'intérieur par la porte de derrière. Puis je lâchai un profond soupir. Mes mains tremblaient et j'essayai de faire le moins de bruit possible pour monter vers ma chambre.

Une fois là-haut, j'eus le plus grand mal à me calmer. Toujours aussi stressée, je partis chercher de l'apaisement dans le lit de Mason, mais sans plus de résultats. J'avais l'estomac en vrille, et ça ne faisait que s'accentuer avec le temps. Pour finir, je repoussai la couverture et retournai dans ma chambre, où je passai mon survêt de running. Mes sneakers au pied et mes écouteurs sur les oreilles, je bondis hors de la maison. Il fallait que j'évacue la tornade qui menaçait de m'arracher les tripes.

Au bout d'une heure de course, la panique était toujours là. Sournoise et visqueuse, elle agissait comme un poison dont je n'arrivais pas à me défaire. Une autre heure s'écoula, mais je me sentais toujours aussi fiévreuse. Je continuai de courir, de plus en plus vite, malgré la sueur qui me brûlait les yeux et la douleur qui me cisaillait les talons. J'entendais la voix d'Ann-Lise. Elle me suivait dans ma course vers nulle part. j'avais beau aller vite et loin, je n'arrivais pas à la semer.

C'est à ce moment-là que je tombai.

Je m'effondrai sur la pelouse devant une maison, les bras en croix, les jambes écartées, ma poitrine se soulevant et s'abaissant frénétiquement. Je sentais mon pouls battre dans ma tête, contre mes tempes, dans tout mon corps, jusqu'à mes orteils.

Incapable de bouger, je restai là, à contempler le ciel. Le soleil s'était levé mais les bruits du matin commençaient à peine. Je savais que j'avais l'air d'une folle, allongée ainsi sur la pelouse de gens inconnus, mais je ne pouvais pas remuer. Mes membres s'étaient déconnectés et refusaient d'écouter mon cerveau. Je savais que je devais me lever, mais mon cœur m'ordonnait de rester immobile.

Je continuai de respirer, mes poumons faisant tranquillement leur travail. La panique ne me quittait pas, pourtant je reprenais peu à peu mon souffle.

– Sam ?

Nooon...

Les yeux fermés, je reconnus cette voix. Pas lui... Je ne pouvais pas lui faire face... Pas dans cet état.

Le bruit de sa voiture me fit l'effet d'une vague glacée. Ses pneus chuintèrent légèrement sur la chaussée quand il s'arrêta le long du trottoir. Puis il coupa le moteur et je compris. Je compris ce qui se passait. Quand sa portière s'ouvrit, je dus me résoudre à affronter la réalité en face. Il s'approchait.

Il allait voir dans quel état d'hystérie je me trouvais, et il allait me poser des questions.

Tout se bloqua en moi. Puis, comme mon corps se leva par une sorte d'automatisme, je posai sur lui un regard grave. En le découvrant, douché de frais, dans son jean et son t-shirt ajusté, je crus mourir.

Il était mon exact opposé.

L'enfant chéri d'une école privée pour riches. Sublime. Doué. Le quarterback le plus populaire et le plus désiré de notre lycée. Il avait tout. Et moi, rien.

Je respirai à fond et tentai de me rappeler qui j'étais devenue, mais ça n'avait pas d'importance. À cet instant, il n'y avait pas de Mason, pas de Logan. Même pas de Nate. Ils avaient été effacés de mon esprit, et j'étais celle que j'avais toujours nié être avant. La fille non désirée d'une prostituée. Ma mère. Je n'avais jamais voulu l'admettre, mais c'était la vérité. Elle avait aimé quelqu'un d'autre, s'était retrouvée enceinte de moi, avant d'alpaguer un homme seul pour se faire épouser. Entrée en scène de David Strattan. Il m'avait élevée, m'avait aimée – c'est, du moins, ce que je croyais – et avait aimé ma mère. Puis elle en avait trouvé un autre, qu'elle avait attiré dans ses filets, une victime plus appropriée – plus riche – que David Strattan.

Dur à avaler.

Adam traversait la rue, à présent, mais je ne pouvais empêcher la course folle de mon esprit, à cet instant.

Je n'étais rien. Je n'avais jamais rien été. Ma mère me tolérait parce que je tenais d'elle. Je vibrais comme elle. J'avais piégé Mason dans ma toile, je l'avais poussé à m'aimer. J'avais poussé Logan à me protéger, mais tout ça n'était qu'un mensonge. S'ils me voyaient à l'intérieur – à quel point j'étais le sale rejeton de ma mère – est-ce qu'ils continueraient à me soutenir ?

Les pas d'Adam s'arrêtèrent sur la pelouse où je me tenais maintenant assise.

Je ravalai tout. La gravité, l'engourdissement, la vérité. Et je clignai des yeux vers lui. Retour au personnage que je montrais à tous.

– C'est… toi ? demanda-t-il, abasourdi. Tu… ça va ?

Je gommai tout si vite de mon esprit que je pus presque prétendre qu'il ne s'était rien passé. Je lui souris et grimaçai en même temps.

– Je suis en vrac mais, oui, ça va.

Il partagea mon sourire. Le coin de sa bouche s'étira vers sa joue, et une fossette apparut

– Ce n'est pas moi qui vais te contredire, admit-il. Un de ces matins de merde, c'est ça ?

– Et, toi, tu allais où ? fis-je sans me départir de mon sourire fabriqué.

– Euh…

Il regarda à droite et à gauche puis haussa les épaules en s'asseyant à côté de moi. Comme moi, il ramena les genoux contre sa poitrine et y posa les bras d'un air tranquille.

– Pour tout te dire, j'allais à un rendez-vous… retrouver une fille.

– Un rendez-vous ?

Un mardi matin ?

– Oui, avoua-t-il en baissant la tête. C'est l'idée de ma mère pour l'aider à relancer son mariage.

– Euh… répète ?

– Je sais, c'est stupide.

La tête sur les genoux, maintenant, il enchaîna :

– Je n'arrive pas à croire que je fais ça.

– Comment cette fille pourrait aider à relancer son mariage ?

– Justement, je n'en sais rien. Je n'en sais rien du tout, mais c'est le truc que maman s'est mis dans le crâne. Elle adore s'occuper de la vie des autres plutôt que de la sienne.

Quand il releva la tête, je lui trouvai le regard plein d'amertume. Je crus qu'elle allait s'estomper mais, non, elle semblait ne pas vouloir le quitter. Je me rapprochai de lui. Ce n'était pas l'Adam qui m'en voulait de sortir avec Mason, c'était redevenu l'ami que j'avais un jour cru avoir.

– Il n'est pas rentré hier soir, poursuivit-il, alors, évidemment, quand je suis revenu du basket ce matin, elle avait déjà appelé une de ses amies dont la fille vient de s'installer ici. Et je suis censé rencontrer cette Felicia au Country Club.

Avec un petit rire nerveux, il enchaîna :

– Et elle a trouvé le timing parfait pour ça : je dois donner à cette fille une leçon de tennis pile au moment où mon père a son match à lui. Je peux même parier qu'on se retrouvera sur le court voisin du sien.

Il se passa une main dans les cheveux et ajouta :

– Bref, je suis censé jouer les espions pour ma mère.

– Elle a dit ça ?

– Non, mais elle voudra tout savoir sur ce que j'aurai vu. Je t'ai dit que mon père jouait contre l'une de ses assistantes de direction ? Et elle a les seins, le cul, le bronzage… bref, tout ce qu'il faut pour être la version plus jeune de maman.

– Tu crois qu'il essaie de la remplacer ?

Adam se leva brusquement, les mâchoires serrées, et regarda loin devant lui.

– Je n'en ai aucune idée, mais c'est ce que pense maman. Vu la façon dont elle hurlait au téléphone, tout à l'heure, je ne crois pas qu'elle se soucie qu'on l'entende ou pas. Merde… Elle penserait à sortir sa carte joker que ça ne m'étonnerait pas ?

– Qu'est-ce que tu veux dire ?

Mais, je savais. Ma mère aurait fait la même chose, cependant, je devais admettre qu'elle était meilleure à ce jeu. Elle aurait déjà devancé le père d'Adam.

– Qu'elle va jouer la carte de la pitié, pour que ma petite sœur prenne son parti. Je sais que mon frère pense déjà que mon père est un salaud.

– Ce n'est pas vrai ?

Lâchant un soupir désabusé, il répondit :

– Si, mais je continue à croire qu'il finira par me prouver le contraire. Je ne serai jamais comme lui, Sam.

– Pourquoi tu me dis ça ?

– Parce que j'ai besoin de l'exprimer tout haut, de le dire à quelqu'un pour que ce soit réel pour moi. Mon père ne changera jamais. Je sais qu'il a une liaison, mais ce n'est pas avec sa partenaire de tennis.

– Avec qui, alors ?

De nouveau, il se détourna.

– Quelle importance ? Il va quitter ma mère, et elle le sait. Tu sais ce que ça fait à notre famille ? À quoi ça ressemble, notre vie à la maison ? C'est comme de vivre dans une zone de guerre, sans que personne ne veuille admettre qu'il peut se prendre une balle à tout moment. Ça me fait horreur.

Et voilà l'amertume qui revenait.

– Je le déteste. Je la déteste. Qui est-ce qui supporterait ça ?

Je bondis sur mes pieds. Perturbée par sa franchise et par la façon dont il se dévoilait devant moi, j'explosai :

– Pourquoi tu me dis tout ça ? On était amis, il y a deux mois, et tu as tout cassé, tu te rappelles ?

D'une voix soudain radoucie, Adam me répondit :

– Parce que j'ai été un connard avec toi, et que je vois mon père se comporter pareil avec ma mère, chaque jour que Dieu fait. Je suis désolé… Je sais que tu recherchais mon amitié, que tu en avais besoin, même. Je le savais et je t'ai fait du mal parce que tu m'as fait du mal.

– Tu savais, pour Mason... ?

– Ça ne veut pas dire que je voulais, Sam. Je t'ai attendue si longtemps... et puis tu t'es fait embarquer par lui.

Un rire sec sortit de sa gorge.

– C'était dur à avaler, je peux te dire. Je hais ce type.

J'ouvris la bouche pour protester mais il m'en empêcha.

– Laisse-moi finir.

D'accord...

– J'ai toujours pris les Kade pour des trous du cul. Et je le pense encore, mais je ne peux pas nier non plus ce que j'ai vu de mes propres yeux. Ils sont sympas avec toi. Ils t'aiment bien, et lui, il t'aime tout court, ça se voit. Il t'observe, il te couve du regard, alors que toi tu n'as même pas remarqué sa présence. Ça fait mal de voir ça, parfois, mais c'est comme ça, et je dois faire avec. Je t'ai blessée, et je le regrette.

Je fermai un instant les yeux. Mason me surveillait sans que je le sache ? J'en frissonnai de délice mais parvins à réprimer un sourire. Mason m'aimait, malgré la mère que j'avais...

– Et je regrette pour Becky, aussi. Je lui ai menti pour qu'elle ne redevienne pas ton amie. Je lui ai déjà dit la vérité, et elle est furieuse contre moi, mais elle a peur de te contacter. Elle est super gênée.

– À propos de quoi tu as menti ?

– Je lui ai dit que tu te servais d'elle parce que tu n'avais pas d'amis. Je lui ai dit que tu t'étais moquée d'elle dans son dos à plusieurs reprises, et qu'après tu faisais celle qui n'avait rien dit.

Je lui jetai un regard à la fois stupéfait et horrifié.

J'avais des envies de meurtre, là, tout de suite.

Une main devant lui, il reprit :

– Je sais, je sais, Sam, je suis désolé. Sincèrement. Et je vais tout faire pour me racheter. Je te le promets. J'ai vu une conseillère, il y a deux semaines, et elle m'a dit deux ou trois choses qui m'ont interpellé. Pour que je ne devienne pas comme mon père, je ne dois éviter de faire les mêmes conneries que lui. Alors, fini pour moi de raconter des cracks. Je ne te mentirai plus jamais. C'est juré.

Pourquoi est-ce qu'il me disait tout ça ? Maintenant, quand on m'avait enlevé Mason et que j'étais seule… Mais Becky… les mensonges qu'il lui avait dits… ça me révoltait. À sa place, j'aurais fait la même chose, je serais partie. Qui voulait d'un ami qui se croyait mieux que tous les autres ?

– Est-ce qu'on peut redevenir amis, Sam ?

Je laissai échapper un soupir rauque. Ça n'annonçait rien de bon, mais j'acquiesçai d'un hochement de tête.

– Tu ne le regretteras pas.

Si, je le regrettais déjà…

Adam continua de me parler un peu. Mais j'avais du mal à l'écouter. Les choses avaient tellement changé en vingt-quatre heures que j'en avais le tournis. Mason et Logan m'avaient été arrachés. Adam et peut-être Becky étaient revenus. Et moi, où est-ce que je me situais ?

Quand il partit pour son rendez-vous, il était en retard mais affichait un sourire radieux. Je terminai mon running en regagnant le manoir. Je me sentais alors vidée, exposée et vulnérable à n'importe qui et n'importe quoi.

Arrivée au niveau de l'allée, je m'arrêtai, intriguée. La camionnette d'une compagnie de sécurité était garée devant la maison. En me dirigeant vers la cuisine, je vis un homme à genoux devant la porte. Deux autres s'affairaient à fixer un boîtier sur le mur. Ann-Lise s'entretenait avec celui qui devait être leur boss. Son bloc-notes à la main, il hochait la tête en l'écoutant lui montrer différents coins dans la pièce.

C'est alors qu'elle m'aperçut. Un sourire sombre se dessina sur son visage.

– Bonjour, ma chérie. J'ai vu que tes sneakers n'étaient pas là, j'en ai donc conclu que tu étais partie courir.

Elle jubilait, manifestement.

– Qu'est-ce qu'ils font ?

– Oh, rien de bien méchant, ma puce. Rien qui doive t'inquiéter, en tout cas.

Puis, son sourire se fit triomphant quand elle ajouta :

– Ils installent un nouveau système de sécurité.

Je crus défaillir.

– Dorénavant, la maison sera équipée de caméras de surveillance.

CHAPITRE 8

Impossible d'envoyer un seul e-mail à Mason.

Impossible d'appeler Mason.

Et, pire que tout, impossible de voir Mason.

Le lendemain après-midi, je me retrouvai en train d'arpenter ma chambre comme un lion en cage, en marmonnant des débilités.

Alors, je fis ce que je faisais toujours : je partis courir pour la deuxième fois de la journée. Sauf que là, mon corps était mou, mes jambes étaient comme du plomb et j'avais un mal fou à me libérer de mes démons. Après une heure à me traîner, j'abandonnai et me mis à marcher, et à marcher encore. Au bout de deux heures, je me rendis compte que je m'étais aventurée dans une partie de Fallen Crest que je ne connaissais pas. Sans être un « mauvais » quartier, c'était beaucoup plus loin que tous les endroits que je fréquentais pour courir.

– Va te faire foutre, Brandon ! résonna une voix en provenance d'une maison sur ma gauche. Si tu te tapes encore une fille, je te jure que t'auras plus personne pour t'aider !

Une moustiquaire claqua dans un bruit métallique, et une fille aussi longue que mince apparut sous le porche de bois pour s'allumer une cigarette.

Levant les bras au ciel, elle cria en direction de l'intérieur :

– J'y arrive pas toute seule, quand t'auras compris ça… !

Pour toute réponse, elle eut droit à un juron. La mine aussi furieuse que dégoûtée, elle envoya à son interlocuteur un doigt d'honneur bien senti. Puis elle se laissa tomber sur une chaise en alu, au pied de laquelle se trouvait un bol plein de mégots. Après avoir allumé sa cigarette, elle en exhala la fumée d'un air théâtral et se cala contre le dossier. Appuyant une longue jambe pâle sur ce qui ressemblait à un mini brasero, elle balança sa chaise en arrière. Alors qu'elle laissait échapper une deuxième bouffée de fumée, elle m'avisa de loin et plissa les yeux.

Merde…

J'avais assisté à toute la scène, incapable de détourner mon regard. Ça semblait ridicule, comme si elle m'avait prise en train de faire quelque chose de mal.

Ses cheveux couleur paille n'étaient qu'une masse informe, et pourtant, sur elle, ça passait. Cette tignasse, ajoutée à ses yeux ultra-maquillés et ses lèvres boudeuses, lui donnait l'air d'émerger de la meilleure baise du monde.

– Hé, toi ! me lança-t-elle.

– Oui ?

– Viens par là.

Elle me fit signe d'approcher. J'hésitai une seconde puis, malgré moi, la rejoignis. Tapotant la chaise à côté d'elle, elle me dit :

– Installe-toi.

Puis elle se cala de nouveau contre son dossier et m'examina de haut en bas. Après une nouvelle bouffée de cigarette, elle me demanda :

– Je te connais ? J'ai l'impression de t'avoir déjà vue.

Je me sentais tendue et anxieuse. J'aurais dû être épuisée, après mes quatre heures de course du matin, et ces deux heures de marche maintenant, même si j'avais traîné un peu sur la fin. N'importe quoi, du moment que ça m'évitait de penser. En partant, j'avais failli prendre la voiture, mais je ne me faisais pas confiance, une fois au volant, je me serai précipitée chez Nate pour voir Mason, pour lui faire l'amour une fois encore, sans réfléchir aux conséquences que ça pourrait avoir. S'il ne prenait pas ma mère au sérieux, moi, si. J'étais obligée, sinon je le perdais.

Je frémis à cette idée. Personne ne savait jusqu'où pouvait aller Ann-Lise, si on la poussait dans ses retranchements. Il s'était passé quelque chose pour qu'elle se sente coincée comme ça. J'ignorais ce que c'était, mais sa folie se révélait de plus en plus au grand jour.

– Hey ! fit-elle en claquant des doigts.

– Oh… désolée.

Elle écrasa son mégot dans le bol posé par terre entre nous, et alluma aussitôt une autre cigarette.

– Je sais que je te connais, insista-t-elle. Mais, je vois pas comment.

– Tu vas à Fallen Crest Academy, peut-être ?

Un énorme rire sortit de sa gorge.

– Carrément non ! Et heureusement. Pourquoi ? Toi, t'y vas ?

– Oui. Mon père est coach de foot.

– Nooon ! Mon frère était dans l'équipe contre eux, y a trois ans de ça. Il a rien fait, depuis…

– Ce bar, c'est à moi, Heather ! rugit une voix à l'intérieur. Moi aussi, je bosse !

Elle leva les yeux au ciel.

– Ce que je disais… il fout rien à part s'envoyer mes copines et dépenser TOUTES MES THUNES ! dit-elle d'une voix assez forte pour qu'il l'entende.

Une autre injure fusa, mais elle se contenta d'en rire.

– Enfin… tu t'appelles comment ? Moi, c'est Heather Jax. Et l'autre bouffon, là-dedans, c'est Brandon. Quant à la partie restau de notre humble demeure, elle appartient à mes vieux.

Humble demeure... ? C'était une baraque délabrée, dont les clients semblaient tout droit sortis de prison. L'enseigne, en haut du porche, annonçait

Manny's, écrit en grosses lettres blanches sur fond noir, avec une flèche verte pointée vers le bas. Jamais je n'avais remarqué cet endroit, mais c'était l'appel de Heather qui avait attiré mon attention. Plus je restais ici, plus un scénario se jouait dans ma tête.

Elle souffla la dernière bouffée de sa cigarette. Comme elle en écrasait le mégot, je m'attendais à ce qu'elle en allume une troisième, mais elle se contenta de se caler sur sa chaise. Puis elle grimaça et bondit debout.

– Attends. Je reviens dans une seconde.

Elle disparut à l'intérieur, pour en ressortir aussi vite, deux Corona à la main. Elle s'assit et m'en tendit une en riant. Un rire de gorge, si profond et éraillé que j'imaginai aussitôt Logan en train de baver devant elle.

– Ouais, je crois qu'on peut appeler cet endroit notre humble demeure, dit-elle avec un sourire ironique.

Elle avala une longue gorgée de bière et poursuivit :

– C'est à nous, et à nous seuls. Ça appartient à aucune foutue société de merde. On est proprios. Putain, si ça vit, c'est grâce à nous. Ma mère l'a acheté quand j'avais trois ans, mais elle s'est tirée quand j'en avais six. C'est mon père qui nous a élevés, tous les trois, et on l'aide du mieux qu'on peut. Brad, il est footballeur, recruté par une grande université à l'autre bout du pays. Brandon, lui, il est resté ici. Il suit des cours en ligne et s'occupe un peu du bar. Papa gère les comptes et, moi, je fais la cuisine.

Je n'avais pas encore goûté ma bière.

Elle me jeta un regard en coin, alors qu'elle avait à moitié terminé la sienne.

– Tu es sûre que je te connais pas ? insista-t-elle.

Bien sûr qu'elle me connaissait. Pas besoin d'être un génie pour comprendre que cette fille allait à Fallen Crest Public. Et, donc, elle connaissait Mason et Logan, et il y avait des chances qu'elle m'ait vue dans une fête avec eux. Tout le monde allait à ces soirées.

Mais, un sixième sens me titillait. Cette fille n'avait sans doute pas la moindre idée de qui étaient Mason et Logan. Je me demandai… non, elle allait retenir ça contre moi, et je ne le voulais surtout pas. Parce que, dès que je l'avais entendue hurler après son frère, je sus que je voulais bosser dans ce restau. Il me fallait quelque part où me cacher de ma mère pendant que je m'efforcerais de rester éloignée de Mason, et ça, c'était l'endroit idéal.

– Tes clients, ils sont dangereux ?

La question m'échappa avant que je réalise à quel point elle pouvait être stupide… et offensante. Franchement, j'avais un problème, là.

– Euh… désolée.

Un autre rire rauque s'échappa de sa gorge de fumeuse. Puis elle acheva sa bière et la jeta dans le brasero devant elle.

– Nan, t'inquiète. Ils aimeraient bien, mais ils sont inoffensifs. Le plus dangereux, c'est Gus, mais c'est juste à cause de ses pets, qui sont mortels. Jamais il se retient.

– Ah, oui ?

– Ouais.

L'espace d'une seconde, son regard se fit un peu affectueux, pour retrouver aussi vite son sérieux. Elle se reconcentra sur moi.

– Allez, dis-moi… pourquoi je te connais ?

J'hésitai. Puis je pris mon courage à deux mains. Elle serait furax en découvrant la chose après coup… ce qu'elle ferait inévitablement.

– En fait, je sors avec Mason Kade.

J'attendis sa réaction. Elle me garderait ou me jetterait ? Impossible à prédire.

– Ah… putain, oui…

Elle se rua à l'intérieur pour prendre une autre bière et cogna sa bouteille contre la mienne.

– T'as des couilles pour te faire ce gars-là.

Je n'en revenais pas. Pourquoi me disait-elle ça ?

– J'étais sûre que tu me dégagerais, en apprenant ça.

Heather secoua la tête et sourit. Elle repoussa quelques mèches en arrière et bâilla en s'étirant. Ses bras s'allongèrent au-dessus d'elle, sa poitrine ressortit et son dos se cambra conte la chaise en alu. C'était sûr, songeai-je en souriant, Logan saliverait devant cette fille. Elle portait un top rouge ultra-moulant, remonté au-dessus du nombril, sur un jean skinny tout délavé et déchiré aux genoux. Logan aurait dit que cette fille, c'était du sexe en bâton.

– Nan, carrément pas, sourit-elle. J'ai comme l'impression que t'es pas tout à fait idiote et que, si t'as regardé par ici, c'était pas pour rien… comme quand je t'ai fait signe. Tu veux bosser ici, c'est ça ?

Oui… exactement. Je ne savais pas si Mason approuverait, mais, tant pis. Il me fallait quelque chose, n'importe quoi pour m'empêcher de courir vers lui. Et c'était la planque parfaite. Ça rendrait ma mère furieuse.

– Oui.

– C'est marrant, j'ai tout de suite vu. C'est pour ça que je t'ai appelée. T'avais la niaque, si tu vois ce que je veux dire.

Je commençais tout doucement à me relâcher.

– Alors, j'ai le job ?

– T'as déjà été serveuse ?

Non...

– Oui.

– Menteuse, fit-elle avec un petit sourire. Allez, t'es embauchée. Tu commences ce soir ?

Je n'y croyais pas.

– Oui. À quelle heure ?

Tout en se mâchonnant la lèvre, elle me passa une nouvelle fois au scanner de son regard perçant, et répondit :

– Le service du soir, c'est dans une heure. Si tu sors avec Mason Kade, ça fait que tu vas être sa demi-sœur. Ces molasses, elles parlent que de ça, donc, je sais que tu habites dans leur château, là-bas et, si t'as fait tout ce chemin à pied, t'auras jamais le temps de refaire l'aller-retour pour l'ouverture. Tu saisis ?

Je fermai les yeux. Étais-je déjà en train de perdre le boulot que je venais de trouver ?

Indiquant du pouce la façade de bois, un peu en arrière du restaurant, Heather déclara :

– Tu vois cette baraque merdique, là ? C'est à nous. Si tu veux, t'as de quoi te doucher. Je peux te filer des fringues pour le service, et ton prince charmant, il pourra venir te chercher, ce soir quand t'auras terminé. T'en dis quoi ?

Trop beau, mais je fis la grimace. Comment est-ce que j'allais rentrer, après le service ? Je ne pouvais pas appeler Mason – et, si je parvenais à le joindre, c'était sûr que je finirais dans son lit. Là encore, tant pis. Je trouverais bien le moyen de rentrer. Aussi, je me jetai à l'eau.

– C'est d'accord.

– OK, ça le fait, dit-elle en se levant.

Puis elle lança à son frère :

– Elle a un petit copain, Brandon ! Donc, bas les pattes.

– Ouais, ouais ! marmonna-t-il avant de lâcher un juron de dépit.

Heather lui fit un doigt, qui fut accueilli par un gros rire.

Comme on se dirigeait vers leur maison, elle fourra les mains dans ses poches arrière. Ses jambes interminables lui donnaient une démarche souple et féline, qui aurait fait grogner de désir un certain Logan. Du sexe en bâton… Je n'avais qu'une hâte, que ces deux-là se rencontrent.

Heather m'introduisit dans sa maison, non sans faire claquer la moustiquaire derrière nous. On passa devant un salon orné de deux canapés avachis et d'une télé posée sur un meuble à roulettes. La cuisine était petite et plutôt spartiate. Dans le coin salle à manger trônaient une table et quatre chaises, avec des cartons d'alcool disposés un peu partout. Remarquant mon regard surpris, elle expliqua :

– Cette pièce sert des fois à mon père pour stocker ses bouteilles. Il pense que c'est plus sûr ici que dans le bar. On a eu quelques employés qu'étaient pas trop fiables, si tu vois ce que je veux dire.

Puis, indiquant l'escalier, elle ajouta :

– La douche est là-haut. Je te fais pas utiliser celle de Brandon et de mon père, cette partie de la maison est trop crade. Vas-y, je te monte des fringues.

Après m'avoir montré la douche, située dans une salle de bains propre et décorée de dentelle rose, elle me laissa me détendre un peu. Cela faisait longtemps que je n'avais pas mis les pieds dans un endroit qui n'était pas le summum du luxe. Mais, ça m'allait. Pour une raison que je ne m'expliquais pas, je m'y sentais à l'aise. Je me glissai sous l'eau tiède où flottait une vague odeur de muguet. Alors que je me savonnai avec un peu de son gel douche, je souris en pensant aux mains de Mason sur ma peau. Il aurait adoré ce parfum. Il aurait adoré m'en enduire le corps avant de m'attirer contre lui. Ses mains se seraient alors posées sur ma taille, puis auraient continué plus bas…

– On n'a pas d'uniforme spécial, en fait, lança de loin la voix rauque de Heather.

Je sursautai et mon coude heurta violemment le tuyau soutenant la douche. J'étouffai de justesse un cri de douleur.

Elle resta muette un instant puis interrogea :

– Ça va ?

Elle avait dû ouvrir la porte de la salle de bains car sa voix se fit d'un coup plus forte.

– Je suis trop conne, je t'ai même pas demandé ton prénom. C'est quoi ?

– Samantha, répondis-je en me dépêchant de me rincer les cheveux et le reste.

– Oh, alors, re-salut. Moi, c'est Heather.

Elle rit et enchaîna :

– Enfin, bref, je te disais qu'on n'a pas d'uniforme précis, mais les filles qui ont bossé ici ont toujours porté un jean et un t-shirt, assez court et moulant pour montrer leur nombril… ça aide pour les pourboires, figure-toi. On a pas mal de clients réguliers, mais les week-ends, on a des petits cons bourrés de thunes, aussi. Ils viennent ici en cachette de leur bonne femme ou de leur petite copine, et eux aussi, ils ont leurs habitudes. Et puis, les pourboires ça y va, avec eux.

Des petits cons bourrés de thunes... Mason, est-ce qu'il connaissait cet endroit ?

– Je t'ai mis un jean et des t-shirts sur le lit, me lança Heather en me tirant à nouveau de mes pensées. Prends ton temps, et descends quand t'auras fini. Tu transpirais pas mal aussi, alors je te prépare de quoi grignoter. T'en auras besoin pour tenir toute la soirée. Et puis, je préfère te prévenir, il y a quelques serveuses qui vont pas t'aimer, surtout si tu leur dis avec qui tu es en couple.

Après une courte pause, elle ajouta :

– Mais, moi, je ne dirai rien, juré. À toi d'en parler, si ça te branche. Quelque chose me dit que tu serais du genre secrète, mais à chacun son truc. Mon frère, il va être dingue. Il adore les Kade. Il oubliera jamais la première fois où ils ont débarqué ici pendant son service. À l'entendre, c'était le bon Dieu en personne qui venait le sauver de l'enfer... Bon, je descends. À toute.

Brandon connaissait Mason ? Les autres filles aussi ? Mais, bien sûr. Où avais-je la tête ? En descendant l'escalier, quelques minutes plus tard, je me dis qu'il fallait absolument que je sache, car ça m'intriguait. Pas à cause de Mason et moi, mais à cause de ma mère et moi. Bien décidée à en savoir plus, je tournai à l'angle de l'escalier et rejoignis Heather dans la cuisine. Elle me tendit une assiette où trônait un sandwich.

Ann-Lise ne le savait peut-être pas encore, mais j'allais lui faire regretter d'avoir forcé Mason à s'éloigner de moi. Le job que je venais de me trouver chez Manny's allait génialement m'aider à entamer mon processus de vengeance.

CHAPITRE 9

Ma formation pour ce nouveau job ne me posa pas de problèmes. Le plus délicat fut de rester aimable avec les clients qui se montraient *trop* amicaux, mais Heather sut parfaitement gérer la situation. J'appris à prendre les commandes et à évaluer le meilleur moment pour servir les plats. Servir à boire me parut plus facile, mais je fus plusieurs fois déstabilisée par certains clients qui, au moment où je leur apportais leur verre, changeaient finalement pour une autre boisson. Heather ne se priva pas de rire de mes maladresses, ce qui ne l'empêcha pas de venir me prêter main-forte dès que j'en avais réellement besoin. Et, alors que je me précipitais pour resservir les clients impatients, elle parvenait à accomplir deux ou trois tâches à la fois.

Je n'étais pas encore multitâche, mais, en fin de soirée, je me sentais déjà nettement plus à l'aise. Brandon se montra gentil et patient chaque fois que je m'approchais pour lui poser une question, ce qui m'aida beaucoup. Il prit le temps de me décrire toutes les boissons, de m'expliquer comment les servir, tout en me disant de ne pas m'inquiéter, que j'apprendrais très vite. Cependant, quand sa sœur le surprit pour la quatrième fois en train de me donner la même explication, j'eus droit à un regard noir de la part de Heather. J'en conclus que, bien qu'elle l'ait prévenu, il n'avait pas intégré le fait que je voyais quelqu'un d'autre. Mais, c'était sans importance, je n'avais pas l'intention de lui faire du charme.

Deux autres serveuses se pointèrent un peu plus tard, toutes les deux si canons que je me demandai comment Heather pouvait s'étonner de voir son frère lorgner dessus. Mais ça, c'était avant de voir apparaître celle qui prenait son service à neuf heures. Nommée Gia, elle aurait pu sans problème prétendre au titre de reine de l'Academy Elite du lycée. Les cheveux blond platine, les seins en silicone, elle portait une tenue qui la couvrait à peine. Un maillot de bain aurait mieux dissimulé ses formes pulpeuses. C'était la bombe de service, comme me l'expliqua Heather, l'attraction que tous attendaient.

À la fin de la soirée, je me sentais prête à assurer un service entier à moi toute seule. Heather m'avait tout spécialement assigné quelques tables, et je m'en étais à peu près bien sortie. Mes pieds me tuaient mais j'osai espérer que c'était dû à mes quatre heures de running plus mes deux heures de marche. Ce qui me rappela que j'étais censée répondre aujourd'hui au message du coach Grath… et que j'avais complètement zappé la chose. Je me promis donc de le rappeler le lendemain. Mon entraînement pourrait avoir lieu le matin puisque Heather avait besoin de moi chaque soir des vacances. J'aurais aussi droit à un congé un jeudi sur deux, ainsi que chaque mardi de la semaine opposée, dès que l'école reprendrait. Quand je lui parlai des week-ends, elle m'assura que je serais trop contente de les avoir aussi.

Après avoir nettoyé et rangé, quand tout le monde fut parti, je me retrouvai face à un gros problème.

Comment rentrer chez moi ?

J'avais bien mon téléphone, mais aucun moyen de joindre Mason puisque le sien était déconnecté. Je n'avais pas celui de Nate et, quant à la ligne de Logan, elle avait été coupée aussi. Aucun d'eux ne pouvant venir me chercher ici, il ne me restait qu'une seule option.

Appeler Adam. Ce que je fis après juste quelques secondes d'hésitation.

Dix minutes plus tard, il se garait sur le parking, vêtu d'un polo vert et d'un pantalon kaki. Ses cheveux étaient parfaitement lissés. Comme je humai son eau de toilette, je lui demandai s'il sortait d'un rendez-vous amoureux. Il me jeta un regard bizarre puis secoua la tête. Il venait juste d'une fête.

Pas vraiment étonnant.

Quand il me demanda si je voulais y aller avec lui, je refusai. C'est alors qu'il prononça les mots magiques :

– Ça se passe dans le manoir de Nate Monson.

Nooon… !

Et maintenant, je faisais quoi ? Je connaissais déjà la réponse quand je hasardai :

– Adam, j'ai une énorme faveur à te demander.

– Vas-y, lance-toi. Laquelle ?

– Est-ce que tu accepterais de m'accompagner chez moi pour dire à ma mère que je ne sors qu'avec toi et tes amis ?

– Dis-moi… ta petite maman n'adore pas les gens avec qui tu traînes, je me trompe ?

– Dis plutôt qu'elle les déteste.

Je restai muette sur les menaces, les ultimatums et tout ce qui se jouait en ce moment. Je savais que je ne devais pas aller chez Nate mais je ne pouvais pas résister. Un jour, un seul jour sans Mason et, déjà, je craquais.

À ma grande surprise, Ann-Lise fut ravie de voir Adam. Elle délira carrément sur son père et lui demanda des nouvelles de sa mère, qu'elle devait retrouver le lendemain pour un déjeuner au Country Club. Quand je dis à Adam que sa mère risquait alors de révéler à Ann-Lise ce que son fils avait fait la veille au soir, il me répondit de ne pas m'inquiéter.

– Pourquoi tu t'en fais ? Ma mère ne sait pas ce que je fais de mes soirées. On n'est pas super proches, au cas où tu l'aurais oublié.

Non, je n'avais pas oublié, et je remarquai comme ses mains étaient crispées sur le volant pendant qu'il me parlait.

Mais j'oubliai tout ça quand on pénétra dans la gigantesque propriété de Nate. Des ribambelles de voitures étaient garées le long de l'allée et jusque dans la rue. Cette fête était énorme, et mes yeux l'étaient tout autant quand j'observai la foule des invités. Il y en avait partout, et Adam dut ralentir pour laisser passer un groupe de gens qui encombraient le passage.

– Moi qui avais trouvé la dernière soirée incroyable… celle-là dépasse tout ce que j'ai vu. C'est dingue !

– Oui, Peter m'a dit, dans un SMS, qu'il avait repéré des élèves de sept écoles différentes. C'est les vacances d'hiver, et puis c'est les Kade, avec Monson.

Avec un petit sourire, il ajouta :

– Et encore, tu n'as pas tout vu.

Oui, je m'attendais à tout. Mais quelque chose me titillait. Peter… Ça voulait dire que l'Elite serait là. Mais, bien sûr, tout le monde serait là.

– Peter est ici ? hasardai-je sur un ton détaché.

– Oui.

Ça signifiait que Miranda serait là aussi. À l'époque, elle sortait avec Peter avant de tomber raide dingue de Logan. Je me rappelai, non sans un certain malaise, les derniers mois. L'Elite du lycée avait tenté de m'utiliser pour attirer Mason et Logan dans leur groupe. Mais Logan s'était contenté de leur rire au nez. Miranda l'avait alors traité de mac, et chaque fille qui lui tombait dans les bras était une pute. Puis, elle s'était fait ridiculiser quand il avait commencé à la draguer. Il lui avait fallu une soirée, oui, une seule soirée pour qu'on la voie se balader le lendemain matin avec sa chemise sur le dos.

Logan était sorti avec elle pendant un mois, persuadé qu'en faisant ça il me protégeait d'elle, la reine des abeilles du lycée, qui avait menacé de faire de ma vie un enfer. Si elle était en couple avec Logan, elle serait satisfaite et cesserait d'en avoir après moi. Mais, la vraie raison était que Logan avait pu ainsi, sans le savoir, faire aboutir le plan de Mason.

Pourquoi celui-ci voulait-il que Logan sorte avec Miranda ? Pour humilier cette fille. Il savait qu'en se retrouvant dans les bras de son frère, elle passerait pour une salope doublée d'une hypocrite. Et ça n'avait pas loupé ! Les membres de l'Academy Elite lui avaient ôté son rôle de leader. Elle qui jusque-là condamnait les filles qui couchaient avec Logan, avait réussi à oublier son petit ami de trois ans pour passer une seule nuit avec lui !

Tout ça me laissait aujourd'hui un goût amer. On s'était servi de Logan, et il l'ignorait.

Si Mason voulait blesser Miranda, Nate et moi étions les seuls à connaître ses vraies motivations. Elle avait touché une corde sensible qui, il le savait, pouvait menacer sa relation avec son frère. Cette corde, c'était moi. Il y avait une autre fille que Logan avait aimée, vraiment aimée, et qui s'était servi de lui pour se rapprocher de Mason. Puis, j'avais fait irruption dans leur vie. J'étais tombée amoureuse de Mason… qui craignait que Logan ait aussi des sentiments pour moi. Lorsque Miranda lui avait sournoisement reproché d'avoir séduit la fille que Logan désirait, Mason avait préféré couper court à toute menace. Voilà pourquoi il avait incité Nate à convaincre Logan de se l'envoyer pendant un mois.

Tout s'était passé comme prévu.

Les amis de Miranda avaient perdu tout respect pour elle. Logan pensait qu'il me protégeait, et Mason savait qu'il n'aurait plus à se soucier de cette fille.

Mais, oui, tout ça me laissait un goût amer…

Et puis Adam avait lâché une dernière bombe :

– Oui, et je crois qu'il y aura aussi quelques cousins des Kade. Ils ont amené avec eux la moitié de la fête en débarquant avec Logan.

– Logan est là ? m'étranglai-je.

Logan était là… Mason était là… Cette soirée allait être bien trop énorme pour que nos parents n'en apprennent pas l'existence à un moment ou à un autre. Je devais absolument filer d'ici.

– Arrête. Arrête-toi ici.

– Quoi… ?! Mais, attends, pourquoi ?

Non, trop tard.

Comme il ralentissait devant un autre groupe de gens qui traversaient l'allée, j'en profitai pour bondir hors de la voiture. Je ne savais pas ce que je faisais ni où j'allais, mais je me précipitai vers la route. Mon cœur battait à tout rompre tandis que cette bonne vieille panique me reprenait, menaçant de m'asphyxier, de m'engloutir. Mais je continuai de courir.

J'entendis à peine Adam m'appeler et je poursuivis ma course au milieu des invités.

– Hey, du calme… ! résonna une voix rauque non loin de moi.

Une main se dressa devant moi, et je manquai de tomber quand un bras s'enroula autour de ma taille et me souleva dans les airs avant que je me vautre par terre. Plaquée contre une poitrine massive, la tête dans le brouillard, je m'étranglai de surprise en découvrant l'image toute floue de Heather devant moi.

Elle devait être en train de rire car elle avait encore de minuscules ridules au coin des lèvres, mais elle retrouva son sérieux en découvrant ma peur. Haletante, je m'accrochais au bras qui me tenait en place. Il émit un grognement derrière moi.

– Putain, Heather, elle va me faire saigner.

– Tiens-la bien, Norm ! lui rétorqua Heather.

D'une voix soudain radoucie, elle ajouta en repoussant mes cheveux en arrière :

– Hé, qu'est-ce qui se passe ? Il t'est arrivé quoi depuis que t'es partie de chez Manny's ?

– Tu connais cette nana, Heather ? demanda une voix différente.

Elle lui jeta un regard irrité avant de lui lancer :

– Ouais, alors ferme-la. C'est mon amie.

– C'est la meuf de Kade. Laisse tomber, Norm.

– Ta gueule, Shanning !

Puis, s'adressant à Norm par-dessus mon épaule :

– Tu la laisses tomber et je t'arrache les couilles ce soir quand tu seras trop bourré pour t'en apercevoir, tu m'entends ?! C'est ma copine.

L'étreinte se resserra autour de ma taille tandis qu'une voix grave vibrait contre mon dos.

– Je sais pas, Heather. Je veux pas d'histoire avec les Kade. C'est peut-être des connards de riches, mais, avec eux, il y a pas d'embrouilles.

– C'est pas des petits cons du privé, Heather, lui soutint la même voix à côté d'elle. Peut-être que t'aimes bien cette fille, mais elle est à eux. On devrait même pas être là. J'avais bien dit que c'était nul de s'inviter à cette teuf.

– À part ici, y a pas d'autres fêtes, riposta vivement Heather. Et puis, on fait rien de mal, que je sache. Je connais cette fille, et elle flippe à mort, tu vois pas ? Je veux savoir ce qui lui est arrivé…

– Et si ce sont les Kade qui lui sont tombés dessus ? Tu feras quoi ?

Le gars ne me semblait pas menaçant, juste un peu raisonnable.

– Cette fille, c'est pas notre problème, continua-t-il. Tu vas pas te mouiller à cause d'elle.

Indignée, elle s'apprêtait à répliquer quand il enchaîna :

– Moi, je m'en occupe pas. Mais, si tu te lances dans une baston avec eux, je les laisserai pas te taper dessus. Si ça arrive, on se tire. Tous. Toi aussi.

– Channing, articula-t-elle entre ses dents.

Comme elle se tournait vers moi, le brouillard dans lequel je baignais s'était dissipé, et je pensais un peu plus clairement. Je voyais aussi plus clairement. Le garçon qui parlait était long et mince. Il avait un visage de mannequin et le corps couvert de tatouages. Le simple t-shirt noir qu'il portait ne cachait rien d'une puissante musculature qui contrastait avec sa minceur. Et je ne m'étais pas trompée, il n'y avait aucune crainte dans son regard sombre, il était juste sur ses gardes. Il considérait Heather, en face de lui, avec un brin d'inquiétude.

Moi qui avais l'intention de la présenter à Logan… c'était mort, maintenant. J'ignorais ce qui les liait, tous les deux, mais elle n'était pas seule. Mais c'est vrai, j'avais négligé de lui demander si elle avait un petit ami. J'étais tellement obsédée par ma propre vie amoureuse…

– Norm, lui dit alors le garçon. Lâche-la.

– Non ! s'écria Heather. Pas comme…

Le bras qui me retenait s'ouvrit subitement et je tombai… tout en reprenant ma respiration, un peu coincée jusque-là. Levant sur lui des yeux pleins de larmes à cause de l'oxygène qui revenait, je découvris celui qui m'avait retenue contre sa puissante poitrine : un véritable bodybuilder. Un géant… mais qui me gratifia d'un sourire timide en déclarant :

– Désolé. Il a dit « lâche », alors j'ai lâché.

– Euh… pas de problème.

Heather lui jeta un regard noir puis s'approcha de moi.

– Hé, ça va, ma puce ? Qu'est-ce qui te faisait si peur ?

Je secouai la tête. Impossible d'en parler à qui que ce soit.

– Sam ?

Mais, tout ça n'avait plus d'importance, maintenant.

Je me tournai vers Mason, qui se tenait, les poings serrés, à quelques pas du groupe. Il n'y avait personne derrière lui. Il était venu seul. Ses yeux rivés aux miens, il m'interrogeait du regard.

Je n'hésitai pas une seconde.

Je courus vers lui, il m'attrapa au vol alors que je me jetais dans ses bras, et il me serra contre lui. Mes jambes s'enroulèrent autour de ses hanches, il me passa une main dans les cheveux, m'embrassa le front, et j'enfouis mon visage au creux de sa poitrine.

C'était là, ma place. Je ne pouvais être nulle part ailleurs.

On partait tous les deux pour l'enfer.

CHAPITRE 10

Toujours dans les bras de Mason, je le sentis relever la tête pour s'adresser aux autres.

– C'est bon, je m'en occupe, leur lança-t-il.

– Tu es sûr ? résonna la voix d'Adam, non loin. Elle a vraiment flippé, tu sais.

Je frissonnai quand la main de Mason m'effleura le visage avant de descendre sur mon bras. Je ne voulais pas que ce moment s'arrête. Je voulais qu'il dure le plus longtemps possible car, quand la réalité nous retomberait dessus, je savais quelles seraient les conséquences de mes – de nos – actes. On le paierait cher. Très cher. Mais je ne voulais pas y penser maintenant.

– Oui, elle va bien, répondit Mason d'une voix rauque d'émotion.

– Mais elle avait peur de qui ? intervint Heather en s'approchant.

Mason se tendit malgré lui. Il détestait avoir à s'expliquer. Je levai la tête et la regardai. Lentement, je me laissai descendre sur le sol. Mason garda les bras autour de moi, me protégeant de sa poitrine.

Je lus de l'inquiétude dans le regard de Heather. Quelque chose me remua les tripes.

– Ma mère…

– Sam… souffla Mason.

Je l'ignorai.

– Elle a menacé de…

Les bras de Mason me forcèrent à me retourner, et il m'entraîna aussitôt vers la maison.

– Hé, attends ! lança-t-elle.

Il cria par-dessus son épaule :

– Ça ne te regarde pas, Jax. Fous-lui la paix.

– Si, ça me regarde. C'est mon amie !

– Ah, et depuis quand ?

D'un signe de tête, je fis comprendre à Heather qu'il ne fallait pas. Elle ne devait pas lui parler de mon job chez Manny's. C'était à moi de le faire. Devant mon regard suppliant, elle n'insista pas. Mason continua d'avancer vers la maison et, dès qu'on se fut un peu éloignés, je vis l'autre gars attraper le bras de Heather. Il la poussa vers le groupe. Puis, comme on passait devant Adam, celui-ci se mit à nous suivre et me cacha ainsi la vue que j'avais des autres, derrière nous.

Alors qu'on entrait dans la maison, la musique sembla tripler de volume. Je sentis les basses faire vibrer le sol quand on monta l'escalier vers notre chambre. Notre chambre… Un frisson me saisit tandis que je pensais déjà au sanctuaire que cette pièce représentait pour nous. Il n'y aurait que lui et moi… et Adam qui nous suivit à l'intérieur.

– Hé, mec… lui dit Mason en se retournant.

– Je veux juste savoir si elle va bien. Je l'ai récupérée dans un bar, ce soir, et…

– Tu… quoi ?! s'exclama-t-il. Sam, tu étais dans un bar ?

– Seule, précisa Adam.

– Tu es allée *toute seule* dans un bar, ce soir ?

J'allais m'expliquer, quand la porte s'ouvrit. Logan entra, un charmant sourire aux lèvres, claqua des doigts puis exécuta un salut devant nous.

– J'ai tout arrangé, Sam. Tu n'es plus forcée d'obéir à ta mère.

– Hein… ? dit Adam sans comprendre.

– Mais, qu'est-ce que tu fiches là, toi ? lui demanda Logan.

– Tu veux savoir ? fit-il, le regard étincelant, en le dominant de sa taille de géant, C'est moi qui l'ai amenée ici. C'est moi qui ai menti à sa mère pour toi, OK ? Alors, j'estime que j'ai le droit de savoir ce qui se trafique ici, bordel !

– Quoi ?! s'étrangla Logan avant de se tourner vers moi. Il a fait quoi ?

Je soupirai, m'écartai de Mason et croisai les bras. J'avais l'estomac en compote, mais peut-être qu'Adam avait raison. Je sentais que j'aurais sans doute encore besoin de lui avant la fin de ce mois.

– Peut-être qu'on devrait le mettre au courant, suggérai-je.

– Non… ! reprit vivement Logan.

– NON ! renchérit Mason.

Fermant les yeux, je lâchai un profond soupir. Ils avaient l'air absolument furieux, tous les deux. C'est cet instant que choisit Nate pour entrer à son tour, un pack de bières à la main. Il allait refermer la porte quand un bras l'en empêcha, laissant place à deux visages hilares. Ils avaient les mêmes cheveux longs et bouclés que ceux de Logan, et les mêmes fossettes aux creux des joues. Oui… des jumeaux.

– Non, pas maintenant, vous deux, marmonna Mason.

Sans l'écouter, l'un d'eux entra et, la main tendue, vint se poster face à moi.

– Will Leighton, annonça-t-il en tapant l'épaule de son frère qui le suivait de près. Et lui, c'est James.

– James ?

– Oui, répondit-il en souriant de plus belle. Il ne faut pas lui en vouloir, c'est un prénom qui revient tout le temps dans la famille.

– Ces dames m'appellent Jamison, précisa celui-ci. Ça marche mieux. Ça marche mieux sur leurs petites culottes… qui mouillent plus, j'ignore pourquoi. Il n'y a que les cousins pour m'appeler encore James.

L'autre frère me tendit lui aussi la main. Ils semblaient attendre quelque chose, tous les deux.

– Bon… reprit le premier, Mason a l'air grincheux, et je sais qu'il n'est pas loin de me cogner… mais je préfère te serrer la main d'abord. On a pas mal entendu parler de toi…

– Pas forcément qu'en bien, gloussa Jamison. Nos mamans sont sœurs.

Comme Will lui flanquait un coup d'épaule dans la poitrine, il recula d'un pas.

– Ne fais pas attention à James. Il soutient notre mère, pas moi. Moi, je soutiens Logan. Et lui, il te soutient, donc, si vous avez besoin de moi ou de l'abruti qui me sert de frangin, vous n'hésitez pas.

– D'accord, reprit Mason en s'avançant vers eux.

– Non, mon cher cousin, répliqua Jamison. On s'en va. On a compris que c'est une réunion de famille, même si on sait que Logan nous racontera tout plus tard.

Will s'esclaffa bruyamment en suivant son frère vers la porte.

– Ouais, devant un pack de Guiness et des futals trempés au bord de la piscine.

– Ça, ça ne s'est passé qu'une fois… marmonna Logan. C'est vous qui m'avez poussé, bandes de trous du cul.

Jamison passa un bras autour de l'épaule de son frère, puis tous deux se retournèrent et sortirent de la chambre à reculons.

– Tu pleurnichais comme gonzesse. Et puis, il faut bien qu'on en profite quand Mason n'est pas avec toi.

– Et on ne se gênera pas pour le refaire ! lança Will, le poing levé.

– Dehors ! aboya Mason en se précipitant pour claquer la porte derrière eux.

Il y eut un moment de silence, puis quelques coups résonnèrent contre le battant, et on entendit :

– Tu pleurnichais comme une gonzesse, Logan !

Son frère hurla de rire.

– Le futal trempé ! Impossible d'oublier le futal trempé !

– Dégagez ! rugit Mason.

Puis il attendit que les gloussements cessent dans le couloir.

– C'était qui, ces gars, bon Dieu ? demanda Adam, perplexe.

– Des crétins, répondirent Mason et Logan d'une seule et même voix.

Nate jeta une bière à chacun et ouvrit la sienne, tout en regardant Adam d'un œil méfiant.

– Ce sont nos cousins. Et toi, qu'est-ce que tu fais ici ?

Adam se redressa, prêt à exploser, cette fois. Mais je m'avançai vers lui et l'arrêtai d'une main.

– Il m'a rendu service, d'accord ? C'est pour ça que je suis ici.

– Sam, intervint Mason en s'approchant. Rappelle-toi ce qu'il t'a fait.

Oui, c'était vrai…

– Quel connard tu fais ! riposta Adam. J'essaie d'être ton ami. J'essaie de…

Mason n'attendit pas une seconde pour le plaquer contre le mur.

– Je t’ai dit ce que je te ferais, si tu t’avisais encore une fois de l’approcher, grogna-t-il. Et, maintenant, tu nous fais le coup de l’amitié, c’est ça ?

Adam tenta de se dégager, mais en vain. D’une voix mortellement glaciale, Mason ajouta :

– Tu as retourné ses amies contre elle. Je ne sais pas ce que tu as fait pour qu’elle te pardonne, mais ça ne va pas marcher. Je ne te laisserai pas la baiser comme ça.

Alors que Nate et Logan affichaient la même expression dégoûtée, Adam jeta un regard affolé autour de lui puis décida de lâcher l’affaire. Reconnaissant sa défaite, il se tourna vers moi. Mais le mal était fait.

Et voilà que tout me revenait. Il avait menti, avant de repousser l’amie que j’étais. Il avait voulu me punir parce que je refusais de sortir avec lui. Et, maintenant qu’il croyait s’être excusé en me rendant service, il espérait que j’allais le réintégrer dans mon cercle d’amitié ? J’étais dingue de penser ça.

Et cependant, pour me rendre service, il avait menti à ma mère. Il avait donc encore le pouvoir de revenir en arrière, d’envoyer Mason en prison. Non, il ne ferait pas ça. Je ne le laisserai pas faire. Quand je croisai le regard de Mason, je compris qu’il avait deviné ma peur. Impossible pour moi de la dissimuler. Mes mains tremblaient. Je ne pouvais pas le perdre.

C’est lui qui prit alors la décision pour nous tous.

– Tu vas partir, Quinn. Tu ne vas pas ouvrir la bouche à propos de ce qui s'est passé ici. Si tu veux tenter le coup de l'amitié, très bien, vas-y. Aide-la. Comporte-toi en ami avec elle. Mais, si j'apprends que tu ne joues plus le jeu, je te jure que je te rentrerai dans le lard. Pour de bon. Maintenant, ici, on est en famille. On apprécie que tu l'aies ramenée jusqu'ici, mais tu n'es plus le bienvenu.

Logan grogna de satisfaction.

L'air presque suppliant, Adam articula :

– Moi aussi, tout autant que vous, je me fais du souci pour elle. Jamais je ne lui ferai du mal.

– Ouais, intervint Nate, tu lui as déjà fait assez de mal comme ça, on le sait.

Choquée, je pivotai vers lui. Les lèvres serrées, il fixait Adam d'un regard grave, presque menaçant. Celui-ci fourra les mains dans ses poches, dans une attitude de soumission, mais ses paroles dirent tout le contraire.

– Vous êtes en famille, hein ? Une famille bien détraquée, à ce que je constate.

J'étouffai un hoquet. Je n'avais qu'une envie, à cet instant, c'était de me cogner la tête contre le mur. Pourquoi avait-il dit ça ?

À ces mots, Logan s'embrasa littéralement. Sans laisser à son frère le temps de bondir, Mason attrapa le bras d'Adam pour le lui tirer violemment dans le dos. Déséquilibré, celui-ci tomba à terre avec un cri de panique. Mason lui tordit le bras et lui vrilla le poignet. Ses cris redoublèrent et il se mit à trembler.

– Je t'ai dit ce que je te ferais, articula lentement Mason.

Les geignements d'Adam cessèrent pour laisser place à des sanglots, tandis qu'il martelait le sol de sa main libre.

– Je vais porter plainte contre toi, menaça-t-il. Je vais porter plainte contre vous tous…

Me prenant par le coude pour m'attirer de côté, Nate lui dit sur un ton glacial :

– Tu lui as déjà pris son amie, ça ne te suffit pas ?

Il pleura de plus belle et un cri inhumain sortit de sa gorge. Je le voyais lutter comme un malade sous l'étreinte de Mason.

Logan m'attira contre lui, m'entoura de ses bras et me cala la tête contre son torse en me recouvrant l'oreille.

Ce qui ne m'empêcha pas d'entendre Nate continuer d'invectiver Adam.

– Tu n'arrêtes pas de dire que tu aimerais être son petit ami, mais tu lui fais du mal. Pas à nous. Nous, on s'en branle si tu nous aimes ou si tu nous traînes en justice, mais elle, ça lui fait quelque chose. Soit au moins l'homme que tu crois être, putain !

Il marqua une pause, le temps qu'Adam digère ses paroles, puis poursuivit :

– Lui voler son amie, il n'y a qu'un lâche pour faire ça. Franchement, tu fais pitié !

J'ignorais comment ils savaient pour Becky, mais au fond, ça ne me surprenait pas. Et Nate avait raison. Je n'aurais jamais fait une chose pareille à Adam.

Le silence s'installa un moment dans la pièce. Plus personne ne disait un mot. La tension était palpable, et je sentais un danger imminent. Ils pouvaient le blesser. S'ils voulaient, ils pouvaient vraiment lui faire du mal. Et, moi, je ne voulais pas ça, car Adam se vengerait ensuite sur Mason. C'est alors que je l'entendis supplier :

– Sam, s'il te plaît… je regrette. Je suis… je…

Malgré moi, j'éprouvai un énorme soulagement.

– Ça suffit ! coupa Mason.

Sa colère froide lui donnait un air brutal, qui m'aurait terrifiée si je ne le connaissais pas aussi bien. Je l'entendis alors murmurer quelque chose à Adam. Des mots que je ne compris pas, mais j'eus soudain l'envie irrésistible de me retrouver dans ses bras. À l'abri.

– Va-t'en.

Je relevai brusquement la tête. Logan ôta sa main de mon oreille et je vis un éclair de fureur dans ses yeux.

– Fous le camp, mec. Oublie tout ce que mon frère vient de te dire, et tire-toi. Laisse-la tranquille. Je suis sérieux. Si tu ne dégages pas tout de suite, je te fracasse la gueule, et c'est à l'hosto que tu te retrouveras.

– Logan, intervint Mason.

Il s'écarta légèrement d'Adam mais garda une main prudente sur son épaule.

– Quoi ?! fit Logan, dégoûté. Tu vas le laisser s'en tirer comme ça ? Tu rigoles, ou quoi ? Il a fait du mal à Samantha, tout le monde le sait. Ce qu'il a pu dire à cette fille, on ne le sait pas, mais ça a fonctionné. Elle a cessé d'être amie avec elle. Sam n'a plus aucune amie, et c'est à cause de cet enfoiré. On l'a énervé, alors il s'en est pris à elle. Ça me démange vraiment de lui casser sa petite gueule de con. Laisse-moi faire. S'il attaque quelqu'un en justice, ça sera nous tous. Quatre contre un. S'il est intelligent, il choisira plutôt de fermer sa gueule.

Mason hésitait. À voir sa main trembler, je savais qu'il crevait d'envie de faire ce que demandait Logan. Mais son regard rencontra le mien, et il se souvint de la bombe que ma mère pouvait nous balancer sur le crâne. Il savait qu'une partie de sa vie était aussi un peu entre les mains d'Adam. Si Ann-Lise apprenait que j'étais ici, elle irait direct à la police. Elle porterait plainte pour détournement de mineur, et Mason serait reconnu coupable. Tout le monde savait qu'il avait couché avec moi. À quoi serait-il condamné ? Et pour combien de temps ?

Je me dégageai de l'étreinte de Logan. Adam s'était excusé. Alors, qu'on lui foute la paix, maintenant.

Mais Logan décida d'en rajouter une couche.

– J'ai parlé à certaines personnes, Sam. Il ne t'arrivera rien. Quelle importance, si tu te fais arrêter pour fugue ? Tu écoperas de quoi ? D'une assignation à résidence ? Dans un mois tu es majeure. Tu pourras faire ce que tu veux, et ta mère ne pourra rien contre toi. Pourquoi t'emmerder ?

Mais le détournement de mineur tiendrait toujours, lui.

Je lâchai un lourd soupir. Je n'avais pas vu d'avocat mais je suspectais que ces inculpations pouvaient durer longtemps. Plus longtemps que le mois qui me restait avant d'atteindre ma majorité.

– Arrêter pour fugue ? demanda Adam.

– Ferme-la, lui ordonna Mason.

Puis Nate s'avança vers lui. L'air dégoûté, il attrapa Adam par le col et le tira vers la porte. L'ouvrant devant lui, il articula :

– Tu dis un seul mot là-dessus et je te garantis que tu en prendras pour ton grade ! Si tu t'en tires avec juste une branlée, tu pourras t'estimer heureux. Crois-moi, on a fait pire avec certains qui en ont fait moins que toi.

Adam voulut riposter mais Nate le poussa dehors et claqua la porte derrière lui. Puis il s'appuya contre le battant, la tête en arrière et lâcha un profond soupir.

Je croisai alors le regard de Mason et l'attirai contre moi. Sa tête retomba sur mon épaule. J'avais la gorge de plus en plus nouée. S'il allait en prison, ce serait à cause de moi. Je ne pouvais pas laisser faire ça. Quoi qu'il se passe, quoi qu'il arrive, je ferais tout pour l'empêcher. J'étais submergée de désespoir. Je devais aller voir ma mère. Je devais faire ce qu'elle demandait, n'importe quoi, du moment qu'elle ne s'en prenne pas à Mason.

– J'ai comme la vague impression qu'il se trame quelque chose d'autre ici, dit Logan. Qu'est-ce qui se passe, bordel ?

Nate et moi, on regarda Mason. C'était à lui de décider. Il était le chef, et c'était sa vie. Mais, quand sa tête retomba sur mon épaule, je crus défaillir. Il allait mentir. Je le savais. Je retins mon souffle quand il déclara :

– Il ne se passe rien du tout, mais ça restera dans son casier judiciaire.

– Quoi ? Qu'est-ce que tu racontes ?

Mason releva la tête, bien haut, cette fois, et son regard s'enflamma.

– Laisse tomber, Logan. Sérieusement. Elle peut se faire arrêter, et ça restera dans son casier judiciaire. À vie. Donc, tu oublies.

– Mais…

– Je ne plaisante pas ! cria-t-il.

Levant les bras, Logan lâcha une série de jurons bien sentis puis s'exclama :

– C'est des conneries, tout ça ! On n'a pas à suivre leurs règles. Elle se retrouverait avec un casier judiciaire ? Elle n'est pas en fuite, là. C'est de la foutaise, tout ça !

– C'est pas toi qui peux décider, Logan, intervint Nate.

– Quoi ? fit-il en tournant vers lui un regard ulcéré.

Nate le fixa sans frémir.

– Ce n'est pas à toi de juger. Ça n'a rien à voir avec toi.

– Hé, si je me suis embarqué là-dedans, c'est bien à cause d'eux. C'est mon frère, c'est ma…

– C'est leur relation, Logan. C'est sa vie à elle, c'est sa mère. On t'a exclu de l'équation parce que tu les as soutenus, mais, maintenant, là, tout de suite, tu risques de leur faire du mal plutôt que de les aider.

– Mais, c'est…

– Arrêtez ! lâchai-je malgré moi.

Je ne supportais plus cette discussion. Je n'en pouvais plus. Me plaquant les mains sur les oreilles, je me détournai d'eux tous.

– Arrêtez, s'il vous plaît !

Je n'entendais plus que mon souffle. Je ne respirais pas, je haletais. Tout mon corps, mes membres hurlaient de douleur, et je me laissai brusquement tomber sur la chaise près du bureau. J'ignorais ce qui se passait derrière moi. Je n'entendais plus rien, je ne sentais plus rien, mais ça n'avait plus d'importance.

Je les avais détruits.

Ma mère les avait détruits, tout comme elle avait détruit notre famille.

Je fermai les yeux et me penchai en avant. La tête sur les genoux, je les entourai de mes bras et commençai à me balancer d'avant en arrière. Sans m'arrêter. Un mouvement quasi spasmodique, qui m'empêcha de m'effondrer.

CHAPITRE 11

Au bout d'un moment, soulevée de ma chaise par deux bras puissants, je me blottis au creux de l'épaule de Mason. Je ne cherchai même pas à regarder, je savais à qui étaient ces bras. Il me porta jusqu'au lit où il me déposa doucement. Comme il s'écartait, je l'en empêchai en l'attirant encore contre moi. Je ne voulais pas qu'il s'en aille. Je ne pouvais me passer de lui.

– Chut, me souffla-t-il avant de me poser un baiser sur le front. Je vais juste fermer la porte.

Puis il éteignit la lampe et je l'entendis se déshabiller avant de venir tirer le drap pour s'installer à côté de moi. Je roulai vers lui, les yeux grands ouverts pour discerner son visage dans l'obscurité. Nos regards se rencontrèrent et on resta ainsi, à se contempler mutuellement sans rien dire. Je lui posai une paume sur la poitrine et sentis le rythme de son cœur accélérer légèrement. Mason me prit alors la main, l'embrassa et laissa descendre la sienne le long de ma cuisse. Puis il me prit entre ses bras, nos jambes s'entremêlèrent et je posai tendrement la tête sur son torse.

Tout allait bien, maintenant.

Ann-Lise pouvait bien essayer de nous séparer, je savais que, d'une façon ou d'une autre, on l'en empêcherait.

– Qu'est-ce que tu as ?

Il devinait mon inquiétude.

Non, je ne voulais pas en parler mais, malgré moi, je marmonnai :

– Ma mère…

Avec un lourd soupir, il me serra plus fort contre lui. Je sentis son souffle tiède me caresser les cheveux, puis ce furent ses lèvres, et enfin sa joue qui s'appuya là.

– J'ai appelé mon oncle. Il est avocat.

– Mason, non…

– Si, répliqua-t-il d'un air terriblement triste. Ta mère a raison, quelque part. Je pourrais me faire accuser de détournement de mineur. Et, si on me jugeait coupable, je serais taxé toute ma vie de délinquant sexuel. Il m'a dit que le délai de péremption pour porter plainte contre une agression sexuelle sur mineur était de sept ans.

– Sérieux ?

– Oui, dit-il en laissant retomber sa tête sur mon épaule.

Je n'avais qu'une envie, c'était de balayer son inquiétude. De lui affirmer que ma mère ne s'en tirerait pas comme ça, qu'elle ne nous aurait jamais. Si au moins j'en étais certaine moi-même…

– Sam ? demanda-t-il alors en me prenant le menton.

Il paraissait si triste que j'en eus le cœur brisé. Et cela attisa encore ma colère. Pourquoi Ann-Lise agissait-elle comme ça ? Pourquoi me faisait-elle ça ? À moi ? À lui ? Mason ne pliait jamais devant personne – une des raisons pour lesquelles j'étais tombée amoureuse de lui. Mais, ma mère avait réussi à l'atteindre. Elle avait suspendu au-dessus de lui une épée de Damoclès, qu'il ne pouvait ni éviter ni ignorer.

Je m'assis sur le lit et pris son visage entre mes mains.

– Je ne la laisserai pas faire ça, Mason. Je vais m'arranger pour que cette menace disparaisse de notre vie. Je te le jure.

Une myriade d'émotions passa dans son regard. Inquiétude, tristesse, colère, lassitude. Il s'assit à son tour et s'appuya contre le dossier avant de me prendre dans ses bras. S'il avait eu peur, un peu plus tôt, maintenant c'était de la colère qu'il montrait.

Voilà, c'était lui, le garçon dont j'étais tombée amoureuse. Voyant le danger dans ses yeux, j'éprouvai soudain l'envie de me ruer hors du lit pour courir vers ma mère, d'arriver avant lui auprès d'elle, car je le savais capable de faire bien pire que ce que j'avais moi-même en tête.

– Ta mère est en train de devenir complètement folle... me dit-il avant de s'interrompre, le souffle court.

Puis il ajouta, sur un ton plus calme :

– Elle devient dingue parce qu'elle sent qu'elle t'a perdue. Elle le sait et elle m'en veut à mort pour ça. Qu'est-ce qui se passera à tes dix-huit ans, Sam ?

– Je serai partie.

Elle ne pourrait plus rien contre moi, alors.

– Exact. Tu seras partie.

Puis il attendit que je me représente la chose...

Et c'est là que je compris.

– Elle ne veut pas me perdre...

Comme la dernière fois où elle avait perdu quelque chose, et la dernière fois où j'avais vu cette lueur de folie dans ses yeux. Je frissonnai à ce souvenir.

J'entrai dans la salle de bains et je vis du sang partout. Ma mère était affalée par terre, le dos à la baignoire, sa chemise de nuit trempée de sueur et souillée de rouge. En ouvrant plus grand la porte, je vis que la flaque de sang s'étalait sous elle. Lentement. Le rouge sur sa chemise, c'était du sang. Elle en était couverte.

– Maman... murmurai-je, tétanisée.

Mes jambes tremblaient. J'étais incapable de bouger. Puis quelque chose me dégoulina sur le mollet. C'était chaud sur ma peau, mais je le sentis à peine.

Je n'avais plus besoin d'aller aux toilettes.

– Maman...

Je me retenais de crier. Elle avait les yeux fermés et elle était si pâle, aussi blanche que sa chemise... mais, non, elle était rouge maintenant. Sa chemise était entièrement rouge.

Sentant mes joues mouillées, j'y portai la main. Je ne pouvais pas... oh... je pleurais. C'étaient des larmes. Que je m'empressai d'essuyer, il ne fallait pas qu'elle me voie pleurer. Elle serait furieuse contre moi.

Mon Dieu...

– Maman, répétai-je.

Je ne pouvais pas la laisser comme ça, mais elle ne répondait pas. Je me tournai vers le couloir. Est-ce que papa était réveillé ? Je devais aller le chercher, mais mes jambes ne me soutenaient plus. Et je tombai à terre. Mes genoux touchaient le sang, maintenant... Seigneur... je ne cessais plus de pleurer. Elle ne supporterait pas que je fasse du bruit. Elle n'acceptait pas que je fasse le moindre bruit. Mais, là... j'essayai de ramper vers elle.

– Maman...

– Hé, Sam !

Mason était accroupi sur le lit, juste au-dessus de moi. Son visage sur le mien, il semblait tout pâle. Mais, quand je sursautai, il se détendit. Il laissa retomber sa tête sur ma poitrine, et ses mains m'enserrèrent la taille. Ses pouces s'aventurèrent vers mes cuisses, m'électrisant littéralement. Comme il me déposait un baiser entre les seins, je vis ses épaules se secouer.

Était-il en train de rire ?

Non. Alors que, confuse, je me mordais la lèvre, il releva la tête et me montra un visage inquiet. Il me passa une main sur la joue puis me prit le menton entre les doigts pour me dire :

– Tu étais où, là ? Qu'est-ce qui t'arrive ? Tu m'as fait flipper, tu sais.

Je ne pouvais rien lui dire. Je n'en avais jamais parlé à personne. Même pas à David. J'aurais dû le faire depuis si longtemps…

Encore prisonnière de ces souvenirs, je lâchai un petit cri puis secouai la tête, sans vouloir lui répondre.

– Qu'est-ce qui se passe ? Je t'en supplie, dis-moi ?

Je tremblais comme une feuille. J'étais paralysée. Sachant ma voix prête à se briser, j'enfouis ma tête dans sa poitrine. Et j'attendis, dans l'espoir qu'il me laisse ne rien lui dire. Au bout d'un moment, il me prit dans ses bras et m'installa au creux de ses genoux.

Tout irait bien, maintenant. Mason allait repousser loin de moi ce cauchemar. Comme il savait le faire.

– Je ne sais pas ce qui t'est arrivé, murmura-t-il, mais tu m'as fichu une belle trouille. Tu vas devoir me raconter tout ça, Sam. Un jour, tu vas devoir tout me dire.

Mais, pas aujourd'hui. Pas encore.

Je fermai les yeux et me blottis encore plus profond contre lui.

– Sam, tu m'entends ?

Je hochai la tête en m'accrochant à lui.

Alors, il s'apaisa, lentement, avant de se laisser retomber sur le lit. Mon cauchemar ne me quittait pas, je le sentais me coller à la peau, comme si j'étais retournée dans cette salle de bains. Je devais me concentrer à mort pour me persuader que c'était irréel, tout ça. Je n'étais pas là-bas. Son sang n'était pas partout sur moi. J'étais avec Mason, en sécurité. Au bout d'un long, très long moment, mon cœur accepta de ralentir la cadence, et l'épuisement me gagna. Mason tira le drap très haut sur nous.

Les bruits de la fête résonnaient encore fort mais, à l'abri entre ses bras, je n'entendais rien d'autre que sa respiration. Il n'y avait que lui et moi.

J'eus beau me réveiller à l'aube, le lendemain, ça ne servit de toute façon à rien. À la maison, les caméras de surveillance tournaient, l'alarme était branchée, tout serait verrouillé. J'étais piégée. Ann-Lise devinerait où j'avais passé la nuit puisqu'elle savait que ce n'était pas dans le lit d'Adam Quinn.

Adam…

Merde. Qu'est-ce que j'allais faire de lui ?

Mason remua à côté de moi. Son bras me chercha mais, au lieu de le laisser me trouver, je m'écartai et m'assis au bord du lit. C'était cruel de m'extirper de la douceur tiède des couvertures. Le matin semblait plus lumineux que d'habitude, et il faisait super froid.

Mais je ne me glissai pas de nouveau sous les draps. Je ne pouvais plus fermer les yeux et me blottir contre lui. Quand il roula de côté et continua de dormir, je décidai que ce serait le jour où tout irait de travers ou, au contraire, tout irait bien.

Pourtant, avec ma mère, ce serait à coup sûr la galère.

Je pris une douche revigorante, me séchai et m'habillai en vitesse. J'espérais trouver en bas quelqu'un encore debout qui pourrait me raccompagner. Sinon, je me verrais dans l'obligation de réveiller Mason. Ce que je ne voulais pas. S'il me ramenait à la maison, il entrerait, et la confrontation avec Ann-Lise serait pire.

Les cheveux mouillés, et n'ayant dans un sac que les habits prêtés par Heather, j'étais heureuse que Mason ait emmené, quelques jours plus tôt, certains de mes vêtements chez Nate. J'avais trouvé cette idée un peu ridicule, mais je me trompais. Il était convaincu que, tôt ou tard, je viendrais ici… et il avait raison.

En sortant de la chambre, je ne lui jetai pas un regard. Impossible, sinon je foncerais droit dans le lit pour retrouver ses bras.

Il y avait des gens partout. Certains dormaient au pied de l'escalier, d'autres sur les canapés et les fauteuils du salon. Je croisai encore toute une ribambelle de gens que je ne connaissais pas, puis, un peu plus loin dans les pièces voisines, certains élèves de mon lycée. C'est alors que je humai l'odeur du café et que, le sourire aux lèvres, je me dirigeai vers la cuisine.

– Oh… fis-je en tombant nez à nez avec Adam, accoudé au comptoir.

– Salut… articula-t-il.

– Ça va… ?

– Mmmh…

Il me montra la cafetière et glissa une main dans sa poche. Son polo et son pantalon, si chics la veille, avaient un peu perdu de leur superbe.

Quand je cherchai autour de moi qui pouvait être encore debout, Adam comprit autre chose.

– Il est six heures, si tu veux savoir.

– Tu es resté ici toute la nuit ?

Bien sûr. Quelle question stupide !

Il hésita puis déclara d'une voix mal assurée :

– Hé, en fait… ils se trompent, tu sais. Je ne les aime pas. Je les déteste, plus exactement. Mais, pas toi. Je ne veux pas te faire de mal. Et j'étais vraiment sincère en disant que je voulais qu'on soit amis. Je… je t'ai dit, au fait, pour mon père, Sam ?

Je ne bougeai pas. Je ne répondis rien. Je me contentai d'attendre. Il avait quelque chose à me dire… il voulait que je l'entende… Et, moi, je voulais me faire raccompagner.

– Excuse-moi pour ce que j'ai fait. Ça fait longtemps que je me suis expliqué avec Becky. Elle n'est pas venue te parler, même si je lui ai dit que j'avais aussi mis les choses au clair avec toi. Mais, c'est comme elle veut. Ce qui me travaille, c'est mon amitié avec toi. Je t'aime beaucoup, et si ce n'est peut-être pas tout à fait platonique, je suis au-dessus de ça. Ou, du moins, j'essaie de l'être. Jamais je ne te ferai du mal… ni à lui, parce que ce serait te faire du mal à toi. Jamais je ne porterais plainte, non plus. Je ne veux pas que Mason et Logan s'interposent dans notre amitié. Je veux vraiment être ton ami, Sam.

Il paraissait sincère. Il avait un ton sincère, et j'espérais qu'il l'était car j'avais besoin d'un service.

– Est-ce que tu peux me raccompagner à la maison ?

Il hésita, cligna des yeux puis lâcha :

– C'est tout ?

– Quoi, « c'est tout » ? On s'est déjà dit ce qu'on avait sur le cœur, non ?

– Oh… d'accord…

J'attendis. On n'allait pas se raconter notre vie maintenant. J'avais eu des sentiments pour lui à une époque, et il avait été un ami pour moi. Mais, là, il fallait que je bouge d'ici, que je rentre au plus vite.

Mason serait furieux que je sois partie en douce, mais je devais vraiment être à la maison avant lui. Ce serait la catastrophe, si je n'étais pas là-bas la première.

– Écoute, lui dis-je en me raclant la gorge.

Ça allait paraître bizarre mais je tentai le tout pour le tout.

– Je… euh… pour toi et moi, je crois que c'est bon, maintenant.

Comme il semblait de plus en plus perdu, je m'expliquai :

– Je veux dire, j'ai compris. Tu n'aimes pas Mason et Logan, et personne ne t'y oblige. Mais je savais bien que tu ne porterais pas plainte.

Enfin, il l'aurait peut-être fait… mais le problème n'était pas là, pour l'instant. Il était chez moi, à la maison… là où il fallait que je retourne. Le plus vite possible.

Les mains ouvertes devant lui, j'insistai :

– Alors, tu peux me rendre ce service ?

Il sembla réfléchir à la tournure soudaine que prenaient les événements, puis se décolla du comptoir.

– Euh… oui, je… oui.

Se passant une main dans les cheveux, il regarda autour de lui et plongea les mains dans ses poches.

– Mes clés…

Il avait perdu ses clés dans la maison ? Avec la masse de gens qui y traînaient ? La panique me gagna.

– Ah, attends…

Il tapota ses poches arrière, en sortit ses clés puis lâcha comme si de rien n'était :

– On y va ?

CHAPITRE 12

Quand Adam se gara dans l'allée, j'étais comme paralysée. J'avais réussi à me persuader qu'il pouvait mentir encore une fois pour me venir en aide. Il dirait que je m'étais endormie dans la maison de son ami, où il n'y avait que des élèves de Fallen Crest Academy. Mais, là, au pied du mur, je me sentais incapable de lui parler. Comment lui demander de faire ça… alors que, la veille, Mason avait failli le massacrer ?

Néanmoins, le problème restait le même,

Mason parlait d'une limite de sept ans. Ann-Lise avait donc sept ans pour porter plainte, et elle pouvait utiliser cette menace jusqu'au-delà de notre majorité. Puis je repensai aux autres paroles de Mason à propos de ma mère : elle ne voulait pas me perdre.

Une image de sang s'imposa soudain à mon esprit, que je repoussai aussi vite. Je ne pourrais jamais avancer si je restais dans le passé. Ce qui me préoccupait, c'était aujourd'hui. Les choses étaient différentes.

Et, sans éprouver le courage que j'aurais aimé avoir en cette occasion, je remerciai Adam de m'avoir raccompagnée.

J'avais envie de vomir.

– Ça va ? me demanda-t-il, l'air soucieux.

Non.

– Oui.

– Bon… eh bien… je crois qu'on se verra plus tard, non ? Qu'est-ce que tu fais, ce soir ?

En voyant la porte d'entrée s'ouvrir, je m'écrasai dans mon siège. Ma mère sortit une tête dehors, une main sur le front pour se protéger du soleil. Je sus exactement quand elle m'aperçut dans la voiture, et quand elle vit qui était avec moi. Ses épaules se rabaissèrent d'un coup, et elle me fit un petit signe avant de rentrer.

Je lâchai le soupir que je retenais depuis un moment.

– Sam… dit Adam en me touchant le bras. Tu es sûre que ça va ? Tu as dit que ta mère n'était pas ravie de ta relation avec Mason. Il y a autre chose ? Ça chauffait, hier soir, dans la chambre chez Nate. Je ne pense pas abuser de mon rôle d'ami en m'inquiétant de ce qui se passe.

Se tassant contre son dossier, il ajouta :

– Je cherche juste à t'aider.

– Non, je suis désolée, lui répondis-je avec un sourire rassurant. Il faut que je m'occupe de quelque chose qui ne peut pas attendre. Mais, tu sais quoi ? Je travaille chez Manny's, maintenant, si tu veux passer manger un morceau ou discuter…

– Le restau où je suis venu te prendre hier soir ? Sérieux, tu bosses là-bas ?

Je hochai la tête avant de m'enfoncer un peu plus dans mon siège. Je n'avais encore rien dit à Mason. Il continuait de penser que je me trouvais toute seule dans ce bar. Aïe… et ma migraine qui me reprenait. Je pressai les paumes sur mes tempes. Non, ce n'était vraiment pas le moment.

– Alors, à plus tard, Adam.

Je descendis de sa voiture et lui fis un petit signe.

Je n'attendis pas qu'il démarre, je me retournai et contemplai la façade du manoir. Qui me parut aussi impressionnant que le jour où je l'avais découvert. Cette fois, pourtant, ça ne venait pas des Kade mais de la famille qui m'attendait à l'intérieur. En entrant, le clignotant vert du système de sécurité m'indiqua qu'Ann-Lise avait débranché l'alarme pour la journée. Il était rouge, la veille, quand j'étais partie pour mon deuxième parcours de running.

– Bonjour, ma chérie.

Je me raidis sur le seuil mais continuai vers la cuisine. Le ton qu'elle employait était joyeux, bien trop joyeux. Je la découvris en train de fouiller dans la pile de courrier sur le comptoir, pendant que son café se préparait derrière elle.

Qu'est-ce qui lui arrivait ?

Là, tout de suite, on aurait dit la parfaite femme au foyer, avec son maquillage impeccable, ses cheveux lissés et bien en place, et son déshabillé ultra féminin sous lequel on devinait la dentelle blanche d'une chemise de nuit au décolleté plongeant.

En la voyant si tranquille, je compris qu'elle pensait que j'avais passé la nuit avec Adam. J'hallucinais. Adam, ça allait. Mais, Mason, non ? Et pourquoi ? Mais je ravalai mon indignation et, d'une voix parfaitement maîtrisée, je lui demandai :

– Qu'est-ce que tu fais ?

– Oh, rien. Tu veux du café ?

Elle se tourna pour prendre deux tasses.

– Non.

Elle n'en prit qu'une seule et s'y versa un peu de lait.

J'attendis qu'elle se pose sur un des tabourets et qu'elle retourne à son tri. Une grosse enveloppe attendait sur la table.

– Qu'est-ce que c'est ?

Elle haussa les épaules.

– Oh, rien… des documents d'inscription à l'université.

– Quoi ?

Il y avait écrit *Columbia University*, avec, dans le coin, une adresse à New York. Qu'est-ce que c'était que ce délire ?

– Mais… je n'ai jamais demandé qu'on m'envoie ces papiers.

– Alors, c'est moi, dit-elle en tournant vers moi un visage déterminé.

On se fixa longuement. Incapable de respirer, en apnée totale, je tentai de comprendre ce qu'elle me préparait. Oui, en fait, je comprenais très bien. Mais, non, encore une fois, je devais halluciner !

D'une voix blanche, je lui demandai :

– Tu vas payer pour mon inscription là-bas ?

Elle saisit sa tasse et me répondit sur un ton mielleux :

– Peut-être.

Puis, l'air de rien, elle avala une gorgée de café.

Salope.

Je n'arrivais pas à croire à ce que j'entendais.

– Tu es en train de m'acheter, là ?

– Oui.

– Et, je peux savoir pourquoi ?

Le sang me battait dans les tempes.

– Je sais où tu as passé la nuit, Samantha. Tu me prends pour une idiote ?

Un rire nerveux m'échappa.

– J'aurais la vie plus simple, si tu l'étais.

Elle plissa les yeux et agrippa son mug. Qui se mit à trembler entre ses doigts.

– Une fois encore, tu essaies de me baiser, c'est ça ?

Quelque chose changea dans son expression, et le mur tomba. La méchanceté réapparut dans ses yeux, et je retrouvai la mère que j'avais connue six ans plus tôt. Celle que j'avais entendu détruire totalement notre maison. Un haut-le-cœur me saisit, à ce souvenir.

C'est de ta faute ! hurla-t-elle, le regard sauvage, avant de me fondre dessus. Le doigt qu'elle pointait sur moi devint un poing serré. Je fermai les yeux et me blindai en me préparant à l'impact...

– Tu m'as très bien entendue, lui crachai-je.

Le mug vola pour aller se briser sur le sol. Ses yeux fiévreux rivés aux miens, elle ne bougea pas d'un centimètre. Puis la fureur prit le dessus. Un cri étranglé surgit du fond sa gorge…

– Chérie… ? résonna la voix de James, à l'entrée de la cuisine.

Le cri s'arrêta net, et elle pâlit. Elle se redressa sur son tabouret de bar, et tout retrouva sa place. La douce et tendre façade qu'elle affichait un peu plus tôt fut de retour. De nouveau, elle était tout sourire.

– Mon chéri ! Tu as bien dormi ?

Je crus défaillir. Comment pouvait-elle… ?

– Sam ? s'étonna-t-il alors. Tout va bien ?

C'était comme si elle m'avait réellement frappée. Physiquement. J'étais dégoûtée. C'était ma mère. La femme qui m'avait mise au monde, s'était servie de moi pour garder Garrett, et avait trouvé un autre homme pour m'élever comme sa propre fille. Avait-elle au moins aimé David ?

En la voyant aujourd'hui avec James, je pensais qu'elle l'aimait vraiment, que c'était pour lui qu'elle avait quitté David. Mais, maintenant, j'en arrivais à me demander si elle aimait même James. Impossible, si elle avait l'intention de poursuivre Mason pour détournement de mineur. Elle devait se douter qu'en détruisant la vie de son fils, ça le contrarierait à mort. Je ne connaissais pas très bien James, mais je savais qu'il aimait Mason et Logan, et qu'il ferait ce qu'il croyait être le mieux pour eux. Voilà pourquoi il avait soutenu Ann-Lise et envoyé ses fils loin de la maison. Il pensait agir pour le bien de cette relation mère fille, parce qu'il voyait tout ça de son point de vue de père.

Je la considérai avec stupéfaction.

Dans le dos de James, elle me jeta un regard fourbe.

C'était du délire.

Je savais très bien ce qu'elle mijotait. Par chance, James était là, je devais profiter de sa présence. Je devais tout faire pour contrecarrer son plan.

– Elle va porter plainte contre Mason ! lâchai-je subitement.

Stupéfait, James écarquilla les yeux puis se tourna lentement vers Ann-Lise, dont le visage avait soudain pâli.

Un doigt pointé sur elle, j'enchaînai d'une voix pleine d'assurance :

– Tu allais porter plainte contre lui et, ensuite, tu pensais la retirer, je me trompe ? Quand James aurait découvert ton petit manège, il aurait été furieux. Tu aurais alors prétendu ne pas avoir réfléchi aux conséquences.

Je l'entendais d'ici. Elle aurait pleuré, joué les désespérées, les déprimées.

Sur un ton plus dur, j'ajoutai :

– Tu lui aurais dit que tu n'y avais pas vraiment songé tellement tu voulais me garder avec toi. C'est bien ça, hein ? C'était ton plan. Tu aurais ensuite raconté que tu pensais retirer ta plainte, alors que tu savais pertinemment que c'était impossible. Je parie qu'après ce genre d'action, on ne peut plus revenir en arrière, une fois qu'elles sont lancées, les poursuites continuent. Et, toi, tu t'en serais sortie en prétendant que ce n'était pas ta faute, que tu ne savais pas.

J'avais le cœur au bord des lèvres.

À la rage que je lisais dans ses yeux, je savais que c'était exactement ce qu'elle avait prévu. Ma mère était malade. Complètement tarée. Comment avait-elle pu imaginer faire une chose pareille ?

James se planta devant elle. Il me tournait le dos, à présent, et j'allai m'asseoir à la table en titubant. Il ne dit pas un mot. Il ne fit rien. La tension était terrible.

– Chéri... commença-t-elle avant de s'interrompre.

Avec une lenteur glaciale, il tourna les talons et quitta la pièce.

Il n'en fallait pas plus.

Je venais de détruire l'amour qu'il lui portait.

– Sors d'ici.

Je me levai lentement de ma chaise. Sa voix féroce, son regard de furie, ses poings rageusement serrés… c'était une attitude que je ne connaissais que trop. Elle était prête à frapper.

Son déshabillé ouvert, elle me fit front. La chemise de nuit était blanche, comme ce soir-là, mais pas souillée de sang. Malgré moi, je replongeai dans mon cauchemar. Elle était si calme, quasi morte, dans cette salle de bains, avec cette mare de sang autour d'elle. Mais son regard s'était révélé meurtrier quelques jours plus tard.

Ma mère fit un pas vers moi, haletante, les veines de son cou tendues à l'extrême. Une de ses mains battit l'air, mais ce n'était pas de la peur. Et moi, face à elle, j'étais paralysée.

– DEHORS !

Je frémis mais restai immobile. Elle voulait que je parte ? Mais…

– SORS D'ICI ! MAINTENANT !

– Ann-Lise ! s'écria James en se précipitant dans la cuisine. Ne lui parle pas comme ça !

Mon cœur stoppa, ma respiration s'arrêta, et je tombai contre le mur derrière moi. Tout se refermait autour de moi. Rien ne se passait comme je l'avais cru. Elle voulait que je parte, que je sorte de sa vie…

Il y eut un bruit sourd, et je la vis sur le sol, une main sur la poitrine, anéantie.

– Mon Dieu ! s'exclama James en tombant à genoux à côté d'elle.

Il lui passa les mains sur le corps, cherchant à savoir ce qui lui arrivait. Quand il ne trouva rien d'anormal, il chercha son pouls.

Elle respirait. Je voyais sa poitrine se soulever et s'abaisser, mais de loin. Je m'étais détachée de la scène. Je flottais ailleurs, vers un endroit plus sûr dans la pièce.

– … le 911 tout de suite !

– Hein ? dis-je en le regardant à travers une espèce de brouillard.

– Le 911, Samantha !

Quoi ? Le 911 ? Elle faisait semblant, est-ce qu'il s'en rendait compte ? Mais je ne pouvais pas parler. Les mots ne me venaient pas. Il se rua sur le téléphone fixé au mur et, comme il portait le récepteur à son oreille, il me bouscula involontairement.

Déséquilibrée, je cherchai à me rattraper à quelque chose mais je ne trouvai rien. Je m'affalai par terre, me rétablis en me calant le dos contre le mur derrière moi et restai ainsi, sans bouger.

Tout se passa ensuite comme au ralenti. C'était totalement irréel. Je regardai un film qui se jouait sous mes yeux.

L'ambulance ne mit pas longtemps à arriver. Deux secouristes vérifièrent ses signes vitaux et posèrent des questions à James. Puis, après avoir constaté qu'il n'y avait rien d'anormal, ils embarquèrent Ann-Lise dans leur véhicule et repartirent.

James, juste avant de les rejoindre, se retourna vers moi et me posa une question à laquelle je ne compris rien. Je vis ses lèvres remuer mais je ne l'entendis pas. Ça vibrait si fort dans ma tête que ça noyait tout le reste. Je ne pus que le regarder, pour n'obtenir en réponse qu'un froncement de sourcils. Puis il attrapa des clés dans le tiroir et sortit.

Je me trouvais dans la même position lorsque j'entendis frapper à la porte.

Mais, même problème, je ne pouvais pas bouger. Pourtant, il fallait absolument que je me lève. Elle avait tout simulé. Pourquoi en étais-je aussi remuée ? Alors, lentement, je me redressai et me dirigeai d'un pas mal assuré vers la porte.

Je tournai le verrou et le battant s'ouvrit d'un coup. Si fort que je me sentis projetée contre le mur. Sans me laisser le temps de tomber, Mason me rattrapa par le bras avant de me serrer contre lui.

J'eus un violent sursaut et tout me revint d'un coup.

Et ce vrombissement qui insistait dans ma tête… comme si quelqu'un me piétinait le crâne.

– Ils sont partis où ?

Logan déboula en trombe à la suite de Mason, et s'écria :

– Ils sont partis.

Puis, me regardant, il me demanda :

– Ils sont partis pour l'hôpital ?

Je secouai la tête.

– Elle simulait… j'en suis certaine.

Ce n'était pas possible autrement.

Mason me serra plus fort contre lui et m'embrassa sur le front.

– Toi… ça va ?

Logan s'approcha, visiblement inquiet, lui aussi.

Pourquoi est-ce qu'ils flippaient autant ? Elle simulait.

– Sam, me dit Mason en prenant mon visage entre ses mains. Ta mère s'est évanouie. Papa nous a appelés. Il a dit que tu étais en état de choc. Ça va… ?

– Non, elle ne s'est pas…

Ma voix se brisa. Pourquoi est-ce que tout le monde la croyait ?

– Elle fait semblant, je vous dis.

Je le savais. Je le sentais. Le timing, la mise en scène, tout était trop parfait. Cette situation, ça devenait n'importe quoi. Ann-Lise avait trop envie de vivre. Je parvins enfin à m'exprimer d'une voix un peu plus claire.

– J'ai raconté à ton père ce qu'elle avait l'intention de faire, qu'elle allait porter plainte contre toi et, ensuite, prétendre qu'elle n'avait pas réfléchi aux conséquences. Elle l'a vue, elle a vu sa tête, alors.

Moi, non. Car James me tournait le dos. Mais, à la façon dont il était devenu muet, dont il avait quitté la pièce… J'étais sûre que c'était fini, qu'il en avait terminé avec elle. Comment pourrait-il rester avec elle après ça ?

– Qu'est-ce que vous racontez ? demanda Logan qui ne comprenait pas.

– Rien, répondit Mason.

– Non, non, ce n'est pas rien. De quoi vous parlez, exactement ?

Comme Mason allait lui sortir un autre mensonge, je préférai intervenir et tout cracher :

– Ma mère s'apprêtait à porter plainte contre Mason pour détournement de mineur. C'est illégal de coucher avec une mineure. Il a dix-huit ans. Ça lui aurait collé à la peau pour le restant de ses jours.

Logan nous considéra d'un air effaré.

– Et vous alliez me dire ça quand ? Mais, c'est quoi ce bordel, Mason ?!

Il marqua une pause puis, le regard féroce, enchaîna :

– Nate savait, j'imagine ? Tu l'as su quand, toi ?

Mason ne savait plus que répondre. Je lui pris la main et répliquai calmement à Logan :

– Elle me l'a dit le jour où vous êtes partis, tous les deux. Je venais voir Mason, et elle m'attendait. Elle savait que je viendrais. Cette plainte, c'était la petite surprise qu'elle nous réservait. Ça aurait détruit la vie de Mason.

– Putain !

Le bras de Mason se serra autour de ma taille et il m'attira contre lui. Nerveuse, j'attendis la réponse de Logan. Je savais qu'elle ne serait pas bonne. À lui aussi on avait menti.

– Va chier, Sam !

Et, voilà. Je fermai les yeux.

– Sérieux, allez-vous faire foutre, tous les deux !

Il s'éloigna d'un air dégoûté et sortit de la cuisine.

J'allais le rattraper quand Mason me devança. Il s'arrêta près de son frère, leva les mains vers ses épaules puis les rabaissa.

– Tu aurais fait quoi, à ma place ?

– Je ne sais pas… quelque chose.

– Exactement.

Mason soupira, baissa la tête et, d'une voix très douce, lui déclara :

– Tu serais venu ici et tu l'aurais menacée. Ou tu aurais fait quelque chose de pire. Tous les jours, tu demandes qu'on lui fiche la trouille pour qu'elle arrête, qu'on lui fasse sa fête une bonne fois.

– Oh… lâcha-t-il avec un petit rire, je ne serais pas allé jusque-là.

– Peut-être, mais il fallait agir… légalement, disons. Et je n'avais aucune idée de la façon de faire, jusqu'à hier soir.

Il posa sur moi un regard entendu.

Je compris qu'il voulait que je me confronte à Ann-Lise. Il savait que j'étais la seule à pouvoir le faire. Je me sentis soudain honteuse. J'aurais dû faire ça depuis longtemps. Maintenant, c'était la panique.

– Elle m'a fichue dehors, leur dis-je.

– Quoi ? lâchèrent-ils à l'unisson.

Puis, Mason me demanda :

– Elle veut vraiment que tu te casses ?

– On dirait, oui.

– Mais, on est sûrs qu'elle simulait ? interrogea Logan. On est vraiment certains qu'elle ne faisait pas une crise ?

Mason sortit son téléphone mais je l'arrêtai.

– Elle m'a déjà fait le coup.

– Hein ?

– Quoi ? fit Logan en écho.

– Elle a perdu un bébé… avant…

En disant ça, je me rendis compte de la vérité que j'étais sur le point de leur jeter au visage.

– Non… corrigeai-je dans un murmure, elle a tué son bébé.

CHAPITRE 13

– *Papa !*

Je traversai le couloir en hurlant et ouvris à toute volée la porte de leur chambre. Elle était vide. La télévision marchait, je fis donc le tour du lit et entrai dans la salle de bains. Personne non plus.

– *Papa !*

– Sam !

Je sursautai et mon sac vola à travers la pièce. Je lâchai un juron.

Debout sur le seuil, un sac à dos sur l'épaule, Logan s'esclaffa.

– Tu es prête ?

Est-ce que j'étais prête ? Je jetai un regard à ma chambre, ce qui avait été mon univers pendant cinq mois, mais que j'allais quitter. Non, je n'étais pas prête, et en même temps je l'étais.

– Oui… soupirai-je.

– Oh, allez, fit-il en me passant un bras sur l'épaule.

Tout en m'attirant contre lui, il ajouta avec un sourire malicieux :

– Vois les choses comme ça : ta prochaine chambre, ça sera du *prêt-à-l'orgasme*. Du pur feng shui, tu verras. La félicité suprême, quoi.

Je me dégageai de ses bras et attrapai mes deux sacs.

– Allez, on sort d'ici.

Je me dirigeai vers la porte. Lui, non. Je me retournai.

– Quoi ?

Avec une expression bizarre, il me regarda puis prit une grande inspiration avant de me demander :

– Tu ne voulais pas aller à l'hôpital ?

– Pourquoi ?

Je savais pourquoi. Je n'étais pas stupide mais, franchement, je n'allais pas faire ce plaisir à ma mère.

– Tu sais très bien. Mason y est allé pour s'assurer qu'elle ne simulait pas. Mais, tu ne voulais pas y aller aussi ? Pour voir si elle avait vraiment le droit de faire ça ? De te fiche dehors ? Enfin… je ne sais pas, Sam. Ta mère est folle, bonne à enfermer, mais elle est dingue de toi. Depuis qu'on est devenus amis, elle nous fait un caca nerveux parce qu'elle a peur de te perdre.

Je revis soudain l'éclair meurtrier dans ses yeux, juste avant qu'elle s'effondre.

– Ce n'est pas anodin de se faire jeter de sa maison. Tu peux faire comme si tu t'en foutais, mais ça va te marquer. J'en suis sûr.

Sa sincérité me fit monter les larmes aux yeux. Ma gorge se gonfla d'émotion.

– Hey, Sam…

Il ne pouvait pas vraiment comprendre, en fait. Son père avait peut-être trompé leur mère, mais il n'était pas fou. James aimait ses fils, et il les aimerait toujours. Et, même si Helen, leur mère avait un fort caractère, elle les aimait tout autant. Non, Logan n'avait pas idée de ce que je ressentais.

– Écoute, reprit-il d'une voix rauque, je n'ai pas dit ça pour te faire pleurer. Je voulais seulement dire que ça craint de se retrouver dehors. Tu sais quoi ? Ça m'est arrivé plusieurs fois de me faire dégager de la maison, et j'ai toujours fait comme si je m'en foutais. Mais, c'était faux. J'étais loin de m'en foutre. Je crois que le seul que ça ne travaillerait pas, c'est Mason.

Un petit rire triste s'échappa de ma gorge.

– Alors, est-ce que tu veux aller à l'hôpital pour t'assurer qu'elle ne blaguait pas ? Qu'elle te fiche vraiment dehors ?

Non, je secouai la tête. Il fallait que je ramasse les morceaux, et que j'avance. Sans regarder derrière moi.

De nouveau, Logan me passa un bras sur l'épaule, me décocha un sourire et cala sa tête contre la mienne. Les lèvres sur mon front, il déclara :

– Vois les choses comme ça, Sam. Tu n'as plus besoin d'aller à la fête, c'est la fête qui viendra à toi. Pas compliqué, c'est même toi qui seras la fête.

– Merci de chercher à me distraire comme ça, mais je ne crois pas que la fête ce soit mon truc, en ce moment.

– Ça pourrait, si tu te pintais et si tu te mettais à poil.

L'air faussement grave, il ajouta :

– Enfin… non, parce que mon grand frère t'embarquerait vite fait pour te faire ta fête… en privé.

– Alors, pour toi, il vaudrait mieux que je ne vous aie jamais connus, que Mason ne soit pas mon petit ami, c'est ça ?

– Euh… ouais, on peut dire ça. Et toi, tu en penses quoi ? Rompre avec Mason et faire la fête à mort ?

– Tu es sérieux, là ?

– Non, sourit-il en retrouvant malgré lui un semblant de gravité. Enfin, si… Tu le ferais ?

– Et tu te dis le frère de Mason ? En me poussant à rompre avec lui ?

– Non, pas vraiment.

– Tu es sûr de toi, là ?

– Oui… non… Dans ce monde, on est tous potes, il n'y pas d'histoire d'amour. Ce truc, c'est trop de drames, en fait. Dans ce monde, tu peux partir et oublier ta mère. Tout oublier. Te saouler – ou non, puisque tu ne bois pas – mais faire tout ce que tu veux pour relâcher la pression.

– Moi, pour ça, je cours.

– Pas ça, corrigea-t-il. Non, je n'aime pas ça… sauf si c'est pour courir au cul de quelqu'un qui me cherche des embrouilles. Alors, là, oui, je courrais avec toi, mais pas dans ce monde.

– Ce monde ? Ton monde, celui où personne ne voit que tu délires complètement.

– Un peu ça, oui, dit-il, le regard brillant. Je délire peut-être, mais Las Vegas, alors ? Ce n'est pas un endroit délirant ? C'est exactement le monde où il faut être. On peut tout oublier, là-bas.

Me prenant la main, il m'entraîna hors de la chambre, hors de la maison, et prit la route vers mon nouveau chez moi. Mon prochain univers.

On arrivait presque chez Nate quand je lui demandai :

– Tu étais sérieux à propos de Las Vegas ?

Je n'osai pas évoquer l'autre partie de sa phrase. Je ne voulais pas savoir s'il plaisantait ou non.

À ces mots, il se tassa sur lui-même et poussa un lourd soupir.

– Merde.

– Quoi ?

– Dix minutes.

– Hein ?

– Tu as oublié ta mère pendant dix minutes. Ce n'était pas super long, Sam. Tu vas devoir faire mieux que dix minutes. Paris, peut-être ? Si on rêvait d'aller à Paris, toi et moi. Qu'est-ce qu'on ferait, là-bas ?

En riant franchement, je décidai de jouer le jeu. Après tout…

– Non, pas Paris. On n'irait pas à Paris, si on était tous les deux. C'est trop romantique.

– Aïe.

– On irait…

– Oui ?

– En Allemagne.

Oui, ça me semblait bien.

– Tu boirais toute la bière que tu veux.

– Je me gênerais !

Les bêtises qu'on se disait me faisaient sourire. Mais, autant en profiter car je savais que ça ne durerait pas. Pourtant, je ne pus m'empêcher de lui demander :

– Mais, pourquoi seulement toi et moi ? Pourquoi pas Mason, aussi ?

Il leva les yeux au ciel en pénétrant dans l'allée de Nate.

– Parce que, lui, c'est le vrai deal pour toi. Toi et moi, ce n'est que du rêve. Pas de sentiment, pas de drame entre nous.

– Pas de drame ? Et les jumeaux ?

– Trop de drame, justement. On ne peut pas se permettre ça. Pas question.

Ça ressemblait au paradis… mais, quand on se gara en haut de l'allée, le paradis eut vite fait de disparaître. Il y avait six autres voitures à côté de l'Escalade de Logan. Ça ne m'aurait pas inquiétée si j'avais eu Mason à côté de moi – il leur aurait souri, m'aurait pris la main et serait monté à l'étage avec moi. Mais ce n'était pas Mason, assis au volant.

C'était Logan, et Logan était sociable. Je savais que dans peu de temps je me retrouverais seule dans ma chambre alors que d'autres invités se joindraient aux premiers. C'était la maison de Nate et, maintenant, celle de Mason. Et, bien sûr, la fête aurait lieu ici.

– On n'a pas à rester longtemps.

– Quoi ?

Logan ne blaguait pas. Il était le plus sérieux du monde.

– Si tu t'inquiètes de Will et James, ils sont partis ce matin. Ma tante a appelé en leur demandant de rentrer. Mais on n'aura pas à rester longtemps. On peut ranger nos affaires et repartir tout de suite pour l'hôpital, si tu veux.

Est-ce que je voulais ça ? Non, c'était pour ça que j'avais demandé à Mason de partir. Logan et moi, on était restés en arrière pour terminer d'emballer ce dont on avait besoin, puisqu'on avait tous les trois été chassés de la maison.

– Je crois que je vais aller courir, dis-je doucement.

– Tu es sûre ? Tu n'es pas obligée, tu sais.

Oh, si, je devais le faire. Vraiment.

– Si, si, c'est bon. J'ai besoin de me dégourdir les jambes.

– Comme tu veux…

Il semblait vaguement contrarié. Je le sentis me suivre alors que je pénétrai dans la maison, et filai au premier étage. En entrant dans ma chambre, je fermai la porte et m'y appuyai un instant en soupirant. Cette journée avait sans doute été la pire de mon existence. Quoique, en y réfléchissant, ce n'était pas la pire. Je devais avouer que certains jours de ma vie puaient plus que d'autres. Puaient vraiment. Plus qu'aujourd'hui, pour tout dire.

Posant mes deux sacs au pied du dressing, je me mis à fouiller dedans pour y trouver ma tenue de running quand je sentis mon téléphone vibrer dans ma poche. Je frissonnai en découvrant le numéro de Mason.

– Salut !

– Salut… fit-il d'une voix tendue.

– Qu'est-ce qui s'est passé ? demandai-je en me redressant d'un bond.

Il hésita.

– Mason… insistai-je.

– Ta mère, c'est la reine des manipulatrices. Et mon père, c'est le roi des imbéciles. Il n'a rien compris, je n'y crois pas. Il gobe tout ce qu'elle lui raconte.

– C'est une blague ?

Ce n'était pas possible. Pourtant, je savais déjà que James allait la croire. Puisqu'il l'aimait.

– Non, c'est vrai. Mais, elle simule, c'est évident. Même les docteurs le pensent. J'ai entendu une des infirmières en parler dans un bureau. Elles ne savaient pas que j'écoutais, mais elles rigolaient à propos du diagnostic que le médecin leur avait donné. Je crois que, quand on ne trouve rien d'anormal, on finit par dire que le patient est cinglé, c'est tout. Ils l'ont tous reconnue d'après son précédent passage aux urgences, pendant que Logan et moi, on était partis camper.

– Tu lui as parlé ?

Il laissa passer un long silence avant de répondre :

– Non.

Des milliers d'émotions me traversaient, maintenant. Déception, douleur, soulagement, et tant d'autres encore.

– Je suis désolé, ajouta-t-il au bout d'un moment. Vraiment. Elle m'a interdit l'entrée de sa chambre. Tout ce que j'ai pu obtenir de mon père, c'est qu'elle s'entête à dire qu'elle s'est évanouie. À cause de l'angoisse qu'on lui procure, selon elle.

Bien sûr.

Mais est-ce qu'un jour j'allais finir par retenir la leçon ? Jamais elle ne changerait.

– J'ai dit à mon père que toi et Logan vous alliez emménager chez Nate. Il a répondu que c'était sans doute ce que vous aviez de mieux à faire.

Il avait dû sortir en me parlant car j'entendis plusieurs sons dans son téléphone, une espèce de bruissement, suivi d'un ding, d'un claquement, puis de nouveau le silence. L'instant d'après, ce fut un bruit de moteur qui démarrait, et la voix de Mason me parvint de plus loin.

– Désolé pour tout ça. Je rentre à la maison, maintenant.

À la maison… Malgré le stress, je sentis monter en moi une vague de désir. Mon cœur se mit à battre plus vite. Il rentrait chez nous, il revenait vers moi, sans parents pour nous espionner, sans avoir besoin de se cacher. On vivrait ensemble, comme n'importe quel couple.

– À tout de suite, Sam. Tu veux que je passe prendre quelque chose à grignoter ? Tu as peut-être faim.

– Non, je vais aller courir. J'ai un peu de temps devant moi avant de devoir repartir.

– Repartir ? Tu repars où… ?

Mais je ne l'entendis pas.

– Ciao. À plus tard.

Jetant mon téléphone sur le lit, j'enfilai à toute vitesse ma tenue de running. Déjà, je vibrais à l'idée de retrouver Mason et ses caresses, et je savais que je ne pourrais me calmer qu'en courant, soufflant et transpirant pendant une heure au moins. Avant de redescendre, je mis mes écouteurs, embarquai mon téléphone sans me soucier de prendre des clés avec moi.

Au passage, j'aperçus pas mal de gens sur la terrasse de derrière, et nettement plus de voitures garées le long de l'allée. Ce qui m'assura que je n'aurais pas de problème pour rentrer après mon footing. J'avais le sentiment que tout le monde serait encore là le lendemain matin.

Mais, là, j'arrêtai de penser, et savourai déjà l'idée de me trouver un nouveau chemin pour courir. Il y aurait de nouvelles routes, autour du manoir de

Nate, de nouveaux parcs, peut-être même un sentier de running qui irait s'enfoncer dans les bois.

Incapable de m'en empêcher, je courais déjà en atteignant le bout de l'allée. Au bout d'une heure, je ralentis le rythme et continuai au petit trot pendant une heure encore. Je pouvais me le permettre puisque Heather m'avait dit que, pour mon deuxième jour, elle aurait besoin de moi de cinq heures à la fermeture. Il me fallut pour rentrer moins de temps que je l'aurais cru… ou alors j'avais couru plus vite sans m'en rendre compte, car mon cœur battait encore assez vite quand je tournai dans l'allée.

Les voitures étaient encore plus nombreuses. Ce qui ne me surprit pas.

Une fois à l'intérieur, je trouvai la terrasse carrément envahie. Les bruits d'eau et les cris qui me parvenaient m'indiquèrent que beaucoup s'amusaient dans la piscine. Dans la cuisine, quelques filles au long corps bronzé revêtu d'un seul bikini levèrent le nez de leur verre en me voyant entrer, pantelante et inondée de sueur. Vaguement gênée, j'attrapai un pan de mon t-shirt et m'en essuyai le visage. Elles gloussèrent de me voir ainsi puis sortirent retrouver les autres dehors.

– Hey, salut !

Je m'apprêtais à grimper l'escalier quand je m'arrêtai net. Lentement, les jambes tremblantes, je me retournai pour voir Mason s'écarter d'un groupe d'amis et venir me rejoindre. Alors qu'il s'approchait, j'eus l'impression qu'il avait perdu un peu de poids. Mais, quand ? Sa légère minceur faisait ressortir les muscles de ses bras. Sa chemise flottait sur son torse, et son ventre semblait encore plus plat et dur sous la ceinture de son jean. La seule idée de caresser chaque contour, chaque centimètre de ce corps puissant et athlétique me fit vibrer comme jamais.

C'était clair, je n'en pouvais plus de désir.

Il s'arrêta devant moi, et le sourire qui lui apparut au coin des lèvres me dit qu'il avait deviné mes pensées.

– Je savais que le running t'électrisait, mais j'ignorais que ça te remuait à ce point.

– Enfoiré… soufflai-je, ravie de sa remarque.

Son sourire redoubla et son regard s'assombrit de désir tandis qu'il s'approchait tout près. Sa poitrine se colla à la mienne et ses lèvres s'attardèrent sur ma bouche.

– Putain, Sam, rien que de te voir mouillée comme ça, je grimpe au rideau.

D'une main passée sous ma taille, il m'attira tout contre lui. Puis, glissant une jambe entre les miennes, il me souleva du sol, si bien que je le chevauchai carrément.

– Mason… soupirai-je.

Il se pencha, lentement, pour me mordiller le cou avant de laisser remonter sa bouche vers mon visage. J'avais tellement soif de lui que j'en gémissais de désir. Sa main glissa vers ma nuque et la saisit tandis que ses lèvres se rapprochaient des miennes avec une lenteur diabolique. J'ouvris la bouche et sa langue, après s'être longtemps, trop longtemps promenée sur mon cou, s'y introduisit avec force. Je pris feu, littéralement. Quand mes jambes tentèrent de monter plus haut sur lui, il me saisit sous les cuisses et me souleva. Mes mollets s'enroulèrent autour de ses hanches, mes bras lui agrippèrent les épaules… et je me coulai en lui.

À ce contact, Maison grogna de plaisir. Tout au fond de ce qui me restait de conscience, je nous devinai en train de bouger, de monter, de marcher, puis une porte s'ouvrit et se referma derrière nous. L'instant d'après, je sentis un torrent d'eau s'écouler sur nous tandis que Mason m'entraînait sous la douche. Il me pressa contre le mur et glissa une main sous mon t-shirt pour prendre mon sein dans sa paume. Quand ses doigts en caressèrent le bout, je m'étranglai de plaisir.

– Bon Dieu, Sam, je t'aime, souffla-t-il tandis que ses caresses se faisaient plus pressantes.

Moi aussi, je l'aimais. J'avais un besoin fou de lui.

Tellement fou. J'en voulais de plus en plus.

– Attends…

Il s'écarta, le souffle court, et colla son front au mien.

Je le sentis trembler sous mes mains et se délecter de mes caresses. Il prit ma paume et la glissa sous sa chemise avant de lâcher un soupir rauque.

Me penchant en avant, je promenai ma bouche sur sa peau et je le sentis vibrer sous mes lèvres. Puis, alors que ma langue allait et venait sur son torse, je me vis arrachée du mur où je m'appuyais et entraînée hors de la douche pour me retrouver assise au bord du lavabo. Quand ses doigts se glissèrent sous mon legging, ils en furent aussitôt chassés. Le corps en feu, je partis moi-même à sa recherche. Comme mes doigts ne parvenaient pas à défaire la fermeture de son jean, je gémis d'impatience, et Mason vint à mon aide. Aussitôt libéré, il plaqua une main sous ma cuisse, me fit cambrer les reins et se glissa en moi dans un mouvement souple.

Je lâchai un cri, à ce contact soudain. C'était intoxicant, mais pas assez pour moi. Je poussai mon corps en avant et bougeai en rythme avec lui tandis qu'il allait et venait en moi… de plus en plus vite, de plus en plus profond, jusqu'à me faire perdre la tête. Je ne pensais plus, je ressentais. Quand on arriva ensemble au bord de l'extase, Mason ne traîna pas. Il poussa une dernière fois, mais au plus profond de moi. Et je basculai dans le vide entre ses bras, mon corps férocement arc-bouté contre le sien, ma tête rejetée en arrière, saisie d'un spasme à peine supportable.

Sans me laisser le temps de retomber, il me passa une main sous les reins et m'attira contre son torse. Mon corps trembla et un deuxième orgasme déferla en moi. Je criai, m'accrochai à ses épaules, tremblant d'un plaisir infini.

Il me retint longtemps contre lui, blottie entre ses bras, tout en promenant une paume le long de mon dos jusqu'à ce que mes tremblements s'arrêtent. Affaiblie, épuisée, même, alors que l'adrénaline de ma course était retombée, je ne protestai pas quand Mason m'emporta vers le lit. Lorsqu'il nous glissa ensemble sous les draps, ma tête retomba mollement sur l'oreiller et je laissai échapper un soupir de bien-être.

Alors, ses bras se glissèrent sous mon corps, il m'attira contre lui, et je me sentis chez moi.

CHAPITRE 14

En me réveillant, je plongeai vers la première chose qui me donnait l'heure… presque cinq heures ! Nooon ! Je sautai du lit et me retrouvai sous la douche plus vite que je ne l'aurais imaginé. Je m'impressionnais moi-même quand la porte de la cabine s'ouvrit sur un Mason au regard brillant de désir. J'en laissai tomber mon shampooing. Pitié, j'allais être en retard pour me second jour de boulot !

Mon dos heurta le mur tandis que la musique se mettait à hurler à l'étage du dessous. Quand il se glissa en moi, il garda le rythme avec les basses qui résonnaient, et on s'offrit un orgasme de folie au son d'un riff de guitare endiablé. Comme il me reposait doucement sur le carrelage, il me passa un bras au-dessus de la tête et lâcha plusieurs soupirs rauques. Je souris de le voir dans cet état. Jamais je ne pourrais me lasser d'être avec Mason, quels que soient les obstacles et les drames qui parsemaient notre vie amoureuse. Il me rendait vivante, tout simplement.

Une main sur sa nuque, je lui pris le cou et l'attirais vers moi pour presser mes lèvres sur les siennes et jouir ainsi du pouvoir que j'avais sur lui… le même que celui qu'il avait sur moi, je ne me le cachais pas.

C'était libérateur.

– Tu es une vraie sorcière, grogna-t-il en plaquant une paume sur le mur derrière moi. Tu vas finir par me tuer…

Je souris mais retins mon souffle en le voyant se rapprocher jusqu'à ne plus se trouver qu'à un cheveu de moi. Le cœur battant, j'attendis ses caresses. Alors qu'on venait à peine de faire l'amour, je sentais une nouvelle excitation monter en moi. Oui, ce garçon m'intoxiquait. Mais, quand ses lèvres ne se posèrent pas sur les miennes, j'ouvris des yeux étonnés… pour découvrir une nouvelle fois son regard brûlant de désir. C'est là que sa bouche se planta sur la mienne, pour un baiser fulgurant qui m'ôta tous mes moyens.

Une fois encore, il me souleva du sol et me porta jusqu'au lit. Et une fois encore, on se laissa emporter par un désir sans fin. Oui, avec Mason, c'était sans fin. Et, quand j'eus le courage de tourner la tête vers sa pendule, je paniquai. Six heures ! Je le repoussai de mon corps et me levai en catastrophe.

– Quoi… qu'est-ce que tu fais ?

Me jetant sur mon sac, je saisis le premier vêtement que ma main toucha, et le passai sans me poser de question. Puis j'enfilai une chaussure devant un Mason déboussolé.

– Tu veux bien me dire ce que tu fais ?

– Je suis en retard.

Où ai-je bien pu fourrer cette deuxième godasse ?

– En retard ?

Dans ma précipitation, je lui jetai un regard distrait, me cognai au coin du fauteuil, puis me retournai d'un coup en le découvrant pâle comme la mort. Les yeux écarquillés, il s'assit sur le lit et répéta :

– Tu… tu es en retard ?

– Ah… oh, non, non, je ne suis pas enceinte, rassure-toi !

– Putain… fit-il en lâchant un soupir de soulagement. Je respire…

Ah, je retrouvai enfin ma chaussure et l'enfilai en vitesse.

– Je suis en retard pour le boulot. Il faut que j'y aille.

J'attrapai mon sac, mes clés et sortis en courant de la chambre. Les gens s'étaient déplacés de la piscine vers la fontaine. Je dégringolai l'escalier et sautai par-dessus une fille assise sur la dernière marche.

Mason, à peine vêtu d'un jean qu'il n'avait pas pris le temps de fermer, me suivit jusque sur le palier et me cria d'en haut :

– Tu as un job ?!

– Oui !

Ignorant les regards surpris qui suivaient ma course à travers la maison, j'ajoutai :

– Chez Manny's. J'ai commencé hier. À plus !

En quelques secondes je me retrouvai assise au volant. Passant la marche arrière pour manœuvrer, je freinai brutalement après un coup d'œil dans le rétro. Il y avait des voitures partout, qui m'empêchaient de sortir. J'étais complètement cernée. Impossible d'avancer ou de reculer.

– Aaah, fis-je en me tapant la tête contre le volant.

Je ne serai jamais là-bas à l'heure. Heather allait me virer dès mon deuxième jour.

Qu'est-ce que j'allais faire ? Mais je n'avais pas le temps de considérer toutes les options. Il fallait que j'appelle Heather pour l'avertir. Je fouillai dans mon sac à la recherche de mon téléphone quand j'entendis cogner sur ma vitre. Je levai les yeux, pour découvrir un Mason torse nu, ses clés de voiture se balançant au bout de ses doigts. Je n'allais pas me plaindre.

– Allez, saute dans ma voiture. Je ne suis pas bloqué, je t'emmène.

Trop contente, je descendis et le suivis. Seigneur, j'avais oublié à quel point il était musclé ! D'habitude, c'était sa poitrine qui me captivait. Mais, là, j'avais tout le loisir d'admirer son dos d'athlète et la chute de reins que laissait entrevoir son jean encore ouvert.

– Alors, tu viens ? me lança-t-il en me voyant hésiter.

Je me dépêchai de le rejoindre à l'intérieur et, tout en me jetant un regard interrogateur, il recula et se fraya un passage entre les voitures.

– Ça ira ?

– Oui… Mais je ne sortirai qu'après la fermeture du bar.

– Tu aides aussi au bar ?

– Oui. Désolée de ne t'avoir rien dit… il s'est passé tellement de choses, aujourd'hui. Mais, j'allais le faire, je te jure…

– Pas de problème. Je suis juste surpris, c'est tout.

– Ah, bon ?

Pour une raison idiote, j'avais cru qu'il serait contrarié d'apprendre que je m'étais trouvé un job. Mais, en le voyant aussi tranquille, je me détendis. Je voulais ce boulot. Pas seulement pour éviter ma mère. Non, je le voulais vraiment. Ça me plaisait de travailler chez Manny's. De travailler avec Heather, aussi.

Il sourit en me regardant du coin de l'œil.

– Mais, oui. Pourquoi ? Tu crois que je t'en aurais voulu de bosser ?

– Euh… en fait, oui.

Mais, pourquoi ? J'étais ridicule de penser ça. Ou, peut-être pas tant que ça, après tout. Ma mère, elle, aurait été furieuse. Elle aurait détesté cette idée. Mais Mason n'était pas ma mère. Il ne cherchait pas à me garder à la maison ou avec des amis uniquement choisis par lui. Lydia et Jessica, elles, avaient eu la totale approbation d'Ann-Lise. Et ça s'était terminé en catastrophe.

C'est alors que, saisie d'un drôle de doute, je tournai vers Mason un regard inquiet.

– Quoi ? demanda-t-il, les yeux sur la route.

– Ma mère aimait bien Lydia et Jessica. Tu crois que…

J'hésitai. Je n'arrivais pas à formuler ma question.

– Je crois que… quoi ?

– Tu crois que qu'elle les aimait bien parce qu'elles sont comme elle ? Je veux dire, parce qu'elles sont foncièrement méchantes et qu'elles ne m'aiment pas ?

Il écarquilla les yeux une demi-seconde, mais ce fut sa seule réaction. La tension était palpable entre nous, cependant, et une boule se formait dans mon estomac. Je savais pourquoi l'ambiance avait changé dès que j'avais prononcé ces paroles. Mason le savait aussi, mais il ignorait comment me dire ces mots. Je secouai la tête et regardai dehors.

– En fait, ça n'a pas d'importance. Je sais ce que tu vas me dire.

– Détrompe-toi, Sam. Tu n'en sais rien du tout.

D'accord. Avec un soupir, j'appuyai ma tête contre la vitre. J'avais été complètement aveugle. Ma mère avait pourtant fait des commentaires au sujet de Jeff, et elle savait depuis toujours qu'il me trompait – sans doute parce qu'elle trichait elle-même. C'était donc pour ça qu'elle aimait Jessica plus que tout ? Parce qu'elle était comme elle ? Quant à Lydia, Ann-Lise ne l'appréciait pas autant. Sans doute parce que parmi les trois, c'était elle qui était le proche de moi ?

Ça me rendait malade. Je ne voulais plus penser à ça.

– Hey, tu m'as l'air bien soucieuse, s'inquiéta soudain Mason.

– Le truc, c'est que je n'ai plus envie de parler de tout ça. Vraiment.

– Il le faut bien, pourtant. Tu es sûre que tu dois bosser, ce soir ?

Je compris soudain qu'il m'en voulait. Qu'il m'en voulait réellement. Même si ses yeux ne quittaient pas la route, j'y décelai une fureur soudaine. Je lui voyais les mâchoires serrées, les mains crispées sur le volant.

– Tu m'en veux ? lui demandai-je d'une voix blême.

– Quoi ? Non, j'en veux à la pétasse que tu appelles ta mère. C'est elle qui a choisi tes amis ?

Oui… c'était elle.

Il devina ma réponse. Dégoûté, il répliqua :

– Je n'arrive pas à y croire… franchement. Elle est manipulatrice et possessive. Voilà pourquoi elle ne supporte pas de nous savoir ensemble, parce qu'elle n'a aucun contrôle sur moi, et parce qu'elle sait que je t'aime. Tu veux savoir pourquoi elle a tout fait pour rapprocher ces filles de toi ? Tu veux mon avis là-dessus ?

Non, pas vraiment. Mais, est-ce que j'avais le choix ?

Il poursuivit, d'une voix presque sauvage :

– Parce qu'elle voulait t'entourer de gens prêts à te faire du mal. Elle voulait que ces filles te blessent pour que tu restes ensuite auprès d'elle. Tu n'aurais jamais su qu'en dehors d'elles, il existait des gens sympas. D'accord, je ne suis pas un saint mais, quand j'aime quelqu'un, je l'aime complètement, avec ses qualités et ses défauts.

Il lâcha un juron tout en se garant devant chez Manny's. Les pneus crissèrent sur le gravier quand il s'arrêta... un peu brutalement, il fallait bien le reconnaître. Il sauta de voiture, en fit le tour et vint m'ouvrir la portière. Malgré son regard féroce, ses mains se firent douces quand il prit les miennes. Et, lorsqu'il colla son front au mien, je sentis à quel point il gardait le contrôle de lui-même.

– Je veux ce qu'il y a de mieux pour toi, Sam, murmura-t-il alors. Je n'ai pas l'intention de te garder prisonnière. Je veux que tu vives pleinement, que tu te fasses de vrais amis qui t'aiment, que tu te trouves un travail qui te plaise. Je veux que tu viennes dans mon lycée et que tu obtiennes une bourse d'athlétisme. Je veux que tu fasses tout ça malgré les manigances de ta mère. Parce que, si on la laissait faire, tu n'irais nulle part. Elle te détruirait.

Je fermai les yeux. Oui, elle me détruirait. Je le savais, et cette idée me fracassait.

Me prenant le visage entre les mains, Mason murmura :

– Regarde-moi.

J'étouffai un gémissement. Son regard brûlait d'amour. Ce qu'il venait de me dire, ça faisait mal, mais je devais l'entendre. C'était une bonne douleur. Quelque chose se déverrouillait en moi, et c'était grâce à lui. J'avais tout gardé en moi jusque-là, histoire de ne rien sentir mais, avec Mason, je ne pouvais que *ressentir*. Et ça, parce que c'était lui. Parce qu'il m'aimait.

– Merci… soufflai-je d'une voix à peine audible.

– Merci… de quoi ?

– De m'aimer.

De me donner ce que ma mère ne m'avait jamais donné – un amour inconditionnel. C'était dur à admettre. Un autre gémissement menaça de m'échapper mais, soudain soulevée dans ses bras, je me blottis contre sa poitrine. Sa tête sur la mienne, il me berça d'avant en arrière, et un bien-être total m'enveloppa. Un instant délicieux, que je n'aurais échangé pour rien au monde.

Lorsque je pénétrai chez Manny's, bien plus tard, je trouvai Heather derrière sa caisse. Elle portait la même chemise rouge que la veille, sur un jean troué aux genoux, qui lui collait comme une seconde peau. Un torchon à la main, elle essuyait un verre qu'elle rangea sur l'étagère derrière elle avant d'en prendre un autre. Un sourcil levé, elle me déclara :

– J'espère que ça ne deviendra pas une habitude, ma fille, parce que, sinon, faudra songer à te trouver un autre job.

– Je suis désolée, vraiment. Ma mère a eu une attaque, ce matin. On l'a emmenée d'urgence à l'hôpital.

Avec une moue, elle fit mine de s'excuser… et, moi, je regardai ailleurs. Mason m'avait dit que le coup du mensonge, ça marcherait, et je m'en rendais compte. Mais, en même temps, je culpabilisais tellement. Il fallait absolument que je répare ça. Ce qui voulait dire, arriver à l'heure et supprimer les petites gâteries de l'après-midi… qui n'étaient jamais petites ! Avec Mason ça devenait en général des siestes crapuleuses.

– Désolée, Sam. Je me disais qu'il y avait peut-être eu une embrouille, hier soir, mais je ne savais pas que c'était ta mère. J'ai vu que Kade t'a déposée… Ça avait l'air chaud, vu de mon comptoir.

Je rougis. Elle avait vu ça ?

– Euh… oui.

J'eus alors envie de tout lui raconter mais… non. Enfin, j'aurais pu, mais ce n'était pas mon amie. Et pourtant, même si je ne la connaissais que depuis un jour, je sentais que je pouvais lui faire confiance. Complètement embrouillée, je finis par repousser cette idée au fond de mon esprit. J'étais ici pour bosser, voilà.

– Qu'est-ce que tu veux que je fasse, aujourd'hui ?

– Tu peux rester avec moi, aujourd'hui. C'est plus tard que ça va se remplir. Mais Brandon nous filera un coup de main.

En m'installant à côté d'elle, je reconnus parmi les clients quelques amis présents à la fête de Nate, la veille. D'autres couples plus âgés étaient là aussi, avec leurs familles.

– Jason ! cria une mère après un bambin d'environ deux ans qui trottinait entre les tables.

Avec Heather, on s'amusa de la scène quand la maman passa devant nous en courant.

– Ceux-là, ils sont là tous les matins, et le môme, il adore courir vers le bureau de derrière pour aller voir mon père.

– Ils viennent tous les matins ? m'étonnai-je en attrapant un torchon et un verre.

– Ouais. Coral et Jeff, son mari, ils n'ont pas les mêmes horaires. Lui, il a un job de nuit, alors ils se retrouvent ici pour passer un peu de temps ensemble. Ça serait peut-être plus facile chez eux, mais je crois qu'elle aime ce petit break en dehors de chez elle, ça la repose de ses trois gamins. Et puis, mon père, il adore Jason.

De la tête, elle me montra une table où une petite fille et un petit garçon, visiblement du même âge que Jason, avaient le visage et les mains barbouillés de nourriture. Leur père, lui, tentait de nourrir le bébé.

– Il adore aussi Jake et Jenna, sourit Heather.

– Des triplés ?

– Ouais. Ils sont presque de la famille, maintenant. Coral essaie de faire connaître Brandon à ses collègues de boulot. Elle est infirmière et, là, c'est une garde de douze heures d'affilée qui l'attend.

L'affection avec laquelle Heather parlait d'eux me fit l'effet d'une claque. Voilà à quoi ressemblait une famille. Une vraie famille. Ils s'aimaient, tout simplement. Manny, son père, sortit alors de son bureau avec le bambin dans les bras. La mère les suivait, en roucoulant et en souriant à son enfant qui tendait les bras vers elle. Ensemble, ils rejoignirent la table où se trouvait le reste de la famille, et Manny n'eut pas le temps de s'asseoir avec eux que, déjà, les trois gamins se mettaient à lui escalader les jambes.

Sans être du même sang, ils formaient néanmoins une famille.

– Hey, ça va ? me demanda soudain Heather.

Je sursautai mais retins de justesse le verre avant qu'il m'échappe des mains. En rougissant, je me baissai pour en prendre un autre.

– Oui… ça va. Tu en as d'autres à essuyer ?

Consciente qu'elle me regardait d'un air bizarre, je décidai de l'ignorer.

– Non, mais, si tu pouvais astiquer quelques couverts… ça m'irait bien.

J'attrapai le plateau sans me le faire dire deux fois, et je me dépêchai d'aller m'installer à une table au fond de la salle.

C'était dur de voir une famille qui s'aimait.

CHAPITRE 15

Lorsque Brandon arriva, il prit place derrière le bar pour que Heather et moi on puisse aider Lily et Anne, les deux autres serveuses du restaurant. Après trois heures d'un service non-stop dans une salle où les clients ne cessaient d'arriver, je demandai à Heather si c'était toujours comme ça.

– Pourquoi tu crois que j'en veux tellement à Brandon de se taper mes copines ? Parce que, après ça, il les largue et elles – qu'est-ce qu'elles font ? – elles se tirent. Je peux pas m'offrir le luxe de perdre encore des filles, tu vois.

– Attention ! lança Lily qui arrivait devant le comptoir, une pile d'assiettes dans les mains. Waouh, j'ai bien failli tout foutre par terre. Manny m'aurait tuée.

– Ouais, c'est ça, grogna Heather. Mon père ? Il ferait pas de mal à une mouche. Avec lui, tu peux te permettre de casser un peu de vaisselle, il te fichera pas dehors pour ça.

Quand la porte s'ouvrit et qu'une bande de garçons entra, elle grogna mais se dirigea vers eux.

– Elle a raison, me dit alors Lilly en souriant.

– À propos de quoi ?

– De son père. C'est un tendre, c'est pour ça que tous les problèmes retombent sur les épaules de Heather et de Brandon. Que ce soit pour embaucher ou pour virer, ce sont eux qui assument. Si quelqu'un devait me virer, ce serait Heather, mais pas lui.

Quand les garçons prirent place à une table dans un coin de la salle, Heather les rejoignit, son carnet à la main. Stoppant là leur discussion, ils se mirent tous à la zyeuter d'un air plus qu'intéressé. Loin de se démonter, elle se balança d'une hanche sur l'autre et leva haut le menton. À l'expression qu'elle afficha, leurs sourires stupides s'évanouirent. Se raclant la gorge d'un air gêné, ils se plongèrent dans les menus qu'elle leur distribua.

Je ne pus m'empêcher de rire. D'un regard, elle avait mis fin à toute tentative de drague. Ça ne rigolait avec Heather.

– Alors, c'est quoi, votre arrangement ? demanda Lily.

– Hein ? Qu'est-ce que tu veux dire ?

– Elle t'aime bien, Heather. Pas mal, même. Si une autre fille s'était pointée avec deux heures de retard le lendemain de son jour d'embauche, elle l'aurait dégagée vite fait.

– Oh…

Embarrassée, je me plantai devant la bassine d'assiettes sales pour faire un peu de vaisselle. N'importe quoi, du moment que j'évitais ce genre de questions. J'aimais bien Lily et Anne, que je ne connaissais que depuis la veille. Elles se montraient toutes les deux très amicales, mais je me méfiais maintenant de ce petit air inquisiteur… que je ne lui avais pas vu le soir précédent.

– Oh, rien. Ma mère a été emmenée à l'hôpital, aujourd'hui. C'est pour ça que j'étais en retard…

– Oh, putain… !

Sa main se crispa sur mon bras.

Surprise, je lâchai la bassine qui atterrit dans un bruit sourd sur le comptoir.

– Non, mais ça va, maintenant. En fait, elle s'est pris un choc, mais elle va bien. Je pense que c'était…

– Il y a Logan Kade qui vient d'arriver, murmura-t-elle.

Ses ongles s'enfoncèrent dans mon bras. Elle ne se trompait pas : Logan s'avançait entre les tables d'une démarche souple et assurée, comme s'il était le propriétaire des lieux. Il scanna la salle avec un petit sourire sûr de lui et marqua une pause en m'apercevant. Comme je m'empressais de lui faire *non* de la tête, il choisit de se diriger vers le bar. Avec un petit signe de la main, il lança :

– Salut !

– Kade ! s'exclama Brandon. Amène-toi par là, vieux !

Logan le rejoignit, leurs deux poings se rencontrèrent, et il s'installa au bar sur un tabouret. On aurait dit deux meilleurs amis qui s'étaient perdus de vue depuis des siècles. Ils ne mirent pas longtemps à échanger un verre, puis deux, puis trois. Au bout d'une heure, leur joie de se retrouver resta la même. Je croyais halluciner. Pas une seule fois Logan ne me chercha du regard. Il semblait heureux d'échanger des histoires avec Brandon qui – Heather prit soin de me le rappeler – avait joué au foot avec Mason et Logan une année plus tôt.

Ce qui m'étonnait tout autant c'est que Brandon possédait et faisait tourner le bar alors qu'il était à peine sorti du lycée. C'était une grosse responsabilité, qu'il semblait très bien assumer, finalement. Comme Heather assumait le restaurant, en fait.

Je sursautai quand elle claqua de la main sur le comptoir en me disant :

– Je me paye une pause clope. Tu joues avec moi ?

– Je joue… ?

– Oui, tu m'accompagnes ? Tu vas bientôt t'offrir une pause, toi aussi, non ? Lily et Anne peuvent s'occuper de nos tables pendant cinq minutes.

– Tu veux dire, mes deux tables et les dix tiennes ?

– Allez, viens, insista-t-elle en prenant son sac sous le comptoir. Ça va être intéressant.

– Qu'est-ce qui va être intéressant ?

Mais je n'eus pas à attendre longtemps. On était à peine sorties que Logan apparut derrière nous, en prenant soin de bien refermer la porte pour que personne ne nous entende. Il tira une chaise et s'assit près de Heather, qui se retrouva entre nous.

Elle alluma une cigarette, inspira une bouffée et se cala contre son dossier pour nous mieux nous voir.

– Tu ne veux pas me parler à l'intérieur ? me demanda Logan, penché en avant, les coudes sur les cuisses.

S'il avait semblé tout joyeux un peu plus tôt avec Brandon, il était beaucoup plus grave maintenant.

Je préférai ignorer sa question.

– C'est Mason qui t'a dit ?

– Tu l'as crié à travers la pièce, je te ferais remarquer.

– Oh…

Je rougis en me souvenant… Oui, avec Mason torse nu devant moi, je n'avais vu personne autour de nous. Mais Logan n'était pas venu pour me poser des questions sur mon boulot.

– Qu'est-ce qui se passe ?

Il soupira puis jeta un regard appuyé à Heather.

Celle-ci tira une longue bouffée de fumée avant de lever sa cigarette loin devant elle.

– Je vais nulle part, l'Apollon. C'est chez moi, ici. C'est ma pause. Et c'est mon amie. T'as quelque chose à lui dire, tu le dis devant moi ou tu le gardes pour plus tard. Mais, moi, je ne bouge pas de là.

Il se renfrogna une seconde, lui jeta un regard noir et lâcha :

– D'accord… comme tu veux.

Elle leva les yeux au ciel, tira une autre bouffée et attendit.

– Logan… ? hasardai-je.

– Oui, OK… alors.

Il reprit son air grave.

– Alors ?

Il hésita encore un instant avant de poursuivre :

– Pourquoi tu n'as rien dit sur les intentions de ta mère ? Tu en as parlé à Mason, lui, il en a parlé à Nate, mais, moi, personne ne m'a mis au courant. C'est quoi le problème ?

L'estomac soudain noué, je lui demandai :

– Et toi, pourquoi tu ne m'en as pas parlé dans la voiture, quand on était seuls, tous les deux ?

– Parce que ta mère *venait* de partir à l'hôpital. Tu jouais à faire l'huître.

– À faire l'huître ?

– Ouais… quand tu ne veux pas affronter tes merdes ou celles de ta mère, tu te fermes comme une huître… mais, là, ça n'a pas marché. Ces merdes, elles te pesaient et tu flippais complètement. Je le voyais bien. Rappelle-toi, c'est à ce moment que j'ai cherché à te distraire.

– Que tu m'en parles, ça m'aurait distraite aussi. Et ça aurait été nettement plus discret.

Heather se racla la gorge et lâcha une longue bouffée blanche.

– Tu pouvais attendre de m'en parler ce soir aussi, ajoutai-je. Ç'aurait été tout aussi discret.

– Ouais, c'est ça. Comme si je pouvais t'arracher cinq minutes à mon frère. Quand tu es à la maison et lui aussi, vous êtes tout le temps fourrés ensemble.

Il parlait à voix basse, maintenant, sur un ton presque menaçant.

– Ça faisait déjà chier d'être la troisième roue du carrosse, mais c'est carrément pire d'être la quatrième, aujourd'hui.

– Mais, qu'est-ce tu racontes ?

– Si Mason ne me dit rien, c'est à toi de me le dire, Sam. Regarde les choses en face. Nate, il n'est pas là pour toi, ni pour moi. Il est là pour Mason. Si mon frère n'était pas si *straight* avec toi, je crois qu'ils formeraient tous les deux un très heureux couple gay. Ils sont tellement ravis à l'idée de s'installer ensemble et de faire des projets pour l'université !

Balançant sa chaise en arrière, Logan ajouta :

– J'ai oublié comment ils étaient, tous les deux, quand Nate vivait ici.

Mais, qu'est-ce que je faisais ici ? Logan souffrait, c'était manifeste. Mason l'avait un peu écarté, ces derniers jours, mais pourquoi ? C'était à moi d'intervenir ? Tout en considérant la chose, je me rappelai la soirée, deux mois plus tôt, où Mason et Nate travaillaient ensemble en équipe et manipulaient Logan. Il cherchait à me protéger pendant que Mason cherchait à protéger sa relation avec son frère autant qu'avec moi. Et ça avait marché. La menace était silencieuse, et Miranda n'avait jamais su qu'elle avait appuyé sur le seul bouton susceptible de détruire la relation entre les deux frères.

Je voyais un autre bouton, à présent : les liens serrés qui unissaient Nate et Mason. Logan en souffrait, et il avait raison. Si Mason ne cherchait pas à le protéger, je le ferais. Il l'avait fait tant de fois pour moi, que je me devais de lui rendre la pareille.

Me penchant en avant, je lui pris le bras.

– Je suis désolée, Logan.

– Pour quoi ?

Si je l'avais senti se tendre au contact de ma main, il ne détourna pas les yeux pour autant.

– Parce que je ne t'ai rien dit. Je me fiche de ce que peut dire Mason et, maintenant, je te raconterai tout.

– Merci, Sam. Je sais qu'il fait ça pour me protéger, mais ça me gonfle.

Je me mordis les lèvres en songeant à ce qui pourrait se passer si Logan découvrait à quel point on l'avait manipulé. Je savais que ce jour approchait. Tous les secrets seraient dévoilés au grand jour, que ce soit les plus profonds ou les plus anciens.

Puis Logan se tourna vers Heather… et son petit sourire effronté réapparut.

– Alors, comment va Channing ?

Elle se figea, avant de lui décocher un sourire séducteur et de lui envoyer sa fumée à la figure.

– Oh, il doit être encore en train de roupiller… après nos câlins de cette nuit.

– Ah, oui ? fit Logan, intéressé.

– Oh, oui.

Baissant la voix, elle ajouta :

– Je l'ai épuisé, surtout quand j'ai sorti les menottes. Au fait, j'espère que j'ai pensé à les lui ôter ce matin…

Elle fit mine de paniquer puis afficha un petit sourire coquin.

– Oui, je sais que je l'ai fait. Et puis, si j'ai oublié, je saurai me faire pardonner ce soir.

– Tu fais dans les menottes, toi ?

– Oh, dans pas mal de trucs, tu sais. Tous les accessoires douloureux de la dominatrice… du moment que ça reste du goût de chaque partenaire, si tu vois ce que je veux dire.

Je saisis le clin d'œil malicieux qu'elle m'envoya en douce.

Quant à Logan, il se léchait déjà les babines.

– Ouais. Moi, j'adore quand une fille lève ses jambes comme un bretzel. Tu fais ça pour Channing ?

– C'est clair.

Je vis son index descendre de sa gorge vers le décolleté de sa chemise, pour s'arrêter entre ses deux seins, juste au-dessus du nœud qu'elle avait fait au-dessus de son nombril.

– Il kiffe ça, je ne te dis pas.

Logan ne se sentait plus. Ses yeux se fixèrent à l'endroit où était restée sa main.

Mais, plissant des yeux, Heather lui claqua des doigts juste devant le visage. Il bondit en arrière, surpris par la soudaineté du geste. Et puis, comme si de rien n'était, elle écrasa sa cigarette et lâcha :

– Bon, fini la pause pour moi. C'est instructif, Kade, chaque fois que tu viens ici. Toujours très instructif…

Son regard croisa le mien quand elle me dit :

– Tu peux rester un peu, si tu veux. Disons que ce sera ta demi-heure pour dîner.

Je fus surprise de voir le petit air amusé de Logan quand elle retourna travailler à l'intérieur.

– Elle plaisantait.

– Je m'en fous, répondit-il. Jax, elle peut être infernale au lit. J'avais oublié comme elle peut être marrante quand on commence à déconner.

– Vous la connaissiez bien ?

– Pas mal, oui. C'était la meilleure de Tate.

– Quoi ?!

Il hocha la tête d'un air presque grave.

– Tate… comme la Tate avec qui tu es sorti pendant deux ans ? Celle que tu aimais, et qui a essayé de te tromper avec Mason ?

– Oui, fit-il en bâillant. Cette Tate-là. Elle n'a pas toujours été la petite conne bégueule que tu as rencontrée il y a quelques mois. Elle était cool, à une époque. Je ne me serais jamais envoyé une fille pas cool. Avec Heather, elles étaient copines depuis des années.

– Et… elle bossait ici ?

Les lèvres pincées, il ne répondit rien.

– Purée, elle bossait ici, donc ?!

C'est là qu'il éclata de rire.

– Ouais, elle bossait ici. Quand elle est partie, ça faisait un an qu'on était ensemble. C'est à ce moment qu'elle est devenue la précieuse petite garce que tu as rencontrée.

– Elle ne l'était pas, avant ?

– Nan. C'est seulement quand elle a commencé à faire une fixette sur Mason qu'elle l'est devenue. Elle était super cool, avant, et en même temps elle ne supportait pas le moindre écart. Elle ne laissait jamais un garçon déconner avec elle, même pas moi. Je crois que c'est pour ça que je l'appréciais. Elle savait ce qu'elle voulait, et tant qu'elle ne l'avait pas…

– C'était toi qu'elle voulait ?

– Non, c'était Mason. Elle en faisait une obsession. Moi, je n'étais que le moyen d'arriver jusqu'à lui. J'aurais dû m'en rendre compte plus tôt, mais je ne voulais rien voir. Elle disait que Mason était le mâle alpha du lycée. Elle disait que chaque personne avait besoin de son autre moitié, que ces deux moitiés étaient censées être égales. C'est là qu'elle a commencé à changer d'attitude avec tout le monde. Elle essayait de devenir la femme alpha, celle qui était son égale, justement. Quand elle est devenue amie avec Kate et Parker – l'équipe de choc – elle et Heather se sont séparées. Tate, elle était sublime au lit. Avec elle, j'étais gâté, c'est pour ça que je ne voyais rien… jusqu'à ce que Mason me réveille.

Ses mâchoires se serrèrent et je vis un mélange de colère et de douleur passer dans son regard.

– Elle s'est servie de moi. Carrément. C'était déjà une garce quand elle a couché avec moi, c'est clair, mais, à sa décharge, je crois qu'elle ne s'attendait pas à ce que je tombe amoureux d'elle. Pourtant, cette première nuit ensemble, c'est vite devenu une deuxième nuit, puis une troisième. Je l'emmenais partout, ici, dans toutes les soirées…

– C'est pour ça que toi et Brandon vous m'êtes apparus comme de très vieux potes, tout à l'heure.

– Oui. Je ne sais pas… Je l'ai toujours bien aimé. On passait du bon temps ensemble.

Une fossette se dessina au coin de sa bouche, quand il ajouta :

– Il nous trouvait de l'alcool gratis, tu vois. Même en deuxième année. Je crois que c'est son grand frère qui gérait le bar. Mais Brandon arrivait toujours à nous dégager une petite bière. Ou deux…

La porte s'ouvrit et Brandon, justement, sortit la tête.

– Hé, Sam, ma p'tite sœur a besoin de ton aide.

– D'accord, j'arrive.

Après un petit sourire à Logan, je rentrai travailler. Comment devais-je prendre tout ce qu'il venait de me raconter ? Je ne savais pas. Mais, pas le temps d'y réfléchir. Comme je pénétrai dans la salle, je crus halluciner. La clientèle avait doublé. C'est alors que je vis Mason et Nate entrer. Génial, ils avaient amené ici la totalité de ceux qui étaient à la fête.

Brandon se tenait toujours sur le seuil quand je commentai :

– Tous ceux de chez Nate sont là, on dirait.

– Tous ?

– Oui, Mason et Nate ont amené tout le monde.

La joie.

CHAPITRE 16

Lorsque le plongeur dut rentrer chez lui pour une urgence familiale, je proposai de prendre sa place. Je cherchais surtout à éviter d'attirer l'attention. Le temps s'écoula à toute vitesse, avec ça. Des tonnes de vaisselle me passèrent entre les mains, que je lavai et séchai à un rythme régulier avant de les remettre en place pour la cuisinière. Mais, deux heures plus tard, il régnait toujours la même agitation en salle et, de ma cabine derrière la vitre, j'entendis Heather soupirer en décrochant le téléphone. Au point qu'elle finit par me proposer de rester la nuit entière pour continuer à nettoyer assiettes et couverts.

Pour moi, c'était clair, j'acceptai sans hésiter. Ce qui me soulagea.

Un moment, la nouvelle serveuse, que je ne connaissais pas encore, me cria dessus parce que je ne dégageais pas assez vite pour la laisser passer avec sa pile d'assiettes. Et, c'est à l'instant où je me retranchais dans ma cabine que j'entendis Lily lui dire à voix basse :

– Fais gaffe, c'est la petite copine de Mason Kade.

– Quoi ? Tu rigoles ?

– Non, non, mais pas de souci… elle est très sympa.

– Oh…

Elle parut marmonner quelque chose, que je ne saisis pas. Elles s'étaient écartées de moi.

– Je croyais que tu étais serveuse ?

Mason se tenait à l'entrée de la cuisine, un étrange sourire sur les lèvres. En s'approchant, il saisit un tablier qu'il se noua autour de la taille. Ses yeux luisaient de façon anormale.

– Tu es bourré, lui dis-je en sortant une série d'assiettes du lave-vaisselle.

– Ouais, un peu, soupira-t-il avant de me déposer un léger baiser sur l'épaule.

J'eus envie de me fondre en lui… ce que je fis pendant une seconde. Puis je m'écartai pour continuer de vider ma machine.

– Frank a dû rentrer chez lui, alors je me suis proposée pour le remplacer. Qu'est-ce que tu fais ici ?

– Tu aimes bien être là, toi, on dirait ?

– Oui, avouai-je. Ça ne me déplaît pas.

Il me repoussa une mèche du front. Puis, je sentis ses lèvres sur ma tempe et me blottis contre lui.

– Ici, c'est réservé aux employés, Kade ! lança Heather en gratouillant contre la vitre de ma cabine. Dehors !

– Va falloir que tu emploies la force, Jax, répliqua-t-il en me passant un bras autour de la taille.

– T'es sérieux, là ? fit-elle, une main sur la hanche.

Je dissimulai un sourire, à ce geste. Après l'avoir vue, la veille et aujourd'hui, c'était ce qu'elle faisait quand elle ne plaisantait pas. Elle balançait son poids plume sur un pied, sa main se posait sur sa hanche et, l'épaule en avant, elle vrillait du regard celui qui lui cherchait des crosses.

– OK, d'accord… finit-elle par dire, les mains levées au ciel. Donne un coup de main à ta copine, si c'est ce que tu veux. Mais, si tu la distrais et qu'on commence à manquer d'assiettes, je te mets dehors.

– Ouais, c'est ça.

– T'inquiète, je ferai appel aux potes de Brad, s'il le faut. Ils sont plus costauds que toi, Kade.

Il rit puis soupira quand elle insista d'un regard menaçant.

– D'accord, très bien… je l'aide. Pourquoi tu crois que je suis ici ?

– Pour voir ta copine, cette bonne blague. Quand ta fine équipe est entrée, elle a filé ici pour que tu viennes la rejoindre. Je ne suis pas une demeurée, Kade. Je sais pourquoi tu es là, et je ne veux pas de partie de jambes en l'air dans mon restau, compris ?

– Oui, oui…

– Mon restau, Kade !

– Ça va, j'ai compris ! aboya-t-il en retour. Ton restau, ton boulot. Mais, ma copine !

– C'est mon employée, et c'est ma copine… aussi, précisa-t-elle sur un ton de défi.

Mason se crispa derrière moi. Et je ne fus pas surprise quand il lâcha ces mots :

– Je t'ai dit que j'allais l'aider. Si tu continues à me parler comme ça, on va avoir de sérieux problèmes, toi et moi.

Comme je savais qu'aucun des deux ne reculerait, je poussai gentiment Mason jusque derrière le lave-vaisselle et, ignorant le regard noir de Heather, j'ouvris la machine pour y glisser un panier plein d'assiettes. Heather n'avait pas bougé.

– Sam, commença-t-elle.

– Non, fis-je, une main levée. Si je sortais avec Logan et qu'il était ici, tu t'en ficherais. Je sais que tu n'adores pas Mason mais, moi, je l'aime. Et, là, il est correct. Si tu crois que je vais laisser ma relation interférer avec mon job, tu te trompes, je ne suis pas comme ça. Je regrette d'être arrivée en retard aujourd'hui, mais je te promets que ça n'arrivera plus.

Sa main retomba de sa hanche, et son épaule se tassa.

– Je suis désolée, dit-elle. Je n'ai pas été sympa. Je crois que je suis amoureuse de toi, tu vois. C'est maintenant que je comprends. Je vois pourquoi ces deux gars ils te kiffent tant.

Le regard pétillant, elle ajouta :

– Si j'étais lesbienne, je te choisirais comme petite amie. Je bande carrément pour toi, Sam. C'est clair.

J'entendis Mason grogner derrière moi.

Le sourire de Heather lui dévorait le visage quand elle sortit.

– Quoi ? demandai-je alors à Mason en me retournant.

Il avait un torchon dans une main et un plat dans l'autre.

– Elle va devenir ta nouvelle meilleure copine, c'est ça ?

Oui, peut-être... Pourquoi pas ?

– Je n'en sais rien. Ça te poserait un problème ?

– Tes amies, soit elles ont peur de moi, soit elles veulent me sauter, soit elles me prennent pour un connard. Tu ne peux pas trouver une fille qui soit *juste* une bonne amie pour toi ? Qui se foute que je sois ou pas ton petit ami ?

– Franchement, Mason, tu ne trouves pas que c'est ridicule, ce que tu dis ? Un, tu es un con. Deux, il y a plein de filles qui veulent te sauter. Et, trois, si elles ne tombent pas dans une de ces deux cases, elles vont avoir peur de toi, comme Becky, par exemple.

En grimaçant, il attrapa un autrc plat à essuyer.

– C'est juste que je n'apprécie pas de ne pas pouvoir approcher ma petite amie quand je le décide. J'en ai ras le bol qu'on m'empêche de te voir comme je veux.

– Si ce que tu dis est vrai, répliquai-je en me radoucissant, et que Heather et moi on devient très amies, elle pourrait finir par te regarder d'une façon totalement différente. Là, elle te considère comme elle considère les autres. Elle ne nous a pas assez vus ensemble pour savoir comment tu te comportes avec moi. Et puis, ce n'est pas ma mère.

– Oui, je sais. Et, d'ailleurs, on n'en a pas fini avec ta mère. On est juste dans les joies de l'attente, avant qu'elle se reprenne.

Il alla ranger les plats qu'il venait d'essuyer. Quand il revint, je lui sortis un autre panier de vaisselle propre. Il prit une assiette et s'appuya contre le mur en l'essuyant.

– Comme mon père commence à se poser de sérieuses questions à son sujet, elle va se concentrer sur lui et la jouer cool pendant un moment. Et, quand elle aura réussi à l'embobiner une nouvelle fois, elle recommencera à s'en prendre à toi.

Encore un coup de poignard. J'avais toujours été la seconde priorité d'Ann-Lise. Les hommes passaient d'abord.

– Hey, fit-il en s'approchant, ça va ?

J'acquiesçai en silence, incapable d'ouvrir la bouche. Trop d'émotions, encore une fois.

– J'ai dit quelque chose ? s'inquiéta-t-il.

Je secouai la tête et me tournai vers le lave-vaisselle pour achever de le charger. On travailla sans dire un mot pendant un bon moment… une heure peut-être, avant que je remarque que les assiettes arrivaient moins nombreuses, à présent.

– Mais, c'est quoi, ça ? résonna soudain la voix de Logan planté devant ma cabine. Vous êtes là, tous les deux ? Moi aussi, je veux venir.

Mason arriva derrière moi. Je sentis sa chaleur tandis qu'il pressait son corps contre le mien, mais il ne passa pas les bras autour de moi comme je m'y attendais. J'en fus un peu déçue. Puis il demanda par-dessus mon épaule :

– Nate, où est-il ?

– Est-ce que je sais, moi ? Avec Parker, je dirais.

La tension remplaça ma déception. Ces filles étaient là aussi ? Donc, tout le monde suivait Mason et Logan partout où ils allaient ?

Les mains de Mason se promenèrent sur mes reins. Il devait sentir à quel point je m'étais crispée à la mention de ces filles, mais il ne dit rien. Et j'en fus soulagée. Il se contenta de demander :

– Les autres, qu'est-ce qu'ils prévoient ?

– Je ne sais pas trop, répondit Logan sur un ton agacé. Je pense qu'ils attendent de savoir ce qu'on fait. Toi, tu veux faire quoi ?

Ses bras, cette fois, glissèrent sur ma taille pour m'attirer contre lui. Je respirai un peu. Quand il parla, je sentis sa poitrine vibrer contre mon dos.

– Dis à Ethan de les emmener chez lui.

Les yeux de Logan s'arrondirent de surprise.

– Mais, oui, poursuivit Mason, pourquoi ils sont toujours fourrés chez Nate ? C'est chez nous, aussi. On ne faisait venir des gens à la maison que quand on en avait envie.

– C'est Nate qui a lancé ce truc de journées porte ouverte, lui rappela Logan.

– Ouais… il a fait ça pour nous, maugréa-t-il. Il fera toujours tout ce qu'on veut…

– Tout ce que *toi* tu veux, corrigea son frère.

– N'importe quoi ! s'agaça-t-il. Qu'est-ce que tu as ? Depuis ce matin, tu es d'une humeur massacrante.

J'écarquillai les yeux. Logan attendait de Mason qu'il lui donne une idée – ce qu'il venait de faire – mais ce n'était ni le moment ni l'endroit pour…

– Bon, lâchai-je soudain. Maintenant, tu les fais tous sortir, d'accord ? On vous rejoindra quand j'en aurai fini ici, mais c'est vrai que j'aimerais retrouver une maison calme, ce soir.

– OK, d'accord, grommela Logan.

L'air contrarié, il tourna les talons pour aller exécuter mes ordres.

– C'était quoi, ça ? s'étonna Mason.

– Ah, pas maintenant ! Et puis, tu sais très bien ce que c'était. Ne joue pas les idiots.

Il jeta la tête en arrière et un lent sourire se dessina sur son visage. Le regard sombre, il s'humecta les lèvres et fit un pas vers moi.

– J'avais oublié comment tu es bandante quand tu m'en veux. Tu es sûre que baiser au boulot ça ne se fait pas ?

– Mason !

Il rigola et se remit au travail.

Quand tout le monde partit et que la cuisine ferma ses portes, Heather m'assigna deux tables dans la section bar. Ce qui m'allait très bien. L'autre serveuse et Anne purent repartir chez elles, nous laissant Lily, Heather et moi, ainsi que Brandon, toujours au bar.

Alors que la nuit avançait, je m'amusai de voir Mason, Brandon et Gus regarder un match à la télé. Il restait encore quelques filles, occupées à mater les garçons au bar. Quand elles s'approchèrent pour se percher sur les tabourets, je compris pourquoi Mason avait choisi de s'asseoir à un bout du comptoir. Les filles étaient de l'autre côté de Gus, qui s'étrangla sur sa boisson quand la première lui sourit. Les deux autres tendirent le cou pour apercevoir Mason, mais il se comportait en bon petit ami qu'il était. Son regard resta fixé sur l'écran, même lorsque deux d'entre elles se mirent à parler du match. Brandon fut le premier à se joindre à la conversation. Il se chargea de remplir leurs verres et répondit à chaque question qu'elles lui envoyaient en gloussant. Gus intervint aussi et, quand mes derniers clients s'en allèrent, je ne pus m'empêcher de contempler le spectacle.

– Ah, dit Heather en sautant sur le tabouret voisin du mien. Gus adore quand on ferme. Il se pointe souvent tard, et reste avec Brandon parce qu'il sait que c'est le meilleur moment pour choper une fille. Ils sont en général bien pintés, à ce moment-là, et il pense que grâce à Brandon il a plus de chances d'en embarquer une. Ce soir, il est au paradis, assis avec le dieu vivant Mason Kade.

Je tiquai devant son cynisme.

– Tu ne l'aimes vraiment pas, hein ?

Elle hésita puis haussa les épaules.

– Pour être honnête, j'ai du mal à être objective. C'est à cause de lui si Tate n'est pas là et qu'on n'est plus amies, tous les deux. Mais, toi, je t'aime bien, et toi tu l'aimes, et lui il t'aime, alors… je suis assez femme pour dire qu'il est peut-être loin du connard que tout le monde voit en lui.

– Avec ça, je me demande qui refuserait de mieux le connaître, plaisantai-je.

Mais je me redressai quand l'une des filles descendit de son siège, fit le tour de Gus et s'avança vers Mason. Qui avait toujours les yeux braqués sur l'écran. Comme elle s'asseyait sur le tabouret vide à côté de lui, sans même la remarquer il se mit à bâiller.

Pouffant de rire, Heather se frappa la poitrine et déclara :

– Franchement, si ce n'est pas un vent qu'il lui a mis, je ne sais pas ce que c'est. Cette fille est trop conne.

Un chiffon à la main, Lily s'arrêta de l'autre côté du comptoir.

– Moi, je la trouve courageuse, dit-elle avant de m'adresser un sourire timide. Je sais que c'est ton petit ami, mais il y a plein de filles qui ne le croient pas. Oui, elle a du courage. Elle y va.

– Elle va surtout se vautrer lamentablement, ironisa Heather. Mason n'aime pas les approches de ce genre. Logan, lui, il s'en fout, mais pas Mason. Ce Kade-là, il en a balayé plus d'une. Vous savez combien de filles j'ai retrouvées en train de pleurer dans les toilettes ?

C'est alors qu'on vit la fille toucher le bras de Mason et ouvrir la bouche. Voilà, c'était l'instant de la rencontre. Elle allait lui parler quand ses lèvres s'arrondirent en un O de surprise. Mason se leva, jeta de l'argent sur le comptoir, lança quelques mots à Brandon et me chercha des yeux. Quand il découvrit son public, il eut un petit sourire et vint nous rejoindre.

La fille l'observa en train de s'éloigner et, lorsqu'il me prit dans ses bras, elle verdit carrément. Elle posa sur moi un regard furax, au moment où l'une de ses deux amies la tira par le bras pour l'entraîner dehors. La porte s'était à peine refermée derrière elles qu'elle se rouvrit brusquement et que la fille rentra comme une furie. Les mains sur les hanches, la bouche tordue de rage, elle se dirigea droit vers nous, mais Heather s'interposa, les bras croisés et la tête en avant. Son attitude disait clairement qu'il valait mieux ne pas se frotter à elle. Et ça fonctionna. La fille hésita, plissa les yeux d'un air mauvais et tourna les talons. Une fois encore, elle sortit d'un pas rageur en claquant la porte derrière elle.

Le silence s'installa dans la salle, puis Brandon partit d'un puissant éclat de rire.

– Ma sœur, c'est un vrai pitbull ! Ça rigole pas avec Jax.

– Brandon, lança-t-elle en étouffant un rire, mets Gus dehors et aide-nous à finir de ranger, tu veux bien ?

– Ouais, ouais…

Tout en essuyant le comptoir derrière nous, Lily ne se gêna pas pour rire, elle aussi. Je pris l'autre chiffon et, une demi-heure plus tard, une fois la caisse fermée et les derniers sols nettoyés, tout le monde sortit attendre Heather sous le porche en bois, devant le parking.

En nous rejoignant dehors, elle ferma soigneusement la porte du restaurant et déclara :

– Hey, les kids, on a bien bossé ce soir ! Trois fois le chiffre des soirées habituelles.

– Ouais, et c'est grâce à lui et ses potes, renchérit Brandon en montrant Mason.

Qui me souffla discrètement à l'oreille :

– Je t'attends dans la voiture.

Comme il s'éloignait, Brandon se leva.

– Moi, j'y vais, je suis mort. À demain, les filles.

Lily lui lança un « bonne nuit », et je lui fis un petit signe de la main tandis qu'il disparaissait au coin du bar pour regagner leur maison. Puis ce fut au tour de Lily d'aller rejoindre sa voiture sur le parking.

Heather s'alluma une cigarette et, d'un coup de menton, montra l'Escalade de Mason.

– Il ne voulait pas rester m'entendre vous congratuler pour cette belle soirée ?

Au fond, je n'en savais rien.

– Il y a une fête chez Ethan Fischer, ce soir. On a dit qu'on irait. Tu veux venir ?

Elle tira une longue bouffée puis lâcha :

– Tu plaisantes ?

– Non, pourquoi ? Tu es bien venue, hier soir.

– Ouais… mais on n'aurait jamais dû venir. Dès le début, Channing n'était pas d'accord.

– Alors, pourquoi être venus quand même ?

– Je peux être franche ? demanda-t-elle en me scrutant du regard.

– Oui.

– Je t'ai vue, hier soir, après la fermeture. J'ai attendu un peu, parce que je ne savais pas si tu avais de quoi rentrer. Tu m'avais dit que Kade était ton petit copain, mais j'avais des doutes. Et puis j'ai vu cet autre gars t'embarquer dans sa caisse et, je ne sais pas…

Elle inhala sa fumée puis la souffla longuement, en cherchant ses mots.

– En fait, si je suis allée à cette soirée, c'est que je voulais voir si tu y étais et si tu allais bien. Je me suis dit que la petite copine de Mason Kade devait forcément y être, alors…

– Tu es allée là-bas pour vérifier que j'étais bien sa petite amie ?

Je n'y croyais pas. La plupart des filles me haïssaient quand elles apprenaient la vérité, mais la réaction de Heather était… presque rafraîchissante.

– Je suis allée là-bas pour m'assurer que tu allais bien.

– Oh…

– Écoute, dit-elle en s'écartant du mur où elle s'appuyait, on ne t'a rien dit, alors je vais le faire. Je suis très copine avec Channing.

– D'accord. Et… alors ?

– Il va au lycée de Roussou.

CHAPITRE 17

Je retrouvai le coach Grath sur le parking près de mon ancienne maison, là où vivait David… s'il y habitait toujours. Je ne lui demandai pas pourquoi il avait choisi cet endroit, mais ça m'allait très bien, c'était un de mes chemins de footing.

À peine arrivée à sa hauteur, je l'entendis me dire, en montrant la pelouse derrière moi :

– Échauffe-toi un peu.

Tutoiement d'office, déjà, et sans aucun préambule. Il ne perdait pas de temps, c'était aussi bien.

Grath avait un visage bourru, des mâchoires carrées et aucune ride d'expression autour des lèvres, comme s'il ne riait jamais. Il portait un jogging rutilant, aux couleurs rouges et noires de Fallen Crest Public. Un sifflet lui pendait au cou et il tenait un bloc-notes entre ses doigts charnus.

Dès que j'eus fini de m'étirer, il se racla la gorge, regarda sa montre, inscrivit quelque chose sur son bloc et m'indiqua le sentier de course à pied.

– Reste à droite, fais le tour du parc et reviens ici. Ça fait un kilomètre cinq. Je note ton temps.

Il marqua une pause puis ajouta sur un ton plat :

– Vas-y.

Quoique surprise par cet ordre plutôt sec, je me lançai. Je ne savais pas trop ce qu'il cherchait, exactement, mais je n'allais pas courir à mon maximum tant que mes muscles n'étaient pas totalement relâchés. À mon retour à ses côtés, il consulta de nouveau sa montre, inscrivit mon temps et me demanda de repartir. Comme je démarrai, il me lança :

– Va plus vite, cette fois.

Ce que je fis.

Ce sentier était celui de ma routine d'entraînement – chaque kilomètre était mesuré et, à chaque tour, il me disait d'accélérer le rythme. Au bout d'une heure et demie à ce rythme, il me demanda combien de temps je me sentais encore capable de courir.

– Le plus long que j'ai fait, c'était quatre heures.

D'un seul coup, et sans pause… mais, ça, je me gardai bien de le lui préciser.

Grath hocha la tête, prit d'autres notes et me dit alors :

– Maintenant, tu cours à ton maximum, et tu ne t'arrêtes que si tu n'as plus de jus.

Je le regardai d'un air étonné, en me demandant s'il savait dans quoi il se lançait. Mais, alors, il ajouta :

– Quand tu auras fini, note bien ton temps et ta distance, et annonce-les moi demain. Même heure, même endroit. Couche-toi tôt, et achète-toi des amandes, des céréales complètes, des oranges et des légumes. Et, pas d'hydrates de carbone la veille d'une longue course.

– J'évite toujours.

Comme il s'éloignait, il s'arrêta et se retourna.

– Qu'est-ce que tu viens de dire ?

– Je ne mange jamais d'hydrates de carbone la veille d'une course. Je ne veux pas changer mes habitudes alimentaires, Monsieur.

– Coach.

– Oui… coach.

– Qu'est-ce que tu manges, d'habitude ? demanda-t-il, les sourcils froncés.

– Du poulet, du pain de temps à autre.

– Le poulet, c'est bien. Le saumon, c'est mieux, mais, ne te ruine pas non plus. Ce mois-ci, continue de faire ce que tu fais d'habitude. Le mois prochain, on essaiera ma méthode, et on verra laquelle donne les meilleurs résultats.

– Excusez-moi, Monsieur…

– Coach !

– Euh… oui, coach. C'est un défi que vous me lancez ?

Plaquant son bloc-notes contre sa poitrine, il me toisa longuement avant de soupirer :

– Strattan, tu as fait appel à moi. Si tu veux une bourse, tu suis mes règles. Je ne te lance aucun défi, je te pousse. Tu peux devenir la meilleure coureuse possible. Et, si tu t'en tiens à mes règles pendant la saison d'athlétisme et celle de cross-country de l'automne prochain, tu n'auras aucun frais de scolarité à payer.

– Du cross-country… ?

– Le running, c'est un sport solitaire. C'est comme ça pour tous les coureurs, mais il faut que tu prennes l'habitude de faire autre chose que seulement ce qui te chante. Tu t'inscris dans les deux équipes, que ça te plaise ou non. Passe au lycée un jour de cette semaine afin de remplir tous les papiers d'inscription. On court tous les matins à six heures.

Sans attendre ma réponse, il regagna le parking. Alors qu'il montait dans sa voiture, il me lança :

– Cours, Strattan ! Et, rappelle-toi : temps et distance. Temps et distance, Strattan !

Je restai plantée là, sans savoir quoi penser. Et, quand il me secoua d'un coup de klaxon, je me mis à courir. Même si je savais que je terminerais la journée morte de fatigue, je fis ce qu'il m'ordonnait. Je courus jusqu'à sentir que je n'avais plus de jus, et je courus encore. Puis, une fois l'exercice terminé, je m'effondrai sur l'herbe et attendis que mon cœur se calme. Alors seulement, je me souvins que Grath m'avait demandé de noter le temps et la distance parcourue. Ces chiffres n'avaient pour l'instant aucun sens pour moi. Je savais seulement que je devais faire mes étirements et ensuite appeler pour qu'on vienne me chercher.

M'étirer après un tel effort fut une véritable torture et, quand Mason arriva, je m'étais endormie sur la pelouse.

– Sam… appela-t-il doucement, une main sur mon bras.

J'ouvris les yeux puis laissai échapper un grognement.

– Oh… purée.

Impossible de m'asseoir. J'essayais, pourtant. Non, c'était hors de question.

Mason m'attrapa sous les épaules et parvint à me hisser debout. Mais, comme je manquai de m'écrouler dès le premier pas, il me souleva dans ses bras et me porta jusqu'à l'Escalade. Après m'avoir installée sur le siège passager, il prit soin de boucler ma ceinture. Assis au volant, il indiqua ma voiture.

– Tu veux que je revienne la chercher avec Logan ?

Je hochai la tête, plus faible que jamais. Pourquoi avais-je autant couru ?

– Quelle heure est-il ? murmurai-je.

Mais mes paupières se fermaient déjà. Je n'avais besoin que d'une chose : dormir. Juste dormir.

– Dans deux heures tu reprends ton service chez Manny's, me rappela-t-il gentiment.

Noon… Pourquoi est-ce que j'avais couru si longtemps ? Puis, me souvenant des ordres aboyés par le coach Grath, je savais que je serais récompensée par son regard, au vu des chiffres que je lui montrerais. Ses airs bourrus me crispaient, j'avais l'impression que je devais faire mes preuves devant lui. Quoi qu'il dise, je sentais qu'il ne me croyait pas. Je me demandais même s'il avait accepté de me rencontrer pour faire plaisir à… Je tournai les yeux vers la fenêtre.

Mason me regarda sans comprendre, alors qu'il m'emmenait chez Manny's.

Chez Manny's ? Je me dressai sur mon siège.

– Qu'est-ce que tu fais ?

Il pénétra sur le parking, se gara et coupa le moteur.

– Je t'emmène manger un peu. Tu croyais quoi ?

– Mason, je pue ! Je ne peux pas entrer comme ça. Tout le monde va se barrer tellement je pue.

– Avec Gus à côté ? sourit-il. J'en doute. Allez, Sam, tu dois manger, et on n'a rien de bon à la maison.

Ma tête retomba lourdement contre le dossier. Mason descendit de voiture et entra chez Manny's. Moi, je ne suivis pas. Il était dingue s'il croyait que j'allais entrer. Pourtant, je finis par le faire… quand il vint me chercher pour me porter à l'intérieur. Lily sourit en voyant dans quel état je me trouvais. Après avoir pris ma commande, je hasardai un regard autour de nous – ce que je n'avais pas osé faire quand Mason était entré en me portant dans ses bras – histoire de voir les réactions devant mon apparence douteuse.

La salle était pleine, mais mon chevalier servant avait choisi une table dans un coin discret. Un ventilateur placé près de moi me permit de me sécher rapidement, et comme il soufflait judicieusement vers une porte latérale, toutes mes odeurs de transpiration partirent dans cette direction. Ouf !

Cependant, alors que je voulais rester invisible, je savais avec qui j'étais. Mason devint vite l'attraction du moment, et moi, à côté de lui, je faisais franchement tache. Bonjour, la présence discrète.

Heather arriva pour nous servir de l'eau mais, au lieu de s'en aller, elle se laissa tomber sur la chaise à côté de moi.

– Tu veux bien me dire pourquoi t'as l'air d'avoir couru un marathon ?

Mason préféra plonger le nez dans son verre d'eau.

– Je suis si moche que ça ?

– Sammy, ne me dit pas que tu as couru un marathon. Tu bosses dans deux heures.

– Je sais, je sais…

Je m'apprêtais à lui dire que je prenais mon nouveau coach pour un vrai trou du cul, quand la porte s'ouvrit sur d'autres clients.

– Ils viennent d'où, tous ces gens ?

– Ah, fit-elle en dirigeant son pouce vers Mason, tu peux remercier ton gars, là.

– Hein ?

Mason se garda bien d'ouvrir la bouche.

– Ou alors, c'est à cause de toi ? interrogea-t-elle en me scrutant.

Avec un sourire nerveux, Mason se leva et déclara :

– Je reviens dans deux secondes.

Je le regardai se diriger vers une table, au fond de la salle, près du bar, avant que Heather me rappelle à l'ordre.

– Mon père est sur un petit nuage.

– Quoi ? Pourquoi ?

– Le fait que Mason et Logan Kade étaient tous les deux ici, hier soir, ça fait le buzz, et le bruit court partout que leur demi-sœur bosse ici. Tu vois le résultat. À en juger par la foule qu'on avait ce matin, et avec les gens qui continuent de se pointer, je me dis que mon petit restau, ça devient le nouveau rendez-vous de la planète.

Mon estomac se noua. J'aimais cet endroit pour son côté convivial et intime. Mais il n'en était plus question, à présent. C'est alors que je découvris le groupe qui venait de s'installer près de l'entrée.

– Les élèves de FC Academy sont là aussi ?

– Oui, fit-elle en se retournant. Ce sont des amis à toi ?

Plutôt crever.

Jessica, assise à côté de Lydia, me fusilla du regard. Face à elles se trouvaient Becky et un gars qui se balançait sur sa chaise. Jeff, qui rigolait d'une de ses propres blagues, avait pris place à l'autre bout. Mais c'est la table voisine qui m'avait fait bondir debout, malgré la douleur de mes jambes. Adam, qui était le plus proche de Becky, avait passé une main sur le dossier de sa chaise et bavardait avec elle, le reste de l'Academy Elite ayant pris place autour d'eux. Pendant que Miranda scannait la salle d'un air méfiant, les trois autres filles avaient eu le temps de me repérer et tenaient un conciliabule. Quand chacune d'elles se plaqua une main sur la bouche, je sus que les commérages avaient commencé. Encore une fois. Les deux seuls qui avaient l'air naturel étaient Peter et Mark. Mais, en croisant le regard de ce dernier, je frémis et me détournai.

... il voudrait révéler à tout le monde qu'il pense que sa mère et le coach vont se mettre ensemble, mais il ne sait pas comment faire.

Je ne supportais pas cette idée. Je n'imaginais pas David et sa mère ensemble. C'était pour ça que mon père avait arrêté de m'appeler ? Adam m'avait dit ça deux mois plus tôt, mais j'avais l'impression que ça datait d'un siècle. Mark allait entrer dans ma famille. Mes poumons, ma gorge, tout me brûlait. Je commençais à suffoquer. Je m'écartai brusquement de ma table pour m'enfuir… mais je me retrouvai pile face à quelqu'un.

– OK.

Une main puissante me saisit le coude et m'entraîna à travers la foule. Je ne voyais personne. Je ne savais pas où était Mason, il m'avait laissée seule avec Heather. La porte s'ouvrit devant moi et je me vis précipitée dehors. À peine consciente de la fraîcheur qui m'entourait, je me sentis assise de force sur une chaise tandis qu'on m'appuyait la tête en avant.

– Respire, Sam. Putain, respire !

Je toussai, je m'étranglai, je hoquetai et, les yeux clos, je laissai de nouvelles visions me submerger.

J'ouvris la porte de la salle de bains, mais il n'y était pas non plus.

– Papa ?

Où était-il passé ? Maman avait besoin de lui. Maman saignait. Je contournai le lit en courant mais trébuchai sur quelque chose. Il y avait un sac par terre – non, une valise. Maman partait quelque part ? Un sanglot me comprima la gorge et je gémis :

– Papa...

Il y avait ses habits, dans la valise. Et d'autres encore à lui, éparpillés dans toute la chambre, jetés comme ça. Pourquoi aurait-il fait ça ? Ce n'était pas dans ses habitudes.

Maman saignait. Je devais retourner la voir.

Je me relevai, enjambai la valise et retraversai le couloir au galop. Comme j'approchai de la salle de bains, je ralentis. Je ne voulais pas entrer là. Elle était tellement inerte et livide. Je n'avais vu qu'une seule personne aussi pâle dans ma vie, quand mon père m'avait emmenée à l'hôpital après une mauvaise chute de la terrasse... Maman aussi avait besoin d'aller à l'hôpital.

Je fis demi-tour et partis chercher le téléphone.

– Hey, Sam…

La voix apaisante de Mason me sortit de ma torpeur. Il me prit dans ses bras… pour se retourner soudain.

– Tu l'emmènes où, Kade ?

– Elle a juste besoin de récupérer. Mais, ça ira. Ne t'inquiète pas.

– Kade, s'il te plaît…

– Je te dis que ça ira. Laisse tomber, Jax.

Le ton de sa voix parut se radoucir quand elle déclara :

– Emmène-la chez moi. Ce n'est pas le Ritz où vous habitez, toi et ton pote, mais c'est tranquille. Elle pourra se doucher, et j'ai une pile de vêtements près de mon lit. Je lui en ai déjà prêté, elle pourra prendre ce qu'elle veut.

Il semblait contrarié. Je savais qu'il aurait préféré m'emmener à la maison, mais la proposition de Heather me paraissait tout aussi raisonnable. D'une voix encore faiblarde, je lui dis :

– Tu sais, ça ira. Il faut que je travaille. Je ne peux pas louper mon service.

– Tu es sûre ? demanda-t-il en me soulevant dans ses bras.

Je hochai la tête, mais son inquiétude m'émut. Il y avait tant d'amour en lui. Comme je prenais son visage entre mes doigts, il ferma les yeux et lâcha un soupir rauque. D'un revers de main, je lui caressai la joue. Il était si beau. Parfait. Et il était à moi. Je lui déposai un baiser sur les lèvres puis je lui soufflai :

– Je vais bien. Je vais très bien.

Je l'embrassai plus fort, et sa bouche s'ouvrit sous la pression de la mienne. Mais, assez vite, il me reposa à terre car on venait d'arriver devant la maison de Manny.

– C'est bien là ?

– Euh… oui, je crois.

Il monta les trois marches du porche et ouvrit la porte moustiquaire. Je le suivis à l'intérieur, où il jeta un coup d'œil distrait au petit living et à la cuisine. Devant nous montait un escalier et, sur notre droite se trouvait une porte qui ouvrait sur une chambre. J'y aperçus les mêmes cartons d'alcool, ainsi que des vêtements et de la vaisselle sale.

– Sa chambre est là-haut, déclarai-je à Mason qui hésitait. Je vais me doucher et me changer. Ça ne t'ennuie pas de m'attendre ici ?

_ Non, fit-il avant d'entrer dans le salon.

La pièce était occupée par un divan orné d'une jetée de lit, et qui avait connu des jours meilleurs. La table, à côté, était couverte de magazines, d'assiettes sales, et de canettes vides. L'écran plat qui trônait contre le mur du fond semblait être le seul objet de valeur. S'approchant du canapé, Mason saisit une des télécommandes. Lorsqu'il vit que j'attendais, il me dit :

– Ça va, tu peux y aller. Tu auras tout ce qui te faut, là-haut ?

– Oui.

Je savais qu'il redoutait une nouvelle crise de panique chez moi. Mais celle-ci n'avait pas été la pire, loin de là. Ou alors, c'était que je commençais à m'y faire.

– Ça ira, lui lançai-je devant l'escalier. Je me dépêche.

– Non, non, prends ton temps.

– Je peux ?

– Oui, vas-y. Je suis très bien là.

– D'accord.

Je souris de le voir debout au milieu du living, cherchant où s'asseoir. Il y avait un fauteuil près du canapé, recouvert du même jeté de lit. Ôtant quelques revues amoncelées dans un coin, Mason s'assit sur l'accoudoir et alluma la télévision. J'en profitai pour monter à l'étage.

CHAPITRE 18

Des bruits de voix résonnèrent au rez-de-chaussée alors que je sortais de la douche, encore fracassée de fatigue. Mais, entendre Mason agit sur moi comme une décharge d'adrénaline. Saisissant une serviette au vol, je me la passai autour du corps et dévalai l'escalier. Pour m'arrêter net à deux marches du bas.

Mason me tournait le dos, les épaules crispées, les poings serrés, comme prêt à se battre. Je descendis encore et me figeai de stupeur. Heather se tenait devant le gars tatoué aux allures de mannequin, que j'avais vu discuter avec elle chez Nate. Debout sur le seuil, il affichait la même posture que Mason, tandis que Heather, l'air féroce, lui plaquait deux mains sur la poitrine. Quand elle m'aperçut, son regard s'enflamma et elle lui dit :

– Sérieux, Chan, calme-toi. Voilà la preuve, enroulée dans une serviette. Tu la vois ?

Elle repoussa sèchement son ami puis pointa un bras dans ma direction.

– C’est pour elle qu’il est là, pas pour moi ! Tu piges ?

– Sam, fit alors Mason en me cachant à sa vue. Remonte te mettre quelque chose.

– Mais…

Le gars commençait à se détendre mais Heather restait plantée devant lui. Les bras croisés, elle le fixait durement.

– Monte, répéta Mason en m’y encourageant d’une main posée sur ma hanche.

– Va avec elle, lui ordonna Heather sans se retourner.

– Encore mieux, on se tire d’ici.

– Qu’est-ce qui s’est passé ? hasardai-je.

Mais il n’écoutait pas. Comme je ne bougeais pas, il me souleva dans ses bras et m’emporta au premier. Tournant la tête, je vis Heather lui taper sur l’épaule d’un air excédé.

– C’était quoi, ce cirque en bas ? demandai-je à Mason qui venait de s’arrêter sur le palier.

– Oh, je te raconterai quand tu seras habillée.

– Oh…

– Oui, tu as tout compris.

J’avais oublié que j’étais à moitié nue, et je me mis à rire bêtement. Puis je réalisai ce qui m’était arrivé. J’avais fait une mini crise d’angoisse, Mason m’avait amenée ici pour que je me ressaisisse et que je me douche, et j’étais ressortie voir ce qui se passait en bas, seulement vêtue d’une serviette.

Un truc de dingue. Vaguement étourdie, je m'assis sur le lit de Heather.

– Qu'est-ce que tu as ? me demanda-t-il.

– Rien… je comprends juste que ce type n'a pas apprécié de te voir ici.

– D'abord, où sont tes vêtements ? Je me sentirai mieux quand tu ne seras plus à poil devant moi.

– D'accord… fis-je sans bouger le petit doigt.

– Franchement, Sam !

Il se passa une main dans les cheveux… enfin, le peu qui lui restait avec sa coupe top-gun, et il afficha une mine plus qu'irritée. Dans le mouvement, sa chemise se souleva et j'eus un aperçu de ses abdos, sculptés comme des tablettes de chocolat, des muscles d'acier, descendant en pente vertigineuse sous le jean qu'il portait bas sur les hanches.

Je ne pus m'empêcher de me lécher les lèvres. Je voulais le toucher. Je voulais le… sa main saisit la mienne et il me souleva pour me prendre dans ses bras. On se retrouva les yeux dans les yeux, toute colère évanouie chez lui, et plus encore. Un gémissement m'échappa et j'appuyai la tête contre son torse. J'avais besoin de lui. Son baiser, un peu plus tôt, avait allumé la flamme, et maintenant un incendie faisait rage en moi. Que je ne pouvais plus éteindre.

– Vous vous foutez de moi, tous les deux ?!

La voix de Heather, dans l'escalier, nous fit l'effet d'une douche froide. Je repoussai Mason… pas sur le lit, hélas, comme je l'aurais aimé. Même s'il avait protesté, je savais que je lui aurais fait oublier où on se trouvait. Je lâchai donc un soupir, en retenant ma serviette qui menaçait de tomber à terre.

– Heather… ? lançai-je d'une voix rauque.

Debout sur le seuil, elle nous considérait d'un air sévère. Balançant un pouce par-dessus son épaule, elle déclara :

– Je t'ai apporté de quoi grignoter ici, je me disais que tu devais avoir le ventre vide.

Puis, s'adressant à Mason :

– Désolé pour Channing. Il est un peu… protecteur, disons. Et vous deux, vous…

– Oui, c'est bon, fit-il en se glissant les mains dans les poches.

– Alors… ? continua-t-elle en m'interrogeant du regard.

Je rougis et attrapai quelques vêtements au hasard.

– Oui, j'enfile ça et je descends.

– Prends ton temps. Je venais juste voir si tout allait bien. Je ne savais pas que… Mais, bon, Logan s'est pointé et il m'a expliqué certaines petites choses. Tes copines sont toujours là-bas, donc tu seras de vaisselle ce soir encore… si c'est OK pour toi.

Carrément. Sans voix, je me contentai de hocher la tête.

– Frank est rentré chez lui, et sa femme arrive. J'allais te demander de servir toute une section, ce soir, mais… je comprends ce qui se passe. Rosa va te briefer. Quand les choses s'emballent comme ça, tu peux aller te réfugier derrière. On verra au fur et à mesure. Ça te va ?

Je hochai de nouveau la tête. Ça me semblait parfait.

Ses yeux s'attardèrent sur Mason avant de revenir sur moi. Elle paraissait vraiment soucieuse.

– Tu penses que ça ira pour ce soir ?

– Oui. Ça ira.

J'étais décidée à tout faire pour. Je n'allais pas troubler les vies des autres à cause de mes problèmes.

– Si j'ai besoin, je peux toujours aller m'asseoir derrière.

– Et moi je lui donnerai un coup de main, ajouta Mason.

– C'est ce que je me disais, reprit Heather.

Pourtant, je lui vis un air inquiet. Nos regards se croisèrent et, vite, il partit se planter devant la fenêtre. D'un signe de tête, j'indiquai à Heather que tout irait bien pour lui aussi. Bien que dubitative, elle finit par s'en aller. Dès qu'elle fut en bas, je fermai la porte et demandai à Mason :

– Qu'est-ce que tu as ?

– Rien.

– Mason… soupirai-je.

Sa réponse était trop courte. Bien trop courte.

– Je regrette de t'avoir fait peur, tout à l'heure…

Il pivota et ne chercha pas à retenir sa colère, cette fois. La férocité de son regard me surprit.

– Tu regrettes ? Mais, qu'est-ce qui s'est passé, putain ? Je ne sais jamais si tu vas piquer une crise ou sortir te faire un footing qui va durer des heures. Ce n'est pas sain, Sam. J'ai été trop patient avec toi, il faut que tu me dises ce qui se passe, maintenant.

– Mason… commençai-je avant de me taire.

– Je ne rigole pas, Sam.

Il attendait, le regard chargé d'émotion. C'était trop, pour lui. Et moi, je ne pouvais plus me cacher. Me laissant tomber sur le lit, je me pris la tête entre les mains. On n'allait pas rigoler.

Je pris une longue inspiration et articulai :

– J'ai tout le temps des flash-back de cette sale nuit avec ma mère.

– Ta mère ? Quelle nuit ?

– Celle où elle a perdu son bébé…

– Tu m'as dit qu'elle avait tué son bébé.

– Oui… Oui, je sais. Mais, à ce moment-là, je ne le savais pas, et ça me revient sans cesse… morceau par morceau.

– Oh…

Je devais lui en dire plus. Il fallait que je lui explique tout. Alors, je crachai le morceau :

– J'ai vu Mark Decraw, tout à l'heure dans la salle, et ça m'a donné le tournis. Je suis désolée. Vraiment. Mais le seul fait de le voir, ça m'a rappelé sa mère, qui est peut-être mariée à mon père, maintenant, et…

Je frissonnai. D'émotion ou de douleur, je l'ignorais.

– Je ne sais pas s'il l'a épousée ou non. Il ne m'a absolument rien dit.

Mason s'assit à côté de moi sur le lit et me prit une main, qu'il posa sur sa cuisse.

– David n'est pas marié à cette femme. Le divorce avec ta mère n'a même pas été prononcé.

– Oh !

J'en restai interdite. J'aurais dû le savoir.

– C'est Logan qui en avait parlé, mais je ne pensais pas que tu l'aurais cru. Decraw ne sait rien du divorce de tes parents. C'est un imbécile. N'écoute pas ce qu'il raconte.

– Ce que j'ai pu être stupide, moi.

– Sam ?

– Quoi ? fis-je les yeux baissés.

Me prenant le menton pour me forcer à le regarder, il demanda :

– Qu'est-ce qui s'est passé, avant ? Ce n'est pas ton père qui, par sa négligence habituelle, t'a poussée à bout. Tu as encore eu un flash ?

Je hochai la tête. Tout me revenait de nouveau. Je ne savais pas expliquer comment le souvenir de David me ramenait toujours à cette nuit où il m'avait quittée – où il m'avait quittée pour la première fois. Les yeux pleins de larmes, je ne voulais pas dire à Mason que j'avais appelé une ambulance, moi toute seule, et comment je m'étais assise à côté de ma mère. Assise dans son sang.

Il aurait dû être là.

Cette pensée me mit en colère. Oui, il aurait dû être là. Je n'aurais jamais dû faire ça toute seule.

Je n'avais que onze ans. Et j'ai appelé le 911 pour ma mère.

– À quoi tu penses, là, tout de suite ?

– C'était la première fois qu'il partait, Mason, avouai-je, le cœur lourd. Elle a essayé de tuer son bébé, et je l'ai trouvée comme ça. Je suis partie le chercher, mais il n'était pas là. Je pense… je crois qu'ils se sont disputés, ce soir-là. Sa valise à lui était par terre, et ses vêtements étaient partout dans la chambre. Je ne sais pas ce qui s'est passé, mais je me souviens les avoir entendus, avant. Ils s'étaient disputés. David allait la quitter…

Je ne terminai pas. Je ne voulais plus me souvenir.

– Ça va, Sam ?

C'était trop dur de tout raconter. Et puis, je n'y étais pas obligée.

Passant un bras sous mes jambes, Mason me fit glisser sur ses genoux. Je me blottis contre lui, et il me caressa le dos. Longtemps. Mais, au bout d'un moment, malgré l'apaisement que sa main me procurait, je m'écartai. Je devais travailler bientôt, et il ne pouvait pas me tenir la main chaque fois que je me sentais au bord de craquer.

Je levai vers lui un regard fatigué et lui demandai :

– Qu'est-ce qui se passait, en bas ? Ce type croyait que tu étais venu pour Heather ?

Il acquiesça sèchement, et je sentis son corps se tendre à nouveau.

– Mason.

Avec douceur, il me reposa sur le lit mais resta là, assis près de moi. Puis il me prit la main et la posa sur ses genoux.

– Heather t'avait apporté de quoi manger. Elle est arrivée deux secondes avant qu'il se pointe. Il est devenu dingue en nous trouvant tous les deux dans cette maison. Merde, on n'était même pas assis ensemble. Elle était dans la cuisine, et moi, dans le salon. Mais il m'a trouvé chez elle et en a déduit ce qu'il ne fallait pas.

– Elle m'a dit qu'il allait à Roussou. C'est à cause de ça, non ? Je sais que vous détestez ce lycée.

– Il n'y a pas que ça, mais, oui, il va à Roussou. Il n'est pas dans l'équipe des frères Broudou, mais il connaît mon passif avec eux. Je suis sûr que ça joue.

– Les frères Broudou ?

– Oui. Ils sont trois. Des jumeaux, qui sont en terminale, et un troisième plus jeune, qui est en première, comme toi. Aucun des trois ne peut me saquer.

– Pourquoi toi ?

En dehors de la rivalité légitime entre deux équipes de foot, je voulais dire. Je me rappelai le soir où je les avais connus, lui et Logan, alors que je savais que j'allais emménager chez eux. Deux voitures s'étaient arrêtées et une bagarre avait aussitôt éclaté, avant qu'ils mettent le feu aux bagnoles de leurs rivaux.

– S'ils me détestent, c'est à cause de leur sœur.

Temps mort.

– Euh… quoi ?

Il rit devant ma réaction.

– Pas de souci, il ne s'est rien passé entre elle et moi. Mais ce n'est pas ce qu'elle leur a dit.

– Alors, ils pensent quoi ?

– Que je l'ai rencontrée dans une soirée, que j'ai couché avec elle et que je ne l'ai jamais rappelée. Ils pensent que je la traite comme de la merde.

Je n'en revenais pas. Mason n'était pas toujours le plus gentil avec les filles, mais il n'était pas connu non plus pour se les envoyer toutes à la file. Je savais aussi qu'il n'était pas un moine.

– Et, c'est ce que tu fais ?

– Non ! rétorqua-t-il sur un ton furieux.

– OK, OK… Désolée, il fallait que je sache.

– Sam, je ne toucherais jamais une fille comme ça. Elle a d'abord essayé de séduire Nate, mais il l'a rembarrée. Alors, elle s'est rabattue sur Logan. Même lui, il n'a rien voulu savoir. On savait tous qui elle était.

– Et ça s'est passé quand ?

– Il y a deux ans. Logan avait cassé avec Tate et, parce que c'était tout récent, je m'étais juré de renoncer à la drague. Je ne savais pas trop quel genre de fille c'était, alors, et les Broudou ont commencé à dire que je l'avais sautée avant de la larguer. Ses frères m'ont demandé de réparer les choses et de sortir avec elle, mais, pour moi, c'était hors de question. Je n'allais pas me coucher comme ça devant eux sous prétexte qu'ils me l'ordonnaient !

J'en avais marre des gens qui cherchaient à me manipuler.

Mon Dieu, je voyais déjà comment il avait dû se sortir de tout ça.

– Tu n'as tué personne, j'espère ?

Il se mit à rire. Ce qui parut le détendre un peu.

– Non, mais ce n'était pas l'envie qui m'en manquait. Je voulais la tuer, elle. Franchement, après Tate, et puis elle, je ne me faisais pas une idée terrible des filles.

– Et, après, qu'est-ce qui s'est passé ?

– Rien. Elle continue de raconter le même mensonge. Ses frères me détestent radicalement depuis cet épisode. La suite, tu la connais. Les échanges ne sont pas super amicaux quand on rencontre quelqu'un de Roussou.

Ce qui expliquait la réaction de Channing, un peu plus tôt.

– Je suis désolée.

– Désolée de quoi ? demanda-t-il sur un ton plus doux. Tu n'as rien à voir avec ça.

– Non, mais je vous ai toujours pris pour des petits cons… avant. Je ne connaissais pas cette histoire avec Roussou, mais je vous ai jugés avant de vous connaître.

Un sourire apparut sur ses lèvres. Puis il m'attira de nouveau sur ses genoux.

– Eh bien, voilà, tu viens de le dire, je suis un petit con.

– Mais, pas cette fois. Pas avec elle.

– Je ne vais pas me laisser perturber par une petite garce de ce genre.

Hum… je pouvais jurer qu'elle avait réussi de ce côté-là, mais je préférai tenir ma langue. Mason voyait les choses d'un autre œil, et tant mieux car j'aurais eu quelques raisons de flipper. Parce que cette fille, quel que soit son prénom, avait troublé la vie de Mason et Logan. Je ne connaissais pas toutes les ramifications de cette histoire, mais j'avais le sentiment qu'elle s'enfonçait plus profond que je ne l'aurais cru.

– Comment elle s'appelle ?

– Pourquoi ?

– Pour rien. Mais, si je tombe sur elle, je saurai qu'il vaut mieux changer de trottoir.

– Ah, d'accord… elle s'appelle Shannon Broudou.

Inutile de chercher à retenir ce nom, il était déjà gravé dans mon esprit. Mais je lui avais menti. J'avais vraiment une idée derrière la tête. Et, si je la rencontrais, il serait hors de question que je change de trottoir. Pour la première fois depuis longtemps, il y avait une confrontation en vue que je ne voulais pas éviter. Que je souhaitais, même.

Cette fille avait fait du mal à ma famille.

CHAPITRE 19

Le reste de mes vacances se déroula sur le même modèle. Je courais le matin pour le coach Grath et travaillais le soir chez Manny's. Sans forcer autant que la première fois, je lui rapportais fidèlement tous mes scores, qu'il consultait en se contentant de cligner des yeux. Une réaction qui, si elle pouvait paraître banale, était énorme pour lui, je le savais. Car, durant la semaine, j'avais appris à mieux le connaître. Chaque jour il me poussait à battre mon record de la veille, jusqu'à ce que je lui avoue qu'à cause de mon job j'étais debout le reste de la journée. Il me dit alors de ne me plier à ces efforts que les jours où je ne bossais pas, ce que j'avais déjà prévu de faire. Et, je salivais à l'idée de mon prochain jour de congé.

– Salut, petite.

En sursautant à l'arrivée de Heather, je lâchai le tuyau du robinet, qui se mit à tournoyer sous la pression et arrosa tout autour de nous, Heather et moi comprises.

– Ah, merde… !

– Arrête-le ! Arrête-le ! me cria-t-elle.

Trop tard, le mal était fait. On était trempées toutes les deux. Super. Je devais maintenant travailler dans ces habits pour le reste de la soirée… c'est-à-dire sept heures d'affilée.

Morte de rire, Heather me dit :

– Je vais te chercher de quoi te changer. Sinon, ça sera l'horreur pendant le coup de feu de ce soir.

– Merci.

Lily jeta un coup d'œil à l'intérieur et eut un sourire moqueur.

– Franchement, tu as un look génial, comme ça. Les gars de Roussou, ils vont kiffer.

Quoi ? Les Roussou ?

Heather se figea.

– Attends, quoi… ?

Puis, elle tourna vers moi un regard d'avertissement.

Nooon… ce n'était pas possible.

Lily inclina la tête de côté, sa queue-de-cheval se balançant au-dessus de son épaule. Elle l'attrapa d'une main et son sourire s'agrandit quand elle lâcha :

– Pfff, c'était une blague, les filles.

À la fois furax et soulagée, Heather se retourna vivement vers Lily en lui giflant le visage de ses cheveux trempés. Puis elle m'annonça :

– Brett et Budd sont là. Toi, tu ne sors pas d'ici, c'est un ordre. OK ?

Je frémis devant sa réaction. Si Heather avait peur… je n'osais même pas imaginer ce qui pourrait se passer.

– Envoie un texto à ton mec. Invente n'importe quoi. Il ne peut pas venir ce soir.

– Mais…

– Ils vont le massacrer, Sam. Et je ne te dis pas ce qu'ils te feront s'ils découvrent qui t'es.

Son regard luisait d'appréhension quand elle ajouta :

– Je ne les laisserai pas te toucher, mais ils doivent bien savoir que tu es dans le coin. Sinon, pourquoi ils se seraient déplacés jusqu'ici ?

– OK, les filles, lança Lily avec un petit rire forcé, vous me rendez nerveuse, tout à coup. Je blaguais, tout à l'heure. Je sais que vous n'avez pas fait exprès de vous tremper. Alors, c'est quoi, le problème ?

Heather lui saisit le bras, qu'elle serra comme une malade.

– Tu t'occupes de ces gars toute la soirée, OK ? Tu souris, tu les sers, tu leur fais plaisir, mais tu ne leur dis pas un traître mot sur Sam, les Kade ou ce qui ne les regarde pas.

Lily écarquilla les yeux et recula.

– Là, vous commencez vraiment à me faire flipper. Mais, attendez, tout ça, c'est à cause de ces gamineries de lycéens ? Je ne croyais pas que c'était à ce point.

– Fais ce que je te dis, Lily. Ils sont assis où ?

– Dans la section du fond. Anne leur a déjà servi les boissons.

– Va la remplacer.

– Et Gia ? Elle doit arriver à cinq heures, aujourd'hui.

– Eh ben, je vais l'appeler. Elle est trop capable de dire quelque chose. Je vais faire venir Rosa, à la place.

Se retournant, elle posa sur nous un regard d'acier. Ça ne rigolait plus.

– On est bien, là ? On s'en tient à ce plan ?

On hocha la tête toutes les deux, et je lui fis un salut militaire.

– Parfait. Je rentre vite fait à la maison. Je suis là pour cinq heures.

Une fois Heather partie, Lily me demanda :

– C'est si grave que ça ?

– Disons que ces types ne supportent pas Mason. Et, s'ils ne le supportent pas…

– Tu… tu crois qu'ils s'en prendraient à toi ?

– Tu sais, Heather ne panique pas pour rien, en général.

– Oh… merde.

Oui, merde. Ce soir, ça ne serait pas de la tarte.

Et, en effet.

J'avais déjà des soupçons, mais j'eus la certitude que le nom de famille de Brett et Budd était bien Broudou. L'attitude de Heather me l'indiquait déjà, mais je voulus m'en assurer par moi-même. Un moment, je sortis la tête et aperçus deux défenseurs taillés comme des mammouths, assis à une table du fond. Il y avait d'autres gars avec eux, et plusieurs filles aussi, dont une blonde, courtaude et carrée, qui leur ressemblait trait pour trait, et qui devait être leur sœur. Elle me regarda et je rentrai vite fait, même si je mourais d'envie de ressortir pour les observer.

Je ne voulais surtout pas me cacher de cette fille qui, par ses mensonges, avait tellement enquiquiné Logan et Mason. Mais ce n'était pas le moment… ce qui ne m'empêchait pas de brûler d'impatience.

D'autres clients arrivèrent, de plus en plus nombreux, et je finis par oublier les jumeaux Broudou. Je continuai de m'occuper de la vaisselle dans ma petite cabine. Je sortis même, à un moment, pour remplir de verres les étagères du bar. Quand ma vessie menaça vraiment d'exploser, je courus entre les tables et m'enfermai aux toilettes. Ce n'est qu'en sortant que je me rappelai les avertissements de Heather. Trop tard. Je tentai de me faire discrète en remontant vers la cuisine, quand une armoire à glace qui me tournait le dos me recula dessus sans me voir. Il m'aurait carrément renversée, si je ne m'étais pas jetée de côté.

– Hey, s'exclama-t-il en m'attrapant par le bras, doucement, là.

Je me dégageai et lui jetai un regard noir.

– Waouh, on se calme, ajouta-t-il en arrondissant les yeux.

C'était évidemment l'un des jumeaux.

Un rire féminin suraigu résonna derrière nous.

– Elle n'a pas besoin de ton aide, Brett. T'es pas assez bien pour elle.

Dans ses yeux, la surprise se mua en colère, et ses mâchoires se crispèrent. Une chaise grinça sur le carrelage, et un autre mammouth s'approcha, l'air déjà menaçant. Un sourire cruel sur les lèvres, il demanda :

– C'est vrai, pucette ? Mon frère n'est pas assez bien pour toi ?

– Hey !

Le cri de Heather nous figea tous sur place. Elle se tenait près de leur ami, celui qui m'avait reculé dessus, et faisait tournoyer un torchon entre ses doigts. Dans l'autre main, elle tenait un couteau. Les jambes écartées et bien plantées dans le sol, elle semblait prête au combat. Derrière elle, j'apercevais Brandon, qui observait la scène, les bras croisés. Gus lui-même regardait tout ça d'un air sombre.

Les deux frères levèrent la tête en même temps, mais Budd fut le premier à réagir.

– Qu'est-ce que tu veux, Jax ?

– Laisse-la tranquille ! dit-elle en m'indiquant de la pointe de son couteau.

– Ah, oui ? Et, tu peux me dire pourquoi ?

– Budd, grogna-t-elle.

– Brett ne faisait que lui parler. C'est tout. Il y a un problème avec ça ?

Son regard noir ne cessait d'aller et venir entre Heather et moi. Je voyais bien les rouages de son cerveau tourner à fond. C'est alors que je compris qu'il ne savait pas qui j'étais. Ouf ! Je parvenais à peine à dissimuler mes tremblements.

– Je ne blague pas, Budd. Laisse-la passer.

Sa main se leva. Je retins mon souffle. Je savais qu'il allait m'atteindre…

Mais, à cet instant, il demanda :

– En quel honneur je ferais ça ? Elle est qui pour toi ?

Comme au ralenti, je vis Heather le fusiller du regard. Elle ouvrit la bouche, elle allait tout dire, je le sentais. Elle croyait qu'ils savaient déjà qui j'étais. Il fallait que je l'arrête.

J'agrippai la main de Budd et, en un éclair, je lui tirai le bras dans le dos avant de lui tordre violemment le poignet. Je faisais le dixième de son poids mais, à cet instant, j'aurais pu le lui briser en deux. Un cri étranglé sortit de sa gorge, au moment où je me sentais brusquement arrachée à lui. Alors que je m'attendais à sentir des mains puissantes, j'eus droit à un contact presque léger lorsque Brett me souleva dans les airs et recula de trois pas. Il me posa à terre juste devant Heather. Tout en grimaçant dans ma direction, il lui déclara :

– On ne pensait pas à mal, Heather.

Sa colère parut s'apaiser un peu quand elle répondit :

– C'est mon amie.

– On avait compris. On ne lui voulait pas de mal.

Comme elle avait l'air de soudain comprendre, je décidai malgré tout d'intervenir.

– On est amies, et elle me protège car je travaille ici.

Il hocha la tête.

– Ça aussi, j'avais compris. Mais, voilà, on n'est pas venus cogner des filles.

– Alors, pourquoi vous êtes là ? demanda Heather. Ce restau, il est à Fallen Crest. C'est pas votre ville, et c'est pas votre bande non plus. Qu'est-ce que vous faites là ?

– Tu veux la vraie vérité ?

– Pourquoi ? Tu me mentirais ?

– Non, j'ai pas dit ça, fit-il en se tournant vers ses amis et sa famille. On est venus se payer une petite bagarre. On a entendu dire que les Kade viennent souvent traîner ici. On espérait les voir.

Heather me donna un coup de coude, et je sursautai – je n'avais pas encore eu le temps d'envoyer un SMS à Mason. Il ignorait qu'il valait mieux ne pas venir ce soir. Quelle merde !

Brandon choisit cet instant pour s'approcher du groupe.

– Hé, hum… Brett, je crois que ce serait plus sage que vous décolliez, tous.

– Et, pourquoi ça ?

Une main sur la hanche, Heather lui lança :

– Tu blagues, ou quoi ? Tu viens d'admettre que vous étiez ici pour vous bagarrer. Dans mon établissement.

Brandon toussota.

– Dans l'établissement de ma famille, corrigea-t-elle.

– Je préfère.

– Et je ne suis pas aussi gentille que mon frère, précisa-t-elle. Sortez. Je voudrais vous voir tous dégager. On ne se bagarre pas, ici. Vous n'allez pas détruire le gagne-pain de ma famille, et vous n'allez pas non plus faire peur aux gens normaux qui composent ma clientèle.

– Oh… euh, répliqua Brett avant de s'adresser à sa bande. Ils veulent qu'on se casse.

La blonde s'étrangla sur sa bière. Elle se leva d'un bond et se jeta sur Heather.

– Tu te fous de ma gueule ?!

– Hey, Shannon, non ! Elle…

– Arrête, Shannon !

Comme Heather – toujours armée de son couteau – s'apprêtait à riposter, le mannequin tatoué du nom de Channing surgit de derrière Brandon et fondit littéralement sur la petite sœur Broudou.

Qui était bien Shannon, celle qui avait causé tant de problèmes à Logan et Mason. J'en avais maintenant la certitude.

Une espèce de fureur aveugle me submergea. Je voulais la tuer. Et plus que ça. Je voulais lui faire autant de mal qu'elle en avait fait à Mason. Ce besoin urgent de violence commençait à bouillir en moi, et ça n'allait pas tarder à exploser.

C'est à peine si j'entendis un des mammouths souffler quelque chose à l'oreille du mannequin tatoué, qui lui répondit aussitôt. La petite garce de Shannon avait littéralement fondu en voyant qui l'avait frappée, et elle était toute séduction, à présent. Devinant une Heather ultra stressée à ma gauche, je lui touchai le bras. Elle me regarda et se plaça face à moi, de façon à me cacher des autres. Une main sur mon épaule, elle murmura alors à Brandon :

– Fais-la sortir d'ici. Maintenant.

Il me prit par le coude et m'entraîna vers la porte latérale. Dès que celle-ci claqua derrière nous, il partit vers la maison, et je le suivis. Non… en fait. Je ne le suivis pas. Les talons plantés dans le sol, je tentai de l'arrêter.

– Stop, Brandon.

– Non, rétorqua-t-il en me tirant encore plus fort.

– Attends, je dois retourner là-bas. Cette fille…

Cette fille, c'était celle qui avait tout déclenché. Si je disais quelque chose, si je leur disais ce qui s'était passé…

– Hey ! résonna soudain une voix sur le parking.

– Merde ! lâcha Brandon… sans me lâcher, moi.

Je me retournai et grimaçai en découvrant deux silhouettes. L'une d'elles courait vers nous, suivies par d'autres. Comme il approchait, il cria une nouvelle fois :

– Laisse-la tranquille !

Adam.

Brandon stoppa net et se retourna.

– Attends, tu ne sais même pas ce qui se passe !

Comme il nous rejoignait, Adam arracha de mon bras la main de Brandon et m'écarta de lui.

– Non, mec. C'est toi qui ne sais pas ce qui se passe. Tu vas bien, Sam ? Qu'est-ce que vous faisiez ?

Mais je n'écoutais pas. Je m'étais retournée. Cette fille… Il fallait que je l'affronte. Je me foutais des conséquences. Ils apprendraient qui j'étais, mais, au fond, ils l'auraient découvert un jour ou l'autre. C'était à moi de prendre les devants. C'était ma décision. J'avais le choix des armes. De l'heure. Et de ce que je leur dirais. Je repartis donc vers le restaurant. J'entendis derrière moi les voix de Brandon et d'Adam, mais je continuai.

– Arrêtez-la ! aboya Brandon.

– Non ! s'écria Adam pour l'empêcher de me rattraper. Recule, mec. Sérieux, laisse-la tranquille !

– Adam ?

Je ne voyais que la porte qui donnait sur le côté de la salle, pourtant la douceur de cette voix m'arrêta net. Je me retournai… et je crus halluciner. Becky était là, en chair et en os, l'air terrorisé. Ses cheveux roux étaient tirés en une jolie tresse africaine, et elle tenait la main d'un type à l'allure bizarre et aux cheveux qui pointaient dans tous les sens. Il portait un t-shirt un peu crade sur un jean ultra baggy et râpé de partout. En voyant que je l'examinais de haut en bas, il sourit et me fit un petit signe.

– Salut…

Becky avait un petit ami. Je me souvins alors qu'Adam me l'avait dit. Elle sortait avec quelqu'un de Fallen Crest Public. C'était forcément lui. J'en eus un pincement au cœur. Elle n'avait pas pris mon parti quand Adam lui avait menti. Elle ne m'avait pas défendue et, quand il lui avait enfin dit la vérité, elle n'était pas venue s'excuser. C'était la seule amie, la seule fille sur laquelle je comptais pour me soutenir en toutes circonstances, et elle n'avait rien fait. Maintenant, elle avait un petit copain, et elle ne m'en avait pas parlé.

C'était nul de me sentir blessée pour ça mais, vrai, ça faisait mal.

Je ne remarquai son teint pâle que lorsqu'elle articula d'une voix tremblante :

– Sam ?

Je cessai de penser. J'oubliai ce qui se passait derrière moi et dans le restaurant. Une personne que j'avais considérée comme mon amie se tenait devant moi. Alors, je lui dis la première chose qui me vint à l'esprit :

– J'ai une nouvelle amie.

Elle recula comme si je l'avais giflée.

Je continuai, d'une voix qui me paraissait étrangement lointaine :

– Elle est solide. Tu ne la vois pas, elle est à l'intérieur, en ce moment.

Je lui montrai la porte qui donnait sur le côté de la salle.

– Elle me protège, et tu sais quoi… ?

J'attendis. Becky regardait tout autour de moi. Puis sa mâchoire cessa de trembler et nos yeux se croisèrent. Enfin.

– … Mason et Logan la respectent.

De nouveau, elle tressaillit.

– Sam, sérieusement ! lâcha soudain Adam, derrière moi.

Il me prit le bras et me fit passer derrière lui avant de lancer :

– Becky, retourne à la voiture.

Elle ne bougea pas. Elle baissa la tête et ses épaules tressautèrent comme si elle était secouée de sanglots. L'air préoccupé, le gars avec elle lui passa une main dans le dos.

Puis Brandon intervint :

– Vous êtes ses amis ?

Becky pleurait vraiment, à présent. Elle en avait même le hoquet.

– Oui, répondit Adam.

– Alors, tirez-vous. Sinon, ça risque d'être la baston du siècle.

Je lâchai Becky du regard tandis que Brandon ouvrait la porte. Il pénétra dans la salle et referma violemment derrière lui. J'entendis alors un clic, qui me fit grimacer. Il avait fermé le verrou. Si je voulais entrer, je devrais passer par la porte principale, et je savais que Heather me ficherait dehors dans la seconde qui suivrait.

– Qu'est-ce qui s'est passé ? demanda Adam sur un ton inquiet.

– J'ai pris mon congé pour la soirée, répondis-je après une profonde inspiration.

CHAPITRE 20

Comme je ne savais pas où aller et que je devais trouver Mason, on opta pour le manoir de Nate. Dans la voiture d'Adam se trouvaient Becky et son ami, Adam, bien sûr, et moi. J'appris que le copain s'appelait Raz et qu'il trouvait Logan « trop cool ».

En contournant la fontaine devant le manoir, Adam fit la grimace.

– C'est drôle, tout est éteint. Il n'y aurait personne ?

Pour moi, ça n'avait rien de grave. Je sortis et composai le code du garage. Pendant qu'Adam entrait la voiture, j'allumai les lumières.

– Oh, waouh ! s'exclama Becky en tournoyant sur elle-même. Je ne m'attendais pas à ça.

Raz lui prit la main et me gratifia d'un sourire étincelant.

Ce que j'avais du mal à comprendre. Il n'avait pas l'air super sympa, mais elle semblait heureuse avec lui. Il l'avait consolée, après notre petite « explication », et avait su la faire rire, pendant le trajet. Tout le monde savait qu'elle était nerveuse à cause de moi. Je me demandais depuis combien de temps ils se voyaient, comment ils s'accordaient, tous les deux, mais, quand elle posa les yeux sur moi, je compris.

Son regard me parut sombre, plein de questions. Pourtant, elle n'avait pas de quoi se plaindre. Elle avait choisi son destin. Elle n'avait aucune raison d'être triste.

De nouveau, j'eus un pincement au cœur. Elle avait été celle que je croyais être mon amie, et qui le resterait quoi qu'il arrive, m'avait-elle assuré.

Ses lèvres se mirent à trembler, mais je m'écartai. Becky n'était plus mon problème. Elle avait cessé de l'être dès l'instant où elle avait cru au mensonge d'Adam.

– Où est Kade ? demanda celui-ci sur un ton inquiet.

– Je ne sais pas… mais, attends.

Je grimpai l'escalier jusqu'à notre chambre mais n'y trouvai personne. Aucun message, non plus. Je devais avouer que je ne m'attendais pas non plus à trouver la maison vide. La main sur ma poche arrière, je lâchai un juron. J'avais laissé mon téléphone – et mon sac ! – chez Manny's.

– Adam ! appelai-je du palier.

– Oui ?

– J'ai laissé mes affaires au restaurant. J'ai tout oublié là-bas.

– Attends, dit-il en levant un index.

Il sortit son téléphone, composa un numéro, puis je l'entendis demander :

– Oui… je voudrais parler à Heather Jax… Oh, salut ! C'est Adam Quinn… Oui, je suis un ami de Sam… Oui, je l'ai ramenée chez elle, mais, voilà… elle a laissé toutes ses affaires au restaurant.

Il hocha plusieurs fois la tête, lâcha encore un « oui », et ajouta :

– Oh, super. Merci beaucoup.

Levant la tête vers moi, il expliqua :

– Elle va tout t'apporter après la fermeture. Elle a dit aussi que tu avais un texto de Mason. Elle l'a lu… ça parlait d'une espèce de réunion de famille avec sa mère… Ça te dit quelque chose ?

Je me sentis immensément soulagée. Ils étaient à Los Angeles et n'avaient pas l'intention de se rendre chez Manny's

– Oui. Ils ne seront pas rentrés avant demain.

Raz laissa échapper un cri de joie.

– Halleluia ! Petite teuf, ce soir, au château Monson !

Avec un regard furieux, Becky lui tapa sur la poitrine.

Marmonnant quelque chose d'inaudible, il la prit dans ses bras et la fit tournoyer en l'air. Elle gloussa, comme à son habitude, et leurs rires se mêlèrent. Puis tous deux disparurent dans le couloir.

Comme je redescendais l'escalier, Adam me suivit dans la cuisine et s'installa sur un tabouret de bar. Je fouillais dans les placards quand il me demanda :

– Ça fait bizarre avec elle, non ?

Je trouvai enfin le rhum et attrapai la bouteille, que je posai entre nous deux sur le comptoir. Ignorant son air choqué, je sortis deux verres. Je n'aimais pas l'alcool fort, mais ce rhum était parfumé aux agrumes. Et ça m'allait très bien. Logan serait tellement fier de moi…

– Oui, ça fait bizarre, répéta-t-il en se répondant à lui-même.

Je n'avais pas envie de parler de Becky. Je n'avais pas envie de penser à Becky, et je n'avais pas envie de reconnaître qu'elle se trouvait en ce moment dans *ma* maison. Posant les deux verres entre nous, je les remplis à ras bord. J'en fis glisser un vers lui et pris l'autre pour moi avant de porter un toast.

– À l'effort surhumain que je fais pour ne plus penser à retourner chez Manny's avec l'idée botter le cul de cette fille !

– Quoi ? fit Adam tandis que nos verres s'entrechoquaient.

Je bus le mien cul sec. Hop, plus rien. Je le remplis à nouveau et l'avalai d'un trait. Alors que je m'apprêtai à me servir une troisième rasade, Adam me prit la bouteille des mains.

– De quoi tu parles, Sam ? Quelle fille ?

Je voulais récupérer mon rhum. J'en avais besoin pour oublier. Elle avait fait du mal à Mason. Je voulais lui faire du mal à mon tour. Ça me coûterait quoi de retourner là-bas, en fait ? Ses frères, qu'est-ce qu'ils pouvaient me faire ? Peut-être que

Heather en faisait trop en réagissant comme ça, finalement.

– Rien, laisse tomber, finis-je par lui répondre.

– Sam.

J'avisai la bouteille dans sa main et, profitant d'une seconde d'inattention de sa part, je la lui repris. La seconde d'après, j'avais devant moi mon troisième shot de rhum. Comme il se résignait à me laisser faire, je lui en versai une deuxième rasade. Puis on leva nos verres ensemble. Appuyée au comptoir, je m'entendis articuler :

– C'est une fille, là-bas, qui a fait du mal à Mason. Elle a complètement déconné avec lui, et j'aimerais bien lui montrer ce que je pense.

– Sam…

L'empathie dont il faisait preuve me fit grimacer, et j'avalai mon troisième verre. Ça ne me brûla pas la gorge. Aucun de ces trois shots ne me brûla, mais je n'en sentais plus la douceur.

Je me plaquai les mains sur les yeux. Qu'est-ce que je faisais ? Je ne buvais pas pour oublier mes problèmes. Je n'étais pas ce genre de fille. Je lâchai alors un profond soupir. Qu'est-ce qui se passait, dans ma tête ? Tant de choses étaient arrivées, et en si peu de temps.

– Sam, insista Adam.

Descendu de son tabouret, il avait contourné le comptoir pour s'approcher de moi et me prendre les mains.

– Qu'est-ce qui se passe ?

– Rien.

Je m'écartai, mais il ne me lâcha pas les mains. Il les garda dans les siennes et se pencha pour voir mes yeux.

– Sam, parle-moi. Qu'est-ce qui t'arrive ? Je suis en train de mentir à ta mère. Logan a dit que tu avais fugué et qu'on ne pouvait pas porter plainte contre toi. Et puis tu t'es trouvé ce job chez Manny's, ce que je comprends, mais maintenant tu habites ici… Qu'est-ce qui s'est passé avec ta mère ?

– Sam ?

Une petite voix résonna à l'entrée de la cuisine. Becky avait tout entendu. Nooon… Elle connaissait tous nos secrets, à présent.

Mais, est-ce que c'étaient encore des secrets ?

– Sam… articula Adam en me prenant dans ses bras.

Le menton sur ma tête, il me passa une main dans le dos.

– Tu peux nous parler. Becky a déconné…

Elle s'approcha.

– C'est vrai, j'ai déconné. Je suis désolée, Sam. Sincèrement.

Il poursuivit, après un lourd soupir :

– … mais elle t'aime toujours, tu sais. Et moi aussi, et j'essaie vraiment de me faire à ce truc platonique. Je ne sais pas s'il y a des limites entre l'amour et l'amitié, ni où elles peuvent se situer, mais tu dois m'aider. Je pense que, si tu nous parlais, ce serait super.

Il se tourna vers Becky et lui dit :

– Toi aussi tu le penses, non ?

Elle hocha timidement la tête. Les mains croisées devant les cuisses, elle avança de quelques pas.

– Oui, c'est vrai. J'aimerais savoir…

Je m'écartai d'Adam pour venir me planter devant elle.

– Tu n'as pas besoin de faire ça.

– Faire quoi ?

– Venir ici pour essayer de t'excuser.

– M'excuser ? répéta-t-elle sans comprendre.

Raz s'approcha et lui prit la main.

Toute la colère, tout le ressentiment que j'avais en moi ressortirent d'un coup.

– Tu savais qu'Adam m'en voulait. Tu savais qu'il était frustré, et tu l'as quand même cru. Tu te souviens de ce qu'il t'a dit ? Que je riais dans ton dos. Ça me ressemble, ça ? Quand est-ce que j'ai rigolé de quelqu'un ? Jamais ! Et tu croyais que je me moquais de toi, la seule à être mon amie après ce que Jeff m'avait fait, après ce que Jessica et Lydia m'avaient fait ? Tu me croyais vraiment capable de rire de toi ?

La tête basse, elle murmura d'une voix presque inaudible :

– Non…

Je reculai d'un pas. J'avais bien entendu ?

– Tu ne l'as pas cru ?!

– Non.

Elle releva la tête, et son visage m'apparut livide. Elle tremblait, aussi.

– Je savais que tu ne pouvais pas m'avoir ça, mais ça m'a fait mal quand il me l'a dit. Je l'ai cru, au début, mais en même temps… non. Et puis, j'ai compris. Tu sortais avec Mason Kade. Tu étais aussi amie avec son frère. Alors, pourquoi tu serais restée amie avec moi ? Je ne suis rien…

La voix de plus en plus faible, elle s'interrompit.

J'avais vraiment envie de l'insulter. Elle m'avait fait du mal, et voilà que je devais la plaindre, à présent.

– Oh, arrête, s'il te plaît !

Elle ouvrit des yeux énormes, tout en s'accrochant au bras de son petit ami.

Je secouai la tête. Il fallait que je me débarrasse de toute cette colère, que j'oublie ces blessures. Mais je ne pouvais nier ce que je ressentais, aussi.

– Tu n'es rien, Becky. Tu n'as jamais rien été, en fait. Si, tu as été ma seule amie… avant même que je sorte avec Mason.

– Tu m'avais, moi, intervint Adam.

– Ah, oui ?

– Oui, en la fermant. Ce n'est pas mon genre, d'habitude.

– Merci.

De nouvelles larmes s'écoulèrent des yeux de Becky, mais elle les ignora.

– Je suis profondément désolée, Sam. Tu peux me croire. J'étais stupide… et blessée.

– Blessée ? Pourquoi ?

Ça n'avait aucun sens.

– Parce que je me sentais rejetée. Je savais que tu étais proche des Kade, mais c'est seulement à la dernière soirée que j'ai compris jusqu'où ça allait. C'était ça : Mason Kade se bagarre pour toi, et puis Logan repousse Lydia pour toi. Elle est venue le voir, et il l'a rejetée, et pour quoi ? Pour toi. Ces deux-là, ils tiennent trop à toi, et quand tu es avec eux, il n'y a plus rien d'autre que vous trois. Tu ne m'as jamais invitée chez toi, comme si je n'étais pas assez bien, tu vois.

– Les quatre, corrigea Adam.

– Quoi ?

– Oui, les quatre. Tu oublies Nate Monson.

– Non, je ne l'oublie pas, mais il n'était pas toujours chez lui, alors. Et, ça aussi, regarde… Tu vis dans sa maison. Et maintenant qu'il est revenu, tu restes ici, avec eux. Donc, vous revoilà, les quatre ensemble.

Je ne savais pas quoi dire. Ça lui faisait mal ? Eh bien, elle s'était vengée. Tant mieux pour elle.

Becky continuait de pleurer. Son ami lui essuya quelques larmes puis, d'un pouce tendre, lui caressa la joue. Elle était avec quelqu'un qui l'aimait. Ça se voyait rien qu'à les regarder, tous les deux. Je lâchai un profond soupir. Becky sortait avec quelqu'un. Elle avait un amoureux. Ça me tuait. Elle avait rencontré un garçon, avait commencé à le voir, puis à le revoir, et elle ne m'en avait pas parlé. C'était mon job de l'écouter se confier à moi, en ma qualité d'amie… Je me sentais volée de ça.

Je fermai les yeux et me détournai. Je savais ce que j'avais à faire, et ça faisait mal. Mais je devais le faire.

– Sam ?

Sa voix n'était plus qu'un murmure rauque.

– Est-ce que tu peux me pardonner ? Je suis désolée. Désolée d'avoir cru aux mensonges d'Adam.

Je secouai la tête. Je devais lui pardonner, je le savais, mais, de son côté, elle devait comprendre quelque chose. À mon tour d'avoir les yeux humides quand je lui dis :

– Tu voulais le croire.

Elle tressaillit, comme si je l'avais giflée.

J'insistai :

– Je ne t'ai pas laissée tomber. Je n'ai jamais ri dans ton dos. Je ne me suis pas servie de toi. Tu le savais parfaitement, mais tu as préféré croire Adam, même en sachant que ce n'était pas vrai. Et, si tu as fait ça, c'est parce que tu m'en voulais à mort.

– Mais…

– Pourquoi elle t'en aurait voulu ? demanda Adam.

– Parce que j'avais ce qu'elle avait toujours voulu. Tu étais jalouse, Becky, c'est bien ça ?

Elle acquiesça, sans un mot.

– J'avais ce que tu voulais, hein ?

Elle me jeta un regard angoissé, le visage inondé de larmes.

– Je suis si stupide que ça ? Tu avais tout, Sam. Tu avais pour toi les garçons que personne ne pouvait avoir. Les deux, même. Logan Kade te vénère comme une déesse. Tu as eu ce que tout le monde voulait, pas seulement moi. Avec ça, tu me reproches d'être jalouse ? Ce n'est pas humain d'être jaloux ?

Un rire sinistre s'échappa de sa gorge.

– Évidemment que je t'en voulais ! Oui, j'étais jalouse, mais j'étais aussi ton amie. Je regrette d'avoir cru aux mensonges d'Adam. C'était horrible de ma part. Je le sais, et je le regrette sincèrement. Vraiment, Sam. Vraiment.

Chaque mot qu'elle prononçait était un coup de massue pour moi, mais je ne pouvais rien faire. Je savais qu'il y avait d'autres filles, beaucoup d'autres filles qui ressentaient la même chose qu'elle. J'étais qui pour avoir été ainsi accueillie chez les Kade ? Qu'est-ce que j'avais de si spécial ? Et, bien sûr, Becky ne formulerait jamais ces questions à haute voix. Peut-être même qu'elle n'admettrait jamais se les être posées. Mais elles étaient là. Et je me les posais, moi aussi.

– C'est n'importe quoi ! s'indigna Adam. C'est encore les Kade ? Ça devient lassant, à la longue. Tu es sérieuse ?

D'une main, Becky se couvrit la bouche. Elle pleurnicha encore plus, puis se tourna vers son copain. Il l'entoura de ses bras et lui tapota doucement les cheveux, non sans fusiller Adam du regard.

– Hé, un peu de respect, mec.

– Oh, et puis j'en ai ras le bol, reprit Adam. On ne peut pas passer une soirée sans parler d'eux ?

– Ce n'est pas ça qui va nous aider, lui rétorquai-je.

– J'abandonne, de toute façon. Je n'aide plus personne, ça te va ? J'ignorais que tout ce bordel, c'était encore à cause de ces mecs. Mais, ils ont quoi de spécial ? Leur look ? Moi aussi, j'ai une belle gueule. Ils sont athlétiques ? Moi, je suis le foutu quarterback de FC Academy. Enfin… j'*étais* le quarterback. Bref, qu'est-ce qu'ils ont de si spécial ? Qu'on me le dise.

– Ce sont des légendes, mec, intervint Raz. Authentiques et super pointus. Des légendes, je te dis.

– C'est ridicule, maugréa Adam.

Se tournant vers moi, il demanda :

– Ça va ?

Je hochai la tête.

Oui, étrangement, j'allais bien. Quand Becky renifla et s'essuya le nez, toute rancœur avait disparu de son regard. Elle avait fini par admettre la situation, et c'était ce dont j'avais besoin. Sans doute…

– Je m'en vais, laissa tomber Adam. Je ne reste pas ici pour entendre parler de ces chieurs que vous prenez pour des dieux. Salut, Sam. Becky, je vous ramène, tous les deux ?

Elle m'interrogea du regard, mais je baissai les yeux. Elle pouvait rester, si elle voulait. Elle pouvait s'en aller, aussi. C'était à elle de choisir si elle avait envie d'être là pour moi ou pas. Je n'allais pas lui dire ce qu'elle avait à faire.

– Je…

Elle s'interrompit. Raz parla pour elle :

– Elle reste. Et moi, je pars. On va au Hop-It, si tu veux. Toutes ces émotions, ça m'a donné la dalle.

Il embrassa Becky sur le front et lui susurra quelque chose à l'oreille, ce qui lui arracha un petit sourire. Elle parut se détendre dans ses bras, mais il ne s'éternisa pas. Gratifiant Adam d'une tape sur les fesses, il sortit sa grande carcasse de la pièce.

Adam le suivit en lui lançant :

– C'est le IHOP, Raz… pas le Hop-It !

Avec un lourd soupir, il ferma la porte derrière lui.

Restées seules dans la forteresse de Nate, Becky et moi, on se fixa longuement, d'un air embarrassé. Alors que je souriais en mon for intérieur, elle décida de faire le premier pas.

– Pourquoi tu vis ici, Sam ?

Bonne vieille Becky… j'avais retrouvé mon amie.

CHAPITRE 21

– Alors… ?

Elle m'offrit un sourire timide. Sous lequel je devinai une petite pincée d'espoir, mais je ne savais pas quoi en faire.

– Alors… ?

Je soupirai.

– Qu'est-ce que tu veux, Becky ? Merci pour ta franchise, merci de t'être excusée, mais on ne peut pas revenir à ce qu'on était avant. Je ne te fais plus confiance.

– Oh… non ?

– Non.

– Bon, eh bien… je vais dire que je comprends. À ta place, je n'aurais pas compris. Enfin… peut-être que si. Je n'ai jamais vu quelqu'un jaloux de moi, donc je ne sais pas ce que je ferais.

– Ce n'est pas parce que tu es – que tu as été – jalouse. C'est juste que tu as cru à un mensonge me concernant, même si tu savais que c'était faux, pour te venger de moi. Tu savais que ça me blesserait, si tu arrêtais de me parler. Alors, bravo, parce que, oui, ça m'a fait du mal.

– Je regrette, Sam, murmura-t-elle. Franchement, je regrette.

C'est alors qu'on entendit une porte s'ouvrir et quelqu'un crier :

– Salut, c'est moi ! Je suis sortie plus tôt. Je me suis dit que t'avais envie de récupérer ton téléphone vite fait. Tu as une ramée de messages qui flashent… c'est peut-être important.

Becky se figea mais, moi, je restai sereine. L'instant d'après, Heather apparut sur le seuil de la cuisine. En voyant Becky, elle s'arrêta net.

– Oh… salut ?

Je soupirai. Heather afficha un air surpris tandis que Becky semblait prête à faire dans sa culotte.

– Euh… Becky, je te présente Heather. Et, Heather, voici Becky.

Celle-ci articula dans un souffle :

– C'est toi… l'amie ?

Après un instant d'hésitation, Heather répondit :

– Ah, je comprends. Ça veut dire que… tu es l'ancienne.

J'éclatai de rire.

Becky, elle, resta la plus sérieuse du monde.

– Désolée. Je… désolée.

D'un signe, je leur dis de laisser tomber.

Fouillant alors dans son sac, Heather en sortit mon téléphone qu'elle me lança. Quand je découvris le nombre de messages qui se présentaient, je crus hallucinér. Elle avait raison. Il y en avait pas mal de Mason.

Notre mR a appelé. Furax
en apprenant kon C fait foutre dehors.

Réunion de famille. J'y vé avec Logan. Je serai pas chez Manny's ce soir. Ça ira ? Celui-ci était suivi d'un Je t'M.

Je lus le reste : Ça devient intéressant. Dzolé pas de msg pendant 1 tps.

Le dernier avait été envoyé une heure plus tôt : jSpR ke tt va bien. Ici pas terrible.

– Ça va ? demanda Heather, appuyée contre le mur.

Becky se tenait à l'autre bout de la pièce, les bras croisés sur la poitrine.

Une migraine commençait à me tomber dessus. Je la sentais au niveau de mes tempes et j'y pressai les mains.

– Sam ?

Là, c'était un miaulement de Becky.

– Quoi ?

– Ça va ?

– Non.

– Où il est ? interrogea Heather en indiquant mon téléphone.

– À une réunion de famille. Ça n'a pas d'importance.

– Je croyais que t'étais de la famille ?

– Pas celle-là. C'est avec sa mère.

– Hum… j'ai entendu parler de la Chipie Chicos de Los Angeles. Mondaine et prétentieuse, c'est ça ?

Je haussai les épaules, Helen était un peu plus que ça, à mon avis.

– Elle est… sûre d'elle, je dirai.

– Sûre d'elle ? répéta-t-elle, amusée. J'ai jamais entendu qu'on disait ça d'elle, mais… bon, t'es dans cette famille, alors je t'écoute. J'ai pigé.

– Qu'est-ce qui se passe ? demanda Becky en nous regardant toutes les deux. Ta mère est sûre d'elle ? Ta mère est méchante, Sam.

– Non…

Je soupirai et m'arrêtai. C'était peut-être aussi bien qu'elle pense qu'on parlait de ma mère.

À cet instant, on entendit la porte du garage se fermer. Je retins mon souffle. Mon cœur battait quand Nate déboucha du couloir. Puis, une main gracieuse apparut plaquée sur sa poitrine, alors que deux jambes bronzées se glissaient entre les siennes et que la main descendait de plus en plus bas. Un gémissement rauque se fit entendre, qui s'acheva par un soupir féminin tandis que des lèvres remontaient lentement le long de son bras.

Il stoppa net en nous découvrant, et son regard atterrit aussitôt sur moi.

– Qu'est-ce que tu fais là ? demanda-t-il avec une intensité qui me fit tressaillir.

– Quoi ?

Heather ne s'amusait plus du tout quand elle lui rétorqua :

– C’est quoi, cette attitude, Monson ? Je croyais qu’elle habitait là.

Ses yeux tombèrent sur elle, mais dénués de toute intensité, cette fois. Il la considéra d’un regard plat, précisément celui que Mason utilisait pour montrer à certains qu’ils n’étaient pas les bienvenus.

Je serrai les dents. Il n’allait pas lui faire ça.

– Arrête, Nate, lui lançai-je. Et puis, pourquoi me demander ce que je fais ici ? J’ai quitté mon boulot un peu plus tôt, et Mason m’a dit qu’il était à une réunion de famille.

Son expression se radoucit, mais le ton de sa voix resta grave.

– Oui, *ta* famille. Helen veut la peau d’Ann-Lise.

Mon sang ne fit qu’un tour.

– Quoi ?!

– Ils sont chez toi, Sam, avec ta mère, précisa-t-il d’un air satisfait. Tu fais bande à part, on dirait.

Je restai comme pétrifiée. Mais je m’entendis articuler comme dans un rêve :

– Pourquoi tu joues au con avec moi ?

– Je ne joue à rien du tout.

– Si, carrément ! intervint Heather.

Il grimaça tandis que la fille pendue dans son dos lui gémissait à l’oreille :

– Baby, dis-leur de partir, tu veux bien ?

Une voix que je reconnus immédiatement. Celle de Parker, qui le contournait maintenant pour venir se presser contre son torse. Son chemisier, déboutonné quasiment jusqu’en bas, lui retombait sur la taille. Elle ne portait pas de soutien-gorge mais ses seins étaient plaqués contre la poitrine de Nate. Quant à son short, à la braguette manifestement ouverte, il ne cachait presque plus rien de ses fesses.

Voilà pourquoi il jouait au con. Il était avec elle… une des quatre qui continuaient à me détester. En échangeant un regard avec Heather, je me rappelai son avertissement à propos des Tommy P, le surnom qu'elle donnait aux quatre pestes, Parker, sa meilleure amie Kate, et les deux autres… Jasmine et Natalie, peut-être. Je préférais le premier nom qu'elle leur avait choisi, les *princesses caïds*, un nom qui leur allait divinement. Et celle qui essayait d'entraîner Nate hors de la cuisine était pour l'instant la pire d'entre elles.

– Parker… dit-il d'un air ennuyé en essayant de la décoller de lui.

Ses seins se dévoilèrent mais elle ne chercha pas une seconde à les cacher. Elle semblait plutôt choquée par la réaction de Nate.

– Monte dans ma chambre, ajouta-t-il sur un ton embarrassé.

– Mais…

– Monte !

Ce qu'elle finit par faire, non sans me jeter au passage un regard haineux.

Je gardai la tête haute. Un jour je m'occuperais d'elle et de ses copines… mais pas maintenant. Je pensai soudain à mon nouveau lycée, et ce fut comme un coup sur ma tête. C'était aussi le sien, et son territoire. Heureusement que j'avais ce job chez Manny's. Heather me soutiendrait, du mieux qu'elle le pourrait, j'en étais certaine.

– Ta petite amie, c'est une garce, dit-elle à Nate dès qu'on entendit la porte d'en haut se fermer derrière Parker.

– Ce n'est pas ma petite amie. Et puis, Sam, je suis désolé de m'être montré aussi con avec toi, ce n'était pas mon intention.

Non, c'était elle, la conne, elle avait dû déteindre sur lui. Mais je me gardai bien de le lui dire.

Mon téléphone bipa de nouveau. Un message de Mason, qui disait : Tu pE venir asap après ton boulot ? À la kaze. Ta mR a pété un plomb en face 2 la mienne.

– Je dois y aller.

Mais je n'avais pas de voiture. Je regardai Heather, qui eut un sourire entendu.

– Je t'emmène, dit-elle avant un petit clin d'œil à Becky. Toi aussi, en tant que vieille amie ?

– Hein ?

– Oui, fis-je en prenant Becky par le bras. Elle vient avec nous.

Nate acquiesça d'un signe de tête et sourit tandis qu'on sortait de la maison. C'était sa façon à lui de s'excuser encore une fois. Mais, en montant dans la voiture de Heather, je me demandai si c'était le côté de lui que tout le monde voyait. Il semblait gentil et respectueux, réservé, même, chaque fois qu'il se trouvait avec Mason et Logan… mais le

Nate que j'avais en face de moi était différent. De nouveau, je me rappelai les commentaires sur les embrouilles où il était impliqué avec Mason, raison pour laquelle ses parents l'avaient envoyé étudier loin de Fallen Crest.

Mais il était de retour… et je savais que Logan le regrettait déjà.

– Sam… me dit Becky, une fois dans la voiture de Heather.

Elle tentait de réprimer un sourire.

– Quoi ?

Elle me tendit son téléphone.

– Qu'est-ce que c'est ?

– Regarde.

Je m'étranglai en découvrant la photo qu'elle avait prise. Un gros plan de Parker, les seins à l'air, avec Nate en train de la repousser.

– Tu as pris cette photo… ?

Elle hocha la tête, manifestement ravie de son exploit.

– Fais voir, demanda Heather en tendant la main.

Après un rapide coup d'œil, elle éclata de rire devant ce charmant portrait.

– Je n'ai pas pu m'en empêcher, commenta Becky. Elle était tellement méchante. Personne ne faisait attention à moi, alors…

– Ne fais rien avec cette photo, mais ne l'efface pas non plus.

– Ouais, fit Heather, les yeux dans le rétroviseur. Ça pourrait nous servir un jour. Mais, je suis d'accord avec Sam. Tu la postes sur aucun réseau et tu la montres à personne.

– Pas même à ton copain, Becky, précisai-je.

– Quoi ?

– C'est qui, son copain ? demanda Heather.

– Un dénommé Raz, non ?

Je cherchai confirmation dans le regard de Becky. Elle hocha la tête, mais Heather s'esclaffa une nouvelle fois.

– Tu plaisantes ? Raz a une copine ? C'est énorme !

Les yeux un instant sur Becky, elle poursuivit :

– Raz, c'est en gentil gars, mais je suis d'accord avec Sam. Ne lui montre pas cette photo. Il l'imprimerait sur un t-shirt et le porterait au lycée. Il dégoupille, de temps en temps.

– Oui, soupira Becky, tu as raison. Mais la photo, elle est bonne, hein ?

– Oui, super bonne, Becky, lui répondis-je.

– Merci.

En voyant Heather tourner à tous les bons carrefours, je compris qu'elle savait où j'habitais. Je me tapai le front d'une main. Mais, oui, c'était obligé ! Tout le monde savait où vivaient Mason et Logan. Ils avaient donné assez de soirées sur la plage, Becky elle-même était venue plusieurs fois… sans jamais monter au premier, toutefois, ni dans les autres étages. Des petits chanceux s'étaient déjà fait inviter au sous-sol, mais jamais en haut. C'était réservé à quelques privilégiés.

Lorsque Heather se gara dans l'allée et défit sa ceinture d'un air décidé, je compris qu'elle avait bien l'intention de se joindre au petit groupe d'habitués qui connaissaient les entrailles du musée Kade.

– Hein ? s'étonna Becky en la voyant descendre de voiture.

– On y va, dit celle-ci en claquant sa portière d'un geste déterminé.

Je ne savais pas si je devais les laisser entrer. Elles ne seraient certainement pas les bienvenues, toutes les deux mais, déjà, Heather se présentait à la porte. Qu'elle ouvrit sans se poser de question. Ma décision venait d'être prise… par une autre.

– Entre, dis-je à Becky. Autant voir tout de suite ce qui se passe.

Elle sourit, et ses joues s'enflammèrent tandis qu'elle me suivait à l'intérieur. Mais, une fois entrées, ce fut un silence de mort qui nous accueillit. Heather resta bouche bée devant la taille impressionnante du vestibule. C'est vrai… j'avais oublié ce qu'on ressentait en découvrant pour la première fois le manoir des Kade.

– Mais, c'est un putain de musée ! s'exclama Heather devant la statue grandeur nature d'une déesse grecque. Elle est vraie ?

Je haussai les épaules. Ma mère l'avait achetée un mois plus tôt. Elle s'était extasiée devant, quand on la lui avait livrée, donc j'imaginais qu'elle était authentique. En revanche, elle ignorait que Logan avait dessiné au marqueur noir, sur l'arrière de cette statue, une flèche dirigée vers le bas, avec, pour légende : *Insérez ici*. On ne l'avait pas bougée depuis son arrivée, mais je savais que, lorsque Ann-Lise découvrirait cette œuvre d'art, elle piquerait une crise. Je n'espérais qu'une chose, que Logan soit là pour voir sa réaction.

– Waouh, c'est carrément magique ! souffla Becky derrière moi.

– Et on n'est que dans l'entrée, enchaîna Heather. Sam, tu dois penser que je vis dans un trou à rat, comparé à ce manoir et à celui de Monson.

– Non, j'aime bien ta maison.

C'était la vérité. Et, en lisant dans mon regard, Heather comprit que j'étais sincère.

– T'es une gentille, Sam.

Vraiment ?

– Je dirai pareil, renchérit Becky.

Je fus un peu gênée par ce compliment, mais un cri dans la cuisine, suivi de ce qui ressemblait à un bris de vaisselle, m'arracha un petit rire. Ma gêne disparut et je replongeai d'un coup dans la réalité. J'avais l'habitude du chaos qui entourait Ann-Lise.

– Vous devriez partir, leur conseillai-je. Ça peut devenir assez moche.

– Sam !

Logan, qui venait de m'apercevoir, courut vers nous dans le couloir et m'attrapa le bras.

– Il faut que tu viennes en vitesse. Ta mère est déchaînée, et la mienne essaie de la calmer. C'est incroyable. Mason est coincé dans le fond de la cuisine. Il n'a pas pu sortir mais on a entendu la porte, donc je me suis dit que c'était toi.

– Sam, appela Heather.

Un instant surpris, Logan afficha un sourire gourmand, puis déclara :

– Je ne t'avais pas vue, Jax. Tu es canon.

Il l'examina de haut en bas avant d'ajouter :

– Vraiment chouette.

Becky rougit à côté d'elle, mais Heather, loin d'être impressionnée, rétorqua :

– Bas les pattes, Kade.

Le regard de Logan resta néanmoins braqué sur le t-shirt rouge qui lui moulait les seins, sans rien cacher du soutien-gorge noir qu'elle portait en dessous. La sentant un peu, juste un tout petit peu embarrassée, je devinai chez elle une espèce de trouble qui la secouait bien plus que ça n'aurait dû.

Tout à coup, je fus saisie d'un doute. Il n'y aurait pas un peu plus qu'un simple désaccord amical, entre ces deux-là ? Mais non, Heather sortait avec ce mannequin tatoué… ou, alors ?

Elle croisa les bras et insista :

– Arrête, Logan !

Loin de perdre son assurance, il eut un sourire insolent.

– Il y a des bruits qui courent sur toi, Jax.

– Ah, oui ? demanda-t-elle, une main sur la hanche. Quels bruits ?

– On dit que toi et Channing vous ne formez pas un vrai couple. Pas encore, du moins.

Sa main retomba de sa hanche, et elle recula.

C'était vrai ? Peut-être qu'il y avait vraiment quelque chose entre Heather et Logan, mais je me rappelais comment Channing avait pris ma défense, au restaurant. Il avait empêché les Broudou de… de faire du mal à Heather. Sur le moment, j'avais pensé qu'il me protégeait mais, non, en fait, c'était elle qu'il défendait. Il semblait être toujours là pour elle. Je les observai, tous les deux, et je soupirai. J'espérais que Logan savait ce qu'il faisait parce que je ne voulais pas qu'il en ressorte blessé.

Alors que Heather rejetait ses cheveux en arrière, le regard de Logan redoubla d'intensité. La vérité me tomba brutalement dessus. Il l'appréciait. Elle lui plaisait, c'était flagrant. Clair comme de l'eau de roche. Mais je ne voulais pas qu'il en souffre. Il n'était pas question que je laisse Logan se blesser encore une fois… comme avec Tate.

– Logan !

Je bondis au cri suraigu qui résonna derrière nous. C'était Helen qui appelait.

Avec un petit rire, il me prit le bras.

– Viens, petite Kade. Prépare-toi au spectacle qui t'attend.

Puis il salua Heather.

– Tire-toi, Jax. Tu es toujours la bienvenue dans mon lit, mais pas ici. Fornication interdite, d'après sa mère. À plus.

Heather leva les yeux au ciel et prit Becky par le bras.

– À plus tard, Sam. On s'appelle.

– Oui, à plus tard, Heather.

Elle entraîna Becky à sa suite, et la porte se referma avec bruit sur elles deux.

C'est là que Logan me passa un bras autour de la taille. Il ne m'emmena pas tout de suite à la cuisine mais me prit un instant dans ses bras et lâcha un soupir avant d'appuyer sa tête sur mon épaule.

Il n'avait fait que jouer la comédie devant Heather et Becky. L'air joyeux qu'il affichait jusque-là n'était qu'une façade. Je le serrai à mon tour dans mes bras.

– C'est à ce point, avec ma mère ?

Il frissonna et je le devinai beaucoup plus perturbé qu'il ne voulait le montrer.

– Ce n'est pas bon, Sam. Et ça ne va pas s'arranger.

Oh, non…

CHAPITRE 22

En entrant dans la cuisine, je sentis… et je vis que tout allait de travers. Impeccable comme à son habitude, Helen portait un tailleur blanc assorti à des escarpins dangereusement pointus. Ses cheveux étaient relevés en un élégant chignon, mais ce furent ses lèvres rouges et le bleu glacier de ses yeux qui m'envoyèrent les premiers signaux Le second, je l'aperçus chez James. Appuyé au montant de la porte entre la cuisine et la salle à manger, il portait un costume sortit tout droit du magazine GQ, mais tout froissé, avec la cravate dénouée et la chemise à moitié sortie du pantalon. Une main sur son col, il cherchait à le desserrer d'un geste nerveux. Puis, le troisième signal me vint de ma mère. S'arrêtant net en me voyant, elle tendit un bras dans ma direction et déclara :

– Et, la source du problème, la voici, justement.

Là, ça ne rigolait plus.

Mason, tapi au fond de la cuisine, se leva et vint me prendre la main pour m'amener devant les autres, tandis que Logan, d'un bond, sautait sur la table. Il m'envoya un sourire, plus pour me rassurer que pour autre chose, et posa les pieds sur la chaise face à lui. Puis il s'allonge et croisa les bras derrière la tête, en observant ceux qui l'entouraient.

C'était le quatrième signal.

Logan était en alerte. Logan n'était jamais en alerte, d'habitude.

Le tout dernier signal me fut envoyé par Mason, quand je lui touchai le bras. Aussi rigide que du béton.

Lui et son frère étaient à cran. Ce que je n'avais pas remarqué tout de suite en entrant.

Je frémis malgré moi. Tout ça allait très mal se terminer.

– Où étais-tu, Samantha ? me lança ma mère.

Les mains sur les hanches, elle me fixait, vibrante de rage.

Non, elle n'allait pas me faire peur. Elle avait beau essayer de m'impressionner, elle ne me ferait pas peur. Je n'avais plus onze ans. Haussant les épaules, je me rapprochai encore de Mason. Son bras se glissa autour de ma taille et il m'attira tout contre lui.

– Réponds-moi.

– Pourquoi ? demanda Logan, en se redressant pour s'asseoir sur la table.

Les coudes sur les genoux, à présent, il semblait prêt au combat.

– Comment, « pourquoi » ? s'indigna-t-elle. C'est ma fille.

– Vous en êtes sûre ? Car, le moins qu'on puisse dire, c'est que vous ne la traitez pas comme votre fille.

– Logan, murmura son père. Arrête.

– Pourquoi ?

Même question, même réponse. S'il cherchait la bagarre, il allait l'avoir.

Ann-Lise poussa un grognement animal.

– Tu n'es pas chez toi, lui répondit James. Puis il se tourna vers Mason, qui continuait à me serrer contre lui.

Je m'appuyai plus encore sur lui, reconnaissante du rocher qu'il m'offrait en sa personne.

Helen se racla la gorge et croisa les bras.

– Bon, on n'est plus au théâtre, dit-elle en fixant son ex-mari d'un regard dur. Maintenant que la fille prodigue est revenue, j'aimerais poursuivre notre discussion quant à savoir pourquoi mes fils, et non pas *sa* fille, se sont fait chasser de chez toi.

Anne-Lise montra les dents, un geste tellement éloigné de la mondaine qu'elle cherchait à devenir depuis notre installation au manoir des Kade. Elle avait l'air d'un animal en cage, et c'était ça, en fait. Ma mère s'était fait repousser dans un coin par Helen.

On attendait tous sa réaction.

– Parce que, répondit platement James.

– Parce que… quoi ? Serais-tu en train de jouer avec moi, James ? Nos fils ont choisi de rester ici à cause du lycée. Ils ne voulaient pas vivre à Los Angeles, et tu as reconnu avec eux que c'était la meilleure option. Une petite ville leur offrait un meilleur environnement. Et puis, j'ai appris par ma sœur que tu les avais chassés de chez toi ? Mason habite avec ce fils Monson…

Logan sourit.

– Ne commence pas, maman, la prévint Mason.

– … et j'espère bien que Logan est avec lui depuis lors, car je ne l'ai pas vu chez moi.

– Je te l'ai envoyé, précisa James.

– Une journée ! s'exclama-t-elle, les mains au ciel. Je l'ai eu une journée puis il est reparti avec Charlie et Matt. Ils ont dit qu'ils se rendaient au manoir de Nate Monson. Je pensais qu'ils parlaient de Calabasas. Je n'imaginais pas qu'ils venaient ici. Je n'ai pas été prévenue que Nate était de retour chez lui.

Se tournant vers Mason, elle ajouta :

– Tu aurais pu me le dire.

Il ne répondit rien. Il semblait attendre le bon moment.

Ce n'était donc que le début.

Se desserrant à nouveau le col, James reprit :

– Eh bien, quoi qu'il en soit, les choses ont un peu changé dans cette maison. J'ai dit à Mason et à Logan que, s'ils n'étaient pas d'accord avec ma proposition, ils devraient partir vivre avec leur mère.

Logan était censé être avec toi depuis le début, mais Mason est adulte. Je ne peux l'obliger en rien.

– Tu n'as jamais pu, fit-elle, dédaigneuse.

– Dis-lui, maman !

– Tais-toi, Logan.

– Bon, c'était juste pour dire.

Un autre soupir émergea de la gorge de James tandis qu'il se glissait les mains dans les poches. Les épaules tassées, il déclara :

– Je comprends ta contrariété. J'aurais dû davantage éclaircir les choses avec toi…

Ann-Lise s'étrangla.

Il se figea une nanoseconde puis poursuivit :

– … mais Ann-Lise et moi avons pris une décision ensemble.

Le regard plein de dérision, Helen se tourna vers ma mère en répliquant :

– Et je suis tout à fait prête à croire que cette décision a été prise d'après ses souhaits et non les tiens.

– Vous, ne commencez pas ! glapit Ann-Lise. Ce n'est plus votre famille…

– Si, c'est ma famille ! Ce sont mes fils, et vous les jetez de cette maison comme des ordures.

Menaçante, elle s'avança vers Ann-Lise. Ce n'était plus un froid jugement qu'on lisait dans ses yeux mais de la fureur.

James passait son regard de l'une à l'autre d'un air plus qu'inquiet.

– Des ordures ? répéta Ann-Lise en avançant elle aussi d'un pas. C'est votre fils qui a traité ma fille comme de l'ordure. Ça le démangeait, alors il a utilisé Samantha pour se gratter. Elle était vulnérable. Elle venait de se faire larguer par son petit copain, et ses amies venaient de lui tourner le dos…

– C'est archi faux ! s'écria Logan en sautant de la table.

Il s'avança vers elle, mais Mason l'empêcha d'aller plus loin. Comme Logan voulait le repousser, il lui colla un bras sur la poitrine et le força à reculer contre le mur. Refusant de voir ça, je m'écartai et cherchai appui sur la table. Mon cœur battait la chamade. C'en était trop pour moi. Je m'effondrai sur une chaise et me plaquai les mains sur les tempes.

La migraine venait de me tomber dessus.

– Samantha a été bien trop gentille avec lui, continua Ann-Lise, et il n'a fait qu'empirer les choses. Ils lui ont fait croire qu'elle comptait pour eux, qu'ils allaient la protéger. C'est ma fille. C'est ma famille…

– C'est bon, Ann-Lise, arrête, lui dit James en la prenant par le bras. Mason ne s'est pas servi de Samantha, tu le sais très bien. Il l'aime et…

– Tu es complètement aveugle quand il s'agit de tes fils, James ! Ils sont mauvais. Tu ne sais pas ce qu'ils m'ont fait et, maintenant, ils m'ont pris ma fille. C'est la goutte qui a fait déborder le vase. Je ne perdrai pas ma fille. Personne ne me l'enlèvera.

Helen partit d'un rire sec et cruel, qui força ma mère à se taire.

– C'est tellement ridicule, voyons. Quelle comédie ! Mes fils vous ont pris votre fille ? C'est pour ça que vous avez empêché Garrett de la voir ? Vous aviez sans doute peur que, là aussi, ça donne lieu à une relation inappropriée ?

Là, je crus défaillir.

Helen poursuivit sa diatribe, comme si c'était jouissif pour elle.

– C'est franchement risible ! Vous êtes cinglée. Tu as le don de les choisir, James. Moi qui pensais que tu avais trouvé la perle avec ta quatrième maîtresse. C'était ta secrétaire ? Non, c'est vrai, ton assistante. Et elle me haïssait. Je le voyais bien. Mais, celle-ci. Celle-ci, c'est le pompon.

Garrett s'était vu interdire le manoir, lui aussi ? Je me levai pour…

– Taisez-vous, espèce de garce ! glapit ma mère.

Helen la ferma – juste une seconde – mais ses yeux luisaient de colère.

– C'est moi, la garce ?! Regardez ce que vous avez fait à ma famille. Vous avez osé mettre mes fils dehors. Comment avez-vous pu ?! Et toi, James, comment as-tu pu la laisser faire ? Quand il s'agit de mes enfants, tu es prié de m'inclure dans la boucle. Cette relation entre nos enfants en fait une affaire de famille. Tu aurais dû m'en parler et me demander mon avis. J'ignorais le degré d'intimité qu'il y avait entre eux, et…

– Mais, tu plaisantes ? reprit James avec un rire indigné.

Faisant passer Ann-Lise derrière lui, il fit face à son ex-épouse.

– Voyons, Helen. Tu ignorais le degré d'intimité qu'il y avait entre eux ? Comment peux-tu dire ça ? Tu les as surpris ensemble… alors qu'ils étaient sous ta surveillance. Il était à l'hôtel avec toi.

– Pas dans ma chambre. Il avait la sienne. Je ne…

– Et tu l'as laissé avoir sa propre chambre. Tu sais ce que font nos fils. Ils couchent, ils boivent, ils se bagarrent… Combien de fois as-tu payé des officiels pour qu'ils se taisent ? Moi, je l'ai fait des dizaines de fois. Je sais que tu t'es sali les mains à plusieurs reprises. Souvent. Tu ne peux pas prétendre que Mason est le petit innocent de la famille.

– Je n'ai jamais prétendu ça, riposta-t-elle. Je n'ai jamais dit que Mason et Logan étaient d'innocents petits garçons, mais ce sont mes enfants. Tu n'as pas le droit de les chasser de la maison.

– Je n'ai rien fait de tel. J'ai dit qu'ils ne pouvaient plus habiter ici s'ils ne se soumettaient pas à mes souhaits, et il est raisonnable de vouloir que mon fils n'ait pas de rapports sexuels avec sa future demi-sœur, cela sous mon propre toit.

– Ton toit ? ironisa Helen. C'est la maison de mon père, tu sembles l'oublier.

– J'ai obtenu cette maison dans le règlement de divorce. C'est ma maison. N'oublie pas cela non plus !

Croisant à nouveau les bras, elle repartit :

– Ça ne change rien au fait que tu as chassé nos fils de la maison, quelle que soit la raison ou la durée de cet *exil*. Tu as mis dehors nos deux fils. Seul l'un d'entre eux couche avec cette fille.

– Tu ne voulais pas de Logan avec toi ?

– Bien sûr que si, mais on ne m'a pas donné la chance de m'assurer qu'il vienne. Il s'est pointé un jour, il est resté une journée, pour partir ensuite avec ses cousins. Je pensais que mon fils voulait me voir, et j'anticipais avec joie ces quelques moments avec lui. J'ignorais qu'il était censé rester là durant toutes les vacances.

– Il ne pouvait pas rester ici. Pas tant qu'il soutenait leur relation.

– Alors, chasse-la, elle ! s'écria Helen.

Elle avait perdu tout flegme, à présent, ainsi que toute élégance. Sa fureur l'emportait sur tout, et la colère lui échauffait les sens.

– C'est ma fille ! lui rappela soudain Ann-Lise.

Elle s'avança vers Helen mais James lui barra le chemin en la collant contre l'évier.

– Et c'est ma maison, maintenant, continua-t-elle. Ce sera mon mari, aussi. Ma fille restera ici, chez nous. Elle ne peut aller nulle part ailleurs.

– Vous plaisantez ? s'indigna Helen en jetant la tête en arrière.

James ferma les yeux. Mais, quand Ann-Lise, plus enragée que jamais, se jeta en avant, il la bloqua de tout son corps. Elle tenta de se dégager de côté et hurla :

– Sortez de cette maison ! Sortez immédiatement !

– Certainement pas, rétorqua Helen. Garrett m'a parlé de votre bref petit divorce mais, pour autant que mon détective privé le sache, vous n'êtes pas encore marié à mon ex-époux. Donc, non, ce n'est pas votre maison. Vous n'avez pas le droit non plus de me jeter dehors, même si cela ne me surprendrait pas. N'est-ce pas ce que vous faites ? Jeter les gens dehors quand ils ne sont pas d'accord avec vous et vous traitent de folle ? N'est-ce pas pour ça que vous avez chassé mes fils ou que votre propre fille ne vit plus ici ?

Un silence de plomb s'installa.

David et Ann-Lise étaient divorcés. C'était définitif.

Non, je songerais à ça plus tard.

Helen émit un petit hennissement cruel quand elle reprit :

– Je n'arrive pas à croire à votre manque de méfiance. Vous n'imaginiez pas que je viendrais jusqu'ici connaissant les faits ? Vous ne savez donc pas qui je suis ? Vous allez être la belle-mère de mes enfants. Vous feriez mieux de vous ressaisir, ma jolie, parce que, si vous touchez à un cheveu de mes fils, je vous colle un procès aux fesses. Et, d'après ce que je me suis laissé dire, vous n'aurez aucune chance de le gagner parce que vous êtes complètement folle, Ann-Lise !

– Taisez-vous…

Mais Ann-Lise avait pâli et les mots qui sortirent de ses lèvres serrées ne furent qu'un murmure.

– Mais, bien sûr, chérie, lâcha Helen qui avait retrouvé tout contrôle d'elle-même.

Elle se tenait droite comme un I, le menton haut, les mâchoires serrées, et les épaules carrées afin que son tailleur tienne bien en place. Il n'y avait pas un pli. La reine des glaces en personne.

– Vous n'imaginiez pas que je puisse apprendre comment vous avez empêché Garrett de voir sa fille ? Que, s'il tentait d'entrer en contact avec elle, vous l'emmèneriez et disparaîtriez avec elle afin qu'on ne la retrouve jamais ?

Son regard passa d'Ann-Lise à James.

– Je ne crois pas que cette menace ait beaucoup de valeur, mais elle lui a fait une peur terrible. Ou, peut-être y avait-il une autre raison pour que Garrett craigne tant pour sa fille. Dites-moi, *Lise*, avez-vous déjà fait du mal à quelqu'un ?

Un horrible sentiment de malaise s'installa parmi nous tandis qu'Helen poursuivait, mais d'une voix qui me parut étrangement lointaine :

– Ce n'est pas comme si vous aviez tenté de vous tuer vous-même. Ce n'est pas comme si, une semaine plus tard, votre fille était hospitalisée avec des traces de coups sur le corps ? Vous n'avez pas fait ça, n'est-ce pas ? Mon détective privé est sûr, lui, que vous l'avez fait, mais il n'y a aucun indice à charge, et votre fille était trop effrayée pour parler.

Elle poursuivit sa litanie, comme dans un cauchemar.

– Où était votre mari, alors ?

– Arrête, Helen.

Elle ignora James. Elle ne faisait que commencer.

– Il vous avait abandonnée, mais il était revenu, n'est-ce pas ? Ce n'était pas sa vraie fille. Il n'avait aucun moyen de la protéger, alors il s'était remis avec vous. Et, la façon dont vous l'avez trompé plus tard, en voyant d'autres hommes et en attirant James dans vos filets… je devrais prendre des leçons avec vous. Non, en fait, car vous êtes folle. Votre propre fille ne peut plus rester dans la même pièce que vous. Je sais que vous avez recommencé à la frapper. Vous l'avez giflée deux fois, il y a quatre mois. Vous l'avez refait, depuis ?

Livide, ma mère s'accrochait désespérément à James. Qui lança à son ex-épouse, avec autorité, cette fois :

– Ça suffit, Helen !

Ce qui eut son effet.

– Dis-moi, Mason, demanda-t-elle alors en se tournant vers son fils, si tu tiens autant à elle, tu ne veux tout de même pas que l'homme qui l'a élevée ait l'interdiction de lui parler avant ses dix-huit ans ? À ta place, j'aurais cherché de ce côté-là. Il a été payé pour rester à l'écart de sa fille, alors qu'elle n'est même pas de lui. Il attend son heure, il attend de pouvoir lui parler autant qu'il le voudra. Il ne lui reste plus qu'une semaine et demie, pour ça. Quant à Garrett, qui sait de quoi elle l'a réellement menacé avantqu'il retourne à Boston ?

Garrett était à Boston ?

Ann-Lise éclata de rire.

– Il vous a quittée, si je comprends bien ?

Helen pivota sur ses talons, le regard brillant de colère.

– Vous ne savez rien de ça…

– Mais, si, insista-t-elle en semblant s'être ressaisie. Il vous a quittée une semaine après votre dernière rencontre. Et je sais pourquoi.

Elle gloussa d'une façon presque irréelle.

Je redoutai le pire.

– Il est retourné auprès de sa femme. Je le sais. Il m'a dit qu'il revenait vers elle. Dommage, Helen. Vous n'avez pas su le retenir, et c'était votre seul moyen de vous venger de moi. Mais c'est moi qui ai la vie que vous vouliez. J'ai l'homme que vous aimiez. J'ai la maison, avec votre mari et vos enfants. Et j'ai encore sur Garrett un pouvoir que vous n'aurez jamais. J'ai sa fille et, tant que je l'aurai, il ne me quittera jamais… comme il vous a quittée, vous.

En trois pas, Helen traversa la distance qui les séparait, se planta devant ma mère et la gifla. Ça se passa avant qu'aucun de nous n'ait eu le réflexe de réagir, et le claquement résonna sèchement dans la pièce.

Ce qui me fit sursauter.

– Espèce de putain !

– Maman ! cria Mason en se précipitant sur elle.

Il l'écarta alors que, déjà, elle s'apprêtait à gifler ma mère une seconde fois.

James dut s'accrocher pour retenir Ann-Lise tandis qu'elle se tassait contre lui pour éviter la main d'Helen. Elle resta ainsi tapie durant une seconde, puis plongea en avant. Prisonnière des bras de James, elle tenta de se dégager en raclant ses ongles sur son dos, mais rien n'y fit.

– Ann-Lise, arrête ! lui hurla-t-il.

Logan se rua en avant et saisit les bras de ma mère pour les lever au-dessus de sa tête et l'empêcher de se débattre. Pendant que James la retenait par la taille, Ann-Lise continua de s'agiter comme une furie. Son corps entier convulsait, à présent, tant elle désespérait de se libérer.

CHAPITRE 23

– Maman doit rester combien de temps à l'hôpital ?

C'était peut-être la troisième fois que je posais la question à papa. Le temps me semblait si long depuis qu'elle était là-bas. Il me répondait toujours la même chose… encore un jour, mais ça n'en finissait pas. Deux jours entiers étaient passés depuis qu'il était venu me chercher chez Jessica.

– Elle rentre ce week-end, ma puce.

– Vraiment ?

– Vraiment.

Il me fit un sourire et se pencha vers moi pour me dire :

– Samantha, je voudrais te parler de la nuit où tu as trouvé ta maman dans la salle de bains.

– Oui… ?

Je savais qu'il allait me proposer ça. La voix de papa n'était plus la même quand il avait quelque chose d'important à me dire. Mais je me détournai.

Je ne voulais pas parler de cette nuit. Maman allait mieux. Papa était rentré. Tout allait bien. Je le savais. Et moi j'allais bien.

– Oui, ma chérie.

Il se racla la gorge et remonta ses manches au-dessus des coudes.

– Voilà, Jolene m'a appelé de l'hôpital quand elle est passée te chercher. C'était bien de sa part, non ? Je suis content qu'ils aient trouvé aussi vite une assistante pour te garder. Tu as été gentille avec elle ? Elle n'a pas eu besoin d'aller jusqu'à l'hôpital pour te prendre. C'était sympathique de sa part, dis-moi ?

– Oui.

Son sourire se détendit et il poussa un soupir.

– Très bien. Euh... est-ce que tu as des questions au sujet de ta maman ?

– Elle revient ce week-end ?

Il hocha la tête. Sans rien dire.

Non, ça n'allait pas bien. Quand il se leva et retourna dans son bureau, je sus que les choses n'allaient pas bien. J'avais onze ans, pas quatre. Mais ma maman rentrait à la maison. Elle allait tout arranger. Il le fallait, je ne voulais pas rester encore chez Jessica. Sa mère n'était pas gentille.

– Sam !

Je posai sur Mason un regard ahuri quand il me toucha le bras.

– Ça va ?

Il gardait un bras autour d'Helen, mais elle s'était calmée et s'appuyait maintenant contre le mur. Les yeux fermés, elle semblait épuisée. Des mèches s'échappaient de son chignon et lui retombaient sur la nuque, mais elle s'en moquait.

– Euh… fis-je en tentant de reprendre mes esprits.

– Logan ! cria ma mère.

Elle essayait de le repousser tandis qu'il continuait de l'empêcher de bouger. James, lui, gardait la tête de côté pour ne plus se faire agresser. Il avait une éraflure sur la joue, qui saignait un peu.

– Lâchez-moi, tous les deux !

De nouveau, elle plongea pour se dégager. Surpris, James fit un bond en arrière tandis qu'elle tombait en avant. Elle s'effondra par terre mais, d'une violente claque sur le sol, se releva presque aussi vite. Le regard sauvage, les cheveux en bataille, elle découvrit sa robe déchirée, qui laissait entrevoir un bustier couleur chair. D'un geste rageur, elle tenta de s'en débarrasser en tirant dessus, mais je m'interposai.

Surprise, elle posa sur moi des yeux exorbités.

– Arrête.

Elle m'obéit.

Comme je m'approchais, Mason murmura derrière moi :

– Sam…

Je ne répondis pas. Il ne s'écarta pas mais ne m'arrêta pas non plus. James intervint alors :

– Je ne crois pas que ce soit la meilleure…

– Ferme-la, papa !

Je sentis un mouvement derrière moi, mais je ne pouvais que regarder ma mère. Elle était seule, maintenant, et sa main commençait à trembler.

– Samantha…

– J'ai dit, arrête !

Elle ferma la bouche mais resta bien droite. Ses yeux semblaient moins sauvages, cependant elle était toujours aussi folle. Je le voyais bien.

Mais ça ne me faisait plus rien.

– Tu me les as enlevés.

Elle grimaça, comme si je l'avais giflée.

– Ma puce…

Je levai une main et elle n'insista pas. Je secouai la tête. J'avais envie de vomir, mais je ne pouvais pas m'occuper de mon estomac pour l'instant. Elle me rendait malade. Jamais je me débarrassais de cette sale impression. La gorge sèche, je lui dis :

– Tu as éloigné David de moi.

Nouvelle grimace. Sa tête tourna de côté comme si je l'avais réellement giflée.

– Tu as menacé Garrett de ne plus me voir.

Pas de réponse.

– C'est vrai ou pas ?

Elle se mordit la lèvre, laissa échapper un sanglot puis hocha la tête.

Sa trahison me tordait le ventre. J'aurais préféré qu'elle me poignarde. Ç'aurait été moins pénible. Quand cesserait-elle de me faire du mal ?

J'insistai en lui murmurant :

– Toute ma vie, tu m'as empêchée de le voir.

– Sam… s'étrangla-t-elle.

– Fermez-la, espèce de mégère ! s'exclama Logan en surgissant à mes côtés. Laissez-la parler.

Mason s'approcha aussi. Il ne me toucha pas, comme je m'y attendais, mais resta à mes côtés. Au cas où je tomberais…

– Tu m'as enlevé ma petite sœur ?

Helen disait qu'Ann-Lise avait tenté de se tuer, mais ce n'était pas vrai. C'était le mensonge inventé pour cacher son crime. Elle avait commis un meurtre.

– Oh, mon Dieu… pleurnichait-elle, à présent.

Son visage se rabougrit et elle se laissa glisser par terre. Une main tenta de la retenir mais ça ne l'aida pas. Elle finit par s'effondrer avant de se rouler en boule sur le carrelage.

– Ou alors, c'est un petit frère que j'avais ?

Cette question sortit de ma bouche malgré moi.

Ann-Lise sanglotait, ça sortait du plus profond de son corps mais je m'en moquais. Je m'agenouillai près de son visage mais elle gardait la tête contre ses genoux repliés. Des larmes et du sang luisaient sur sa peau. Je me fichais de savoir d'où il venait. Je me fichais tout autant de la voir pleurer.

Je lui soufflai à l'oreille :

– Dis-moi, j'avais un petit frère ou une petite sœur ?

C'était important pour moi. Je devais savoir. Je ne lui avais jamais demandé. J'avais eu trop peur pendant trop longtemps. Et puis, j'avais oublié.

– Maman !

– Les deux ! s'écria-t-elle d'une voix étouffée.

Sous le choc, je tombai à la renverse. Les deux ? Elle allait avoir des jumeaux ?

Entre deux sanglots, elle articula :

– Les deux, oui ! J'attendais des jumeaux. C'est pour ça que j'avais perdu tant de sang. C'est pour ça que j'ai failli mourir. Je voulais mourir. Je voulais mourir…

J'étais absolument dégoûtée.

Mason m'aida à me relever et me garda contre lui. Mais je n'étais pas prête à partir. Pas encore.

– Pauvre salope, murmurai-je.

Le corps un instant secoué de soubresauts, elle ne leva pas les yeux vers moi. Elle demeura roulée en boule et continua de pleurer.

Personne ne voulait l'aider.

Quant à moi, je n'arrivais pas à détourner mon regard. La grande et puissante Ann-Lise était à mes pieds, littéralement. Après avoir eu si peur d'elle pendant tant d'années, lui en avoir voulu de se montrer aussi égoïste, je me souvenais aujourd'hui de tellement plus. Elle ne changerait jamais. Elle n'avait jamais été une mère pour moi. Elle ne le serait jamais.

Tant de questions me tournoyaient dans la tête. Combien avait-elle payé David pour rester éloigné de moi ? Plus exactement, combien James avait-il payé ? Ma mère n'avait pas d'argent. Elle n'avait rien, que James et moi… mais, non, elle ne m'avait plus. En revanche, elle m'avait pris mon petit frère et ma petite sœur. Le cœur sur les lèvres, je me retins de vomir. Je ne voulais pas qu'elle me voie dans cet état à cause d'elle.

– Allez, viens, me souffla Mason à l'oreille.

Une main enroulée sur la mienne, il chercha à m'entraîner.

Mais je ne pouvais pas bouger. Ça m'était impossible.

Alors, il me prit dans ses bras et me porta jusqu'à sa voiture, m'installa sur le siège avant et se chargea même de boucler ma ceinture. Je me laissai faire. Je me sentais complètement vidée. J'étais atteinte au plus profond de moi-même. Comment pouvait-on accepter de m'approcher ? J'étais la fille de ma mère.

Je regardai Mason faire le tour de l'Escalade pour venir s'installer au volant. Il semblait tendu. Le Mason que je connaissais serait rentré dans la maison et aurait provoqué un scandale. Mais celui-ci ne fit rien. Il était avec moi. Il s'occupait de moi, il était la forteresse qui me protégeait.

Il ferait un scandale une autre fois.

Constatant mon petit air amusé, en prenant place à côté de moi, il me demanda :

– En quel honneur, ce sourire ?

Une pièce trouva sa place dans le puzzle de mon esprit. C'était une question simple mais sincère.

J'entendais son inquiétude. J'entendais son amour. Et, parce que cet amour était inconditionnel, il parvint à guérir quelque chose en moi. Je savais que ce n'était pas fini pour autant, mais c'était déjà beaucoup pour l'instant.

Je posai une main sur la sienne. À ce contact, une autre pièce se posa. Avec un soupir, je la serrai entre mes doigts, et j'eus soudain les yeux noyés de larmes. Je ne voyais plus rien lorsqu'on prit la route. L'émotion qui me nouait la gorge m'empêchait de parler. Je me contentai de m'accrocher à la main de Mason.

On roula pendant un bon moment. Il s'arrêta pour grignoter un morceau, et il me proposa même un café. Que j'acceptai avec plaisir. Comme je le sirotais, la chaleur du liquide me fit du bien à l'estomac. Alors seulement, je remarquai qu'il avait éteint son téléphone, posé entre nous deux sur le tableau de bord. Il ne clignotait pas. Ça, c'était Mason. S'il l'avait laissé allumé, il aurait reçu des dizaines d'appels ou de messages… et ce n'était pas ce qu'il voulait pour le moment. Alors, je pensai au mien. Je jetai un rapide coup d'œil sur l'écran. On approchait de minuit.

Et quelle nuit ! Le cauchemar. L'enfer.

Soudain, je demandai à Mason :

– Où est-ce qu'on va ?

– Nulle part. On roule, c'est tout. Tu voudrais aller où ?

Je me calai dans mon siège. Je me sentais bien… seule avec lui, au beau milieu de la nuit. Il commençait à pleuvoir, mais on était bien, à l'abri. On aurait pu rouler la nuit entière, ça m'était égal.

– Où tu veux, m'entendis-je murmurer.

– Tu travailles, demain ?

– Non, c'était mon dernier soir avant que l'école reprenne. Et j'ai entraînement avec le coach Grath.

– Appelle-le. Dis-lui que tu courras toute seule.

– Pourquoi ?

– On retourne à l'appartement de Los Angeles. Ma mère ne cherchera même pas à vérifier.

– Comment tu le sais ?

– Il faudrait qu'elle appelle la réception, qu'elle demande si on est là. Je ne crois pas… De toute façon, elle finit toujours par découvrir ce qu'elle a envie de savoir. Si elle sait quoi chercher, elle le trouvera. Si elle ne sait pas, elle ne trouvera rien… et n'en saura rien, donc.

– Quelqu'un lui a parlé de vous ?

– Oui, ma tante. J'imagine qu'un de mes cousins a fait la gaffe. James, par exemple, il est un peu con, parfois. Il a dû lâcher quelque chose sans même y penser.

– Et ta mère est arrivée illico ?

Il grimaça. Les lumières de la route éclairaient son visage par à-coups, y projetant des ombres qui s'évanouissaient avant de reparaître. On aurait dit un ange noir.

– Oui, répondit-il. Elle est arrivée dès qu'elle l'a su. Elle en avait après mon père bien avant qu'on arrive. C'est nous qu'elle a appelés, pas lui. Je crois que papa ne voulait pas nous impliquer.

– Ou impliquer ma mère ?

– Elle non plus. Mais je ne crois pas que maman savait que ta mère était une telle harpie.

Un petit rire lui échappa quand il enchaîna :

– Helen aime rester cool, calme et elle-même. Mais ta mère a su casser tout ça, ce soir.

Je me rappelai l'expression qu'elle avait eue en la découvrant ainsi.

– Je ne crois pas qu'elle ait réalisé à quel point ma mère est folle.

– Si ta mère est folle, la mienne est aussi fourbe qu'impitoyable.

– Ann-Lise aussi.

– Oui, mais d'une façon différente.

– Comment ça ?

– Ta mère est violente. Elle essaie de se retenir mais elle en est incapable. C'est un franc-tireur. Maman n'est pas violente. Elle n'a jamais fait ce qu'a fait la tienne. Je ne suis pas stupide, Sam. J'ai entendu ma mère et, si un détective pense que tu as été frappée par ta propre mère, je le crois. Tu ne l'as jamais dit, mais tu as peur d'elle. Tu n'avais pas si peur d'elle, avant, mais il s'est passé quelque chose et, maintenant, tu n'es pas loin de faire dans ta culotte quand tu l'approches.

Faire dans ma culotte ? Je ne croyais pas que ça m'était arrivé…

– J'ignore ce qui s'est passé un jour entre toi et elle. Tout ce que je sais, c'est qu'il y a eu quelque chose et que ce n'était pas réjouissant. Je me retenais parce que ta mère partait déjà en live, comme la mienne, et que tu avais besoin de moi pour te soutenir, mais je voulais…

Les doigts crispés sur le volant, il hésita puis enchaîna :

– Si j'ai l'occasion de blesser ta mère sans que ça retombe sur toi, je n'hésite pas. Je ne porterai pas la main sur elle, mais elle t'a fait du mal. Personne ne doit te faire du mal, Sam. Je n'accepte pas.

Je lâchai un lourd soupir. Un trou noir s'était ouvert en moi et, comme je commençai à en formuler les mots, ce trou se mit à grossir. Mais je devais le dire. Je devais en parler à quelqu'un. Je devais le sortir de moi-même.

Mason s'était tu. Le silence de la voiture me rassurait, quelque part. C'était le bon endroit pour parler de ce trou noir qui me préoccupait. Alors, je me lançai :

– J'avais onze ans et je devais aller aux toilettes, mais j'avais peur. Je ne voulais pas la réveiller, et je ne voulais pas non plus faire dans mon pyjama. Elle serait tellement furieuse, si je faisais une chose pareille. Ça m'était arrivé, une fois. Elle m'avait giflée avec une telle violence, alors.

Ma tête avait heurté une table, ce soir-là. Ann-Lise avait raconté à David que j'avais encore eu la mauvaise idée de faire du patin à roulettes dans la maison. La douleur aurait dû être insupportable, avec cette gifle, mais, non. D'après mon souvenir, j'en étais restée hébétée.

– Quand je suis entrée dans la salle de bains, je l'ai trouvée à l'intérieur. Je ne savais pas ce qui lui arrivait.

Je regardai par la fenêtre mais ne vis aucune lumière, ni mon reflet. Je vis ma mère.

– Il y avait tant de sang. Elle portait une chemise de nuit, et du sang lui coulait entre les jambes. Sa chemise et le sol autour d'elle en étaient trempés.

Je fermais les yeux, mais l'image ne disparut pas. Bien au contraire, elle devenait encore plus frappante.

– J'ai essayé de lui dire quelque chose, mais elle n'a pas répondu. Alors, je suis allée chercher David. Je crois que c'était la première fois qu'il la laissait. Je ne le savais pas, à l'époque, mais je l'ai compris plus tard. Il y avait une valise sur le sol de leur chambre, et ses habits étaient éparpillés tout autour. Je crois… je crois qu'ils s'étaient disputés. Peut-être qu'il avait essayé de faire ses bagages mais qu'elle l'en avait empêché. Tout ce que je sais, c'est qu'il n'était pas là. Personne n'a réussi à le localiser pendant trois jours.

J'étais restée chez Jessica pendant les deux jours qui avaient suivi, et, la première nuit, je l'avais passée à l'hôpital.

– J'ai appelé le 911, et les ambulanciers sont arrivés très vite. J'étais avec elle, là-haut, pendant qu'ils sonnaient en bas. Mais je n'ai rien entendu. La standardiste du 911 m'a rappelée pour me prévenir qu'ils attendaient devant l'entrée. Je me sentais si mal que je les ai fait patienter dehors. Il faisait froid, cette nuit-là, ou peut-être pas… Je ne sais plus. Moi, j'avais froid. Mais ils l'ont chargée sur le brancard et l'ont emmenée. C'est arrivé si vite. Je pense qu'ils ont pris sa tension et tout le reste, je ne sais pas…

Je m'arrêtai. Je n'arrivais pas à expliquer comment ça s'était passé dans l'ambulance. Il faisait froid et j'étais seule. J'étais terrifiée. Elle n'avait pas prononcé un seul mot de tout le trajet. Ses yeux ne s'étaient pas ouverts une seule fois, ses mains n'avaient même pas bougé. L'infirmier lui avait levé un bras, un moment, pour prendre son pouls et, quand il l'avait lâché, il était retombé dans un bruit mat. Comme si ma mère était morte.

– Et, alors, Sam ?

D'autres larmes me montèrent aux yeux. J'eus beau les ignorer, elles me coulèrent le long des joues. Mais je poursuivis :

– Ils m'ont demandé où était mon père, mais je n'ai pas su leur dire. Je n'en avais pas la moindre idée. Je ne sais pas comment ils l'ont retrouvé.

La mère de Jessica est venue. Je crois que maman avait mis leur nom sur le formulaire d'admission. Je suis donc restée avec Jessica jusqu'à ce que David déboule enfin. Mais, en arrivant, il n'a pas voulu en parler.

Je marquai une pause. C'était maintenant la partie la pire.

– Ils ont dit à David qu'elle avait tenté de se suicider, ou alors que c'était un mensonge de sa part. Mais, je me rappelais avoir vu un cintre en métal à côté d'elle, dans la salle de bains. Un des ambulanciers l'a fait glisser d'un coup de pied sous un petit meuble. Quand David m'a ramenée à la maison, je l'ai récupéré et nettoyé. Puis j'ai tout jeté à la poubelle. Je ne sais pas pourquoi j'ai fait ça. Je ne voulais que les gens apprennent ce qu'elle avait fait. Mais je me suis dit, ensuite, que peut-être David le savait, que tout le monde le savait, pour finir. Mais je voulais la protéger. Je ne sais plus pourquoi, d'ailleurs.

J'avais onze ans. Je n'aurais pas dû avoir de telles pensées, à cet âge.

Je ne voulais pas que David le découvre parce que je craignais qu'il décide de repartir. Je n'aurais pas supporté de me retrouver seule avec ma mère. Elle serait devenue folle. Ce qui avait malgré tout fini par lui arriver. Plus tard…

– Sam ?

Impossible, cependant, de lui dire ce qui s'était passé ensuite. C'était trop pénible.

– Je… je ne peux pas, Mason.

– C'est bon, dit-il en me prenant la main.

Il y déposa un baiser et la garda sur son genou. Ce qui me fit du bien. Il était chaud. Il était rassurant. Il était fort. Je respirais un peu mieux. J'avais besoin de son contact. J'avais besoin de me rappeler que tout irait bien maintenant. J'allais bien, maintenant.

Puis je dis quelque chose dont je ne m'étais jamais souvenue jusque-là.

– Mason ?

– Oui ?

Je me rappelai leurs voix, ce soir-là. Celle de maman et celle de David. Je m'étais accroupie derrière leur porte pour y coller mon oreille. J'avais tellement peur qu'il parte, mais il ne l'avait jamais fait. Je crus comprendre qu'ils avaient une nouvelle dispute. J'espérais qu'il n'allait pas partir pas, mais j'entendis ma mère crier. Et sa réponse à lui.

– Sam ?

– Je ne crois pas que c'étaient les bébés de David.

– Quoi ?

Je me tournai vers lui. Un autre sentiment de dégoût me saisit.

– Ils s'étaient disputés, ce soir-là. Elle voulait des enfants, mais il ne pouvait pas lui en donner. Il lui a dit qu'il ne pouvait pas avoir d'enfant, je m'en souviens, à présent.

Je réalisai subitement ce que ma mère avait fait.

– Elle l'avait trompé, poursuivis-je. Elle était tombée enceinte. Et elle a tué les bébés.

– Parce que ce n'étaient pas ceux de David ? demanda-t-il d'une voix brisée.

– Oui… Cette dispute, c'était avant.

Au bord des sanglots, je précisai :

– Cette dispute, c'était *cette* nuit-là.

CHAPITRE 24

On ne parla plus de nos familles, après ça. La seule question qu'on se posa fut de savoir ce qui allait se passer maintenant. Mason eut l'air de s'en moquer, et on laissa le problème en suspens. Quant à moi, je ne pouvais plus approcher ma mère, je ne le savais que trop. Je savais aussi que Mason et Logan ne rentreraient pas chez eux sans moi. Donc, toutes les questions et les décisions concernant ma mère et son père restèrent sans réponse.

Lorsqu'on arriva à cet appartement incroyable, le portier que je connaissais ne s'y trouvait pas. Mason me dit qu'il ne travaillait pas la nuit, mais un jeune collègue le remplaçait. Après un pourboire rondelet, il accepta de dire qu'on n'était pas là, si jamais quelqu'un appelait.

Arrivé en haut, Mason envoya un SMS à Nate et Logan pour leur dire qu'on serait partis toute la nuit. Il ne leur précisa pas où, mais, les connaissant, je savais qu'ils auraient vite fait de deviner l'endroit. Quand je demandai à Mason ce qu'ils faisaient, il me répondit par un sourire en coin qui en disait long.

Le reste de la nuit se passa entre baisers, caresses et le besoin urgent de fondre nos corps l'un dans l'autre.

J'étais sur le point de m'endormir quand le soleil commença à nous faire des clins d'œil à travers les stores. Mason roula de côté et m'embrassa l'épaule. Un éclair de plaisir me saisit et je souris dans l'oreiller. Je m'enfonçai sous les couvertures et m'assoupis avec sa main sur mon dos.

Lorsque je me réveillai, la pièce était plongée dans l'obscurité. Après une douche, je quittai le refuge de notre chambre, pour me retrouver aveuglée par le soleil. J'avais oublié que les murs de l'appartement étaient constitués d'immenses baies vitrées. Personne ne pouvait nous voir à l'intérieur, mais la lumière y pénétrait de façon violente.

– Tu vas t'habituer, me lança Mason de la cuisine.

Il me sourit tout en mélangeant quelque chose dans la poêle. Seulement vêtu d'un pantalon de jogging qui lui descendait bas sur les hanches, il me parut plus désirable que jamais.

Tout chez lui était parfait.

– J'ai acheté du jus de fruit, me dit-il, un doigt pointé vers le frigo.

– Et, du café ?

En souriant, il me montra un mug sur le comptoir, d'où s'échappait un ruban de vapeur.

– Je me suis dit que tu aimerais ça, aussi.

– Ah, oui ?

En passant derrière pour aller me servir, je laissai traîner le bout de mes doigts sur ses reins.

Aussitôt, il pivota et, avant même que je pose la main sur le mug, il me souleva et me fit asseoir sur le comptoir à côté de lui. Un battement de cœur plus tard, il se retrouva entre mes jambes, sa bouche collée à la mienne.

Un désir, profond et primaire, me submergea, et je me mis à haleter. L'enveloppant de mes bras, je passai mes jambes autour de sa taille et l'étreignis avec force.

Sa langue se glissa entre mes lèvres avant qu'il murmure :

– Jamais je n'en aurai assez. Jamais…

Alors, il m'attira tout contre lui. Déjà, je palpitais de plaisir. Je tentai de me coller à son corps mais sa main m'en empêcha.

Un grognement s'échappa de ma gorge. Je le voulais. Je ne désirai que lui, encore et encore. Puis son doigt me caressa l'entrejambe, se faisant insistant, plus ferme à chaque seconde qui passait et, bientôt, ce furent deux doigts qui se glissèrent en moi. Je tombai à la renverse mais il me saisit sous la taille et m'allongea sur le comptoir jusqu'à ce que je sois étalée, offerte devant lui. Replaçant mes jambes autour de ses hanches, il continua de promener ses doigts en moi.

Je gémis d'un désir brûlant. J'avais besoin de lui. Je ne voulais rien de plus au monde.

Alors que je fermai les yeux, il laissa remonter sa main de mon bas-ventre vers ma taille, puis sur mes seins. Il s'y arrêta et me passa un pouce divin sur le téton, avant de se pencher sur moi et de remplacer son doigt par ses lèvres. Il m'aspira le bout du sein et promena sa langue le long de l'aréole tandis que je m'accrochai comme une folle à ses cheveux.

Il savait exactement ce que j'aimais. Tout en me taquinant le téton de ses dents, il murmura :

– Ouvre les yeux.

J'obéis.

Ses doigts revinrent se promener entre mes jambes, et je me sentis durcir sous ses caresses magiques.

– Mason… lâchai-je dans un souffle rauque.

Il me sourit tandis que sa langue continuait sa ronde autour de mon sein, et que ses doigts m'emmenaient au paradis. Lorsque j'explosai dans sa main, il s'écarta, me fit descendre contre lui pour se glisser enfin en moi sans me laisser reprendre mon souffle.

Mes hanches se mirent à bouger en rythme avec lui, et je me cambrai sous ses coups de boutoir qui se firent de plus en plus intenses. Ses yeux rivés aux miens, ses mains m'emprisonnant les seins, il accéléra la cadence et, au bout de quelques secondes irréelles, on convulsa littéralement ensemble dans la même extase, avant de se laisser retomber, haletants, gémissant, nos cœurs battant à l'unisson.

Quand on eut enfin repris notre souffle, je passai une paume sur ses reins inondés de sueur, et ses lèvres m'effleurèrent le sein avant d'y déposer un tendre baiser

Je fermai les yeux et il commença à m'embrasser sur tout le corps.

On passa le reste de la journée sans quasiment prononcer une parole, sauf lorsque je décidai de laisser un message au coach Grath. Il me répondit un peu plus tard par un texto, où il me rappelait que je devais m'inscrire pour les cours avant lundi.

Après une autre nuit dans l'appartement, notre sanctuaire, on repartit le lendemain matin. C'était le vendredi avant la rentrée, et il me restait trois jours avant de commencer dans un nouveau lycée.

Sur le chemin du retour, je ne cessai de penser à David. Je ne le reverrais plus car il n'enseignait pas à FC Public, et j'ignorais si j'en étais heureuse ou déçue. Il avait été payé pour se tenir éloigné de moi. Quel père pouvait faire une chose pareille ? Mais c'était ça, le problème.

Ce n'était pas mon père.

Ce petit rappel fut pour moi comme un coup de poignard.

– Ça va ? me demanda Mason, vaguement inquiet.

Il me prit la main et je baissai les yeux sur nos doigts entrelacés. On n'avait quasiment pas cessé de se toucher depuis notre arrivée dans l'appartement. Il y avait en permanence un contact entre nous.

– Oui, soupirai-je.

Il fallait que j'aille bien. Pour lui.

Il fit une halte dans une station-service et coupa le moteur.

– Tu as faim ? On peut grignoter ici, ou continuer et s'arrêter un peu plus loin. On arrivera à temps pour le lycée.

– On peut s'arrêter quelque part, répondis-je d'une voix mal assurée.

Il me sourit, me déposa un baiser sur le front et descendit de voiture. Je regardai ma main. Ça me semblait si naturel de tenir la sienne en permanence. Au bout d'un moment, il remonta dans l'Escalade et on repartit sur l'autoroute. Sans un mot, il me prit à nouveau la main.

Les yeux clos, je me laissai aller contre l'appuie-tête. Tout était bien. Je me sentais en paix.

Arrivée au lycée, j'ignorai où je devais aller, quelle direction prendre.

Le bâtiment était énorme et totalement étrange pour moi. Les seules fois où j'étais venue ici, c'était à l'occasion d'un match de foot. Et ça se passait à l'extérieur, jamais dedans. FC Academy ne rencontrait jamais FC Public pour d'autres sports. FCP appartenait d'ailleurs à une ligue d'un niveau compétitif différent et, s'il jouait les autres équipes de foot, c'était uniquement en raison d'accords locaux. Je savais que leur coach respectait beaucoup mon p… David. Ils étaient bons amis, mais, pour le basket ou les autres sports, je n'en savais rien. Je pensais que ça tenait surtout au caractère de David. Il avait des amis dans pas mal d'écoles. Il s'entendait très bien avec le coach de Roussou, par exemple.

J'attendis Mason dans la section d'athlétisme. Les murs étaient ornés d'armoires en verre qui regorgeaient de trophées et de photos d'équipes.

– Samantha ?

Tout s'arrêta.

Saisie d'une émotion quasi irréelle, j'ouvris des yeux ronds de stupeur. Et je cessai de respirer. Avant même de me retourner, je vis son reflet dans la vitre d'une armoire. Je me mis à trembler jusqu'à en perdre l'équilibre.

David me saisit par le bras et m'empêcha de tomber.

– Merci… soufflai-je d'une voix à peine inaudible.

Il portait un jogging de course orné des lettres *FCA* au-dessus du logo de l'Academy. Un sifflet lui pendait au cou, et il tenait à la main une liasse de papiers.

– Qu'est-ce que tu fais là ? demandai-je sur un ton étranglé.

– Oh, euh…

Il m'offrit un regard fatigué et se passa une main sur la joue.

– Réunion de coachs. Elle a eu lieu hier ici au lieu de l'endroit habituel.

– L'endroit habituel ?

– Oui, d'habitude on se réunit autour d'un déjeuner quelque part. Mais Lenny a proposé de faire venir un traiteur ici pour nous. Il avait quelque chose à faire et devait repartir très vite.

Puis, fronçant les sourcils, il ajouta :

– Mais, toi, qu'est-ce que tu fais ici ?

– Je…

Est-ce que je pouvais lui dire ?

Puis, je me souvins qu'il avait été payé pour ne pas me voir. Est-ce qu'il méritait de savoir ? Je n'avais encore réfléchi à rien, mais je m'entendis dire :

– Je me suis inscrite ici pour le prochain semestre.

– Oh ! fit-il en reculant. C'est vrai, tu… ?

Je hochai la tête.

Il balaya le couloir du regard, comme pour se ressaisir. David avait quarante-cinq ans mais, là, il en paraissait cinquante. Ses cheveux ne grisonnaient pas encore, ils étaient toujours du même brun, toujours coiffés de côté, mais il semblait vieux, tout d'un coup. Vieux et défait. Puis il soupira :

– Je vois.

– Qu'est-ce que tu vois ?

L'air déçu, il demanda :

– Ta mère est au courant de tes projets ?

– Je ne crois pas que ma mère ait quelque chose à dire en ce qui concerne ma vie. Elle m'a clairement fait comprendre que son seul souci, c'est elle, et peut-être James. Il lui faut un gars dans sa vie, qui lui file des sous dès qu'elle en a besoin. Mais, là encore, elle risque d'avoir perdu celui qu'elle avait.

– Qu'est-ce que tu racontes, Samantha ?

– Qu'est-ce que ça peut te faire ? Elle t'a payé pour que tu ne te soucies plus de moi.

David recula une nouvelle fois, comme soufflé par un violent coup de vent. Il cligna brièvement des yeux en se grattant la joue.

– Je ne te suis pas du tout, là. Que… de quoi tu parles ?

– Elle t'a payé pour que tu ne m'approches plus !

– Ma puce…

Il voulut me prendre le bras mais je me dégageai vivement.

– Ne m'appelle pas comme ça. Je t'interdis de m'appeler comme ça !

– Samantha… fit-il d'une voix brisée.

– Elle t'a payé pour que tu te tiennes éloigné de moi, oui ou non ?

Je devais savoir. Si c'était vrai, je ne savais pas comment je le supporterais.

– Non.

Je bondis en arrière.

Son regard vrillé au mien, il m'implora de l'écouter.

– Je n'ai pas été payé pour me tenir éloigné de toi. Je suis resté à l'écart parce que j'avais peur pour toi. Ta mère ne va pas bien. Elle n'a pas l'esprit clair, ces derniers temps. Elle m'a payé pour signer les papiers du divorce et pour que je ne m'oppose à rien. Et je ne me suis opposé à rien. Je ne les ai d'ailleurs même pas lus car je ne veux rien d'elle. La seule chose à laquelle je tenais, c'était toi. Mais j'avais peur de ce qu'elle pouvait faire. *Qu'elle s'en prenne à toi.*

Je titubai en entendant ces paroles muettes. Qui flashèrent dans mon esprit. Je lus le même bouleversement dans son regard. David pensait comme moi. Un souvenir me revint brusquement.

J'étais dans la chambre d'hôpital. Ann-Lise était partie, et je pleurais. J'avais si mal. Tout me faisait mal. Je ne pouvais pas respirer, mais, alors, David est entré. Il a repoussé les cheveux de mon visage et m'a murmuré en m'embrassant le front :

– Jamais je ne te quitterai. Je te le jure.

– Tu m'as abandonnée, soufflai-je.

Il sursauta, comme si on l'avait giflé. Puis il articula :

– Je suis désolé, Samantha. Sincèrement. Ta mère m'a quitté, et elle t'a emmenée. Je n'avais pas le droit de m'y opposer. J'ai bien pris un avocat, mais il m'a rappelé que je ne t'avais pas adoptée. Ann-Lise était ta mère, tu étais sa fille. Je ne pouvais pas la combattre. Et puis Garrett est entré dans le paysage. Je ne savais pas quoi penser de lui, s'il allait lui aussi se battre pour toi. Mais tu as dix-sept ans.

– Et, alors ?

– Alors, toute tentative de te récupérer aurait duré longtemps, des années peut-être. Je n'avais pas envie de lutter des années. Je ne voulais pas contrarier ta mère. J'ignorais ce qu'elle aurait fait. Je n'avais aucun moyen de savoir ce qu'elle avait pu te dire. Elle t'avait peut-être lavé le cerveau en te disant des horreurs sur moi. Je ne savais rien. Je ne pouvais qu'attendre et espérer qu'elle ne t'emmènerait pas ailleurs.

– Et, si elle l'avait fait ?

– Je me serais lancé à ta recherche, répondit-il fièrement. Je me serais battu pour toi. Je me serais foutu de ce qu'elle aurait pu dire ou faire, à ce moment-là. Je me serai battu. Mais tu étais toujours ici, dans la même ville. Tu continuais de fréquenter mon lycée… enfin, plus maintenant, mais tu es en ville ici, avec nous. Je peux toujours te voir et, dans une semaine, tu auras dix-huit ans.

– J'ai déménagé.

– Tu as déménagé ?

– Oui. Elle a menacé de quitter James si Mason n'arrêtait pas de me voir. Et puis elle a menacé de le dénoncer à la police, parce que je suis encore mineure. C'était trop, je n'en pouvais plus, et…

Je haussai les épaules et me détournai

– Enfin… ça n'a plus d'importance, maintenant. J'ai déménagé et je ne reviendrai pas.

Mais, en disant ça, je pensai à Mason et Logan. Ils devaient vivre avec leur père. Je pensais aussi à James. Il ne devait pas perdre ses derniers mois avec Mason, qui commençait l'université, ensuite. Et Logan ? Où habiterait-on, l'année prochaine ? Nate serait parti, lui aussi. Je ne pourrais plus vivre chez lui, et Helen n'approuverait pas que Logan soit mon seul colloc, si on louait un appartement.

Plus j'y songeais, plus je me disais qu'elle demanderait que Logan vienne s'installer chez elle. Ça voulait dire qu'il irait à Los Angeles, ou qu'elle reviendrait ici. Mais, encore une fois, où est-ce que j'irais ? Elle n'accepterait jamais que j'habite avec eux.

Je regardai David, tout en sachant que je ne pouvais pas vivre avec lui. Il s'était passé trop de choses. Il y avait trop de distance entre nous.

J'en étais complètement retournée.

Jamais je ne retrouverais le père que j'avais eu.

Poussant un soupir de soulagement, il déclara :

– Alors, c'est bien. C'est très bien, Samantha. Tu souhaiterais… je veux dire… est-ce que tu aimerais… où aimerais-tu… ?

Il hésita, se reprit puis demanda :

– Qu'est-ce que tu fais pour ton anniversaire ?

– Quoi… ? demandai-je, abasourdie.

– Ton anniversaire, c'est le week-end prochain. J'imagine que Mason et Logan ont prévu une grosse fête, mais… est-ce que tu accepterais de dîner avec moi ? On pourrait aller au restaurant. Ou dîner chez moi. Tu pourrais revenir à la maison.

Il avait l'air si gai, maintenant.

– On pourrait se faire une pizza maison. Ou se commander du chinois. Tu aimais bien le chinois. On pourrait aussi aller dans ce restaurant que tu adorais quand tu étais petite.

– Je…

Je devais avouer que je n'avais pas pensé à mon anniversaire tant j'étais obsédée par l'idée de m'échapper, de la fuir. Mais, c'était fait, maintenant. J'étais libre. Alors, oui, un dîner avec David… pourquoi pas ? C'était ce que j'attendais, non ?

Mon téléphone vibra à cet instant. Un texto de Mason.

Ds la voiture.

– Je… euh… je suis désolée, je dois y aller.

– D'accord, très bien. Je suis content pour ton anniversaire, Samantha. Vraiment. Je suis heureux aussi que tu aies mis un frein à ta relation avec Ann-Lise. Je me faisais un sang d'encre. Tu n'as pas idée.

– Je…

Je ne savais plus quoi lui dire. Trop de choses s'étaient passées. Ce n'était plus mon père. J'avais mal. Et, Garrett ? Il était parti, aussi. Tous les deux m'avaient abandonnée, peut-être pour de bonnes raisons, peut-être pas, mais ils étaient partis. Et j'avais survécu à ma mère sans eux.

Comme je m'éloignais, je n'entendis pas ce qu'il me dit. Et ça m'était égal. Quand je montai dans la voiture et fermai la porte, je sentis que le premier choc était passé. Tout m'était égal. David et Garrett compris. Ça m'avait longtemps travaillée. Mais, plus maintenant.

– Qu'est-ce qui se passe ?

– Je viens de voir mon père.

– Garrett ?

– Non. David. Je l'ai vu et… je m'en fous, maintenant.

– Quoi, tu t'en fous ?

Réprimant la boule qui se formait dans ma gorge, je me tournai vers lui. Tout semblait clair, à présent.

– J'étais obsédée par le fait qu'il m'ait abandonnée, qu'il n'essayait pas de me voir et, maintenant, je sais qu'il m'attendait. Il avait peur de ce que ma mère pourrait me faire.

– Putain…

– Il veut dîner avec moi, le week-end prochain, pour mon anniversaire.

– Ah, oui ?

Mais, voilà que je pleurais, à présent.

– Je peux voir mon père comme je veux et… je n'en ai même plus envie.

Mason me prit la main et la serra dans la sienne, puissante et rassurante.

– Les choses ont changé, Sam. Tu ne vis plus sous la férule de ta mère. Tu n'as plus à avoir peur. Demain, tu peux très bien ne plus t'en foutre.

– Et, si c'est le cas ?

– Alors, tant pis. C'est ta vie. Tu la vis comme tu veux. Mais, quoi qu'il en soit, ton père a merdé. Il est resté à l'écart. Il n'aurait pas dû. Il ne t'a pas protégée.

– C'est vrai… Il ne m'a pas protégée.

– Non.

– Alors, merci.

– De quoi ? demanda-t-il, intrigué.

– De me protéger.

– Je ne t'ai pas protégée.

– Ah, bon ?

Il se rapprocha, et son souffle me caressa la joue.

– C'est toi qui m'as protégé, Sam.

– Mais, oui, répliquai-je avec un sourire plein d'amour. Je te protège toujours.

– C'est vrai. C'est le rôle de la famille.

Ses lèvres se posèrent sur les miennes. Et plus rien d'autre ne compta.

CHAPITRE 25

C'était le dernier vendredi avant la rentrée. À mon arrivée au manoir avec Mason, j'y trouvai Logan et Nate avec plusieurs amis. Je me détendis en découvrant que c'étaient des camarades de leur lycée. Jusque-là, je n'avais rencontré que Ethan, mais je commençais à en reconnaître quelques-uns. Dont Strauss. Il portait un jean moulant, une ceinture de cuir et des bottes de cow-boy. Je ne savais pas trop si c'était son vrai nom ou un surnom. Je n'avais jamais posé la question.

L'accueil fut aimable, mais Logan se précipita pour nous rejoindre. Il me serra dans ses bras et me souleva du sol.

– Je t'ai rendu un service. Demande-moi lequel ! Allez !

Tandis qu'il me déposait à terre, je souris.

– Oui, alors…, lequel ?

– Je t'ai fait remplacer chez Manny's.

Il avait l'air trop content de lui.

– Quoi ?

Alors que Nate venait accueillir Mason d'une tape sur l'épaule, il lui adressa un signe avant de préciser :

– Oui. On est allés chez Manny's pour lui demander qui pourrait te remplacer ce soir.

Mon cœur se mit à battre.

– Pourquoi ?

Et, Heather, qu'est-ce qu'elle avait répondu ?

– Parce qu'on donne une énorme fête, ce soir. Et je veux que tu viennes.

Me passant un bras sur l'épaule, il me serra contre lui et je me rendis compte qu'il sentait bien l'alcool.

– La fille de Rosa a dit qu'elle te remplacerait. Et j'ai aussi invité tous tes amis. Ils viennent après leur boulot.

– Heather aussi ?

C'était la seule à qui je tenais, mais je doutais qu'elle accepterait. Elle était trop proche de ceux de Roussou – et je me rappelais mon accrochage avec les Broudou. Je n'en avais pas encore parlé à Mason. Je redoutais d'aborder cette conversation, car je ne savais pas comment il réagirait, ni Logan d'ailleurs.

Celui-ci perdit un peu de son sourire.

– Pas sûr pour Jax. Tu sais qu'elle sort avec Channing.

Ah, d'accord, il savait.

Mason me toucha la main pour me montrer l'escalier.

– Je vais prendre une douche.

Ce qui entraînait cette question muette : « tu me suis ? »

Ce que je fis.

Alors qu'on se rhabillait, il se mit à parler de Heather. Vêtu d'un simple jean, il était en train de choisir une chemise quand il lança :

– Tu l'aimes bien cette fille, non ?

Je m'arrêtai en plein mouvement. Je venais d'enfiler un legging noir ultra moulant et passais un t-shirt sans manches également noir. Cette fois, l'heure avait sonné.

– Oui, beaucoup.

Il se retourna, une chemise à la main, mais ne fit pas un geste de plus, trop occupé à me fixer.

– Elle fait partie du clan Roussou, Sam. Elle est avec Channing. C'est un sacré joueur, tu sais.

– Il n'y a pas que lui.

– Non, d'accord, mais Jax a toujours fréquenté ce groupe. Elle ne va pas changer maintenant.

– Je l'aime bien, soupirai-je.

Il me fallait une amie quand je me retrouverais dans leur lycée. Mason et Logan pouvaient toujours m'aider, mais sans plus.

– Elle t'aime bien aussi, je le sais. Je l'ai vu, je voudrais juste t'avertir. Elle ne va pas venir à nos soirées. Elle, elle est bien, mais pas le groupe qu'elle fréquente.

Ça signifiait quoi ? Qu'il voulait l'extraire de ce groupe ?

– Qu'est-ce qu'elle fait avec eux, aussi ? maugréai-je. Pourquoi elle ne va pas plutôt avec vous, comme toutes les filles normales de votre lycée ?

– Tu la connais ? Ce n'est pas une fille normale.

Il enfila sa chemise en deux mouvements. Elle lui allait à la perfection, soulignant ses épaules musclées et sa taille étroite. Je ne pouvais m'empêcher d'admirer ses tablettes de chocolat. J'avais beau avoir fait l'amour avec lui un nombre record de fois au cours des dernières vingt-quatre heures, j'en avais encore envie. Mon entrejambe se remettait à palpiter.

Le regard de Mason s'assombrit. Je savais qu'il avait capté ma réaction. Il s'approcha de moi, habité lui aussi par un désir évident. Il me souleva d'un bras et je m'agrippai des deux jambes à sa ceinture. De l'autre main, il me caressait le dos, sans me quitter des yeux. Puis il se pencha doucement, et ses lèvres se posèrent sur les miennes.

Je poussai un soupir. Jamais je ne me lasserais de lui.

Il n'en demandait pas plus. Sa bouche s'ouvrit sur la mienne, étourdissante. Il voulait entrer en moi, sa langue puissante me réclamait.

– Vous êtes trop obsédés tous les deux ! À ce point-là, ça devient dément.

Adossé au montant de la porte, Logan finit par entrer en levant les yeux au ciel tandis que Mason me reposait par terre.

– Il faudrait peut-être que je vous parle un peu des choses de la vie, vous savez, avant qu'elle tombe enceinte…

Je me mis à rire, mais Mason s'était figé contre moi, alors je lui frappai la poitrine.

– Tu sais bien que je me protège.

Il m'adressa un regard lourd de sous-entendus, comme pour nous rappeler à tous les deux l'épisode de l'appartement. C'était la première fois qu'il n'avait pas utilisé de préservatif, mais je prenais la pilule. On ne risquait rien. J'espérais bien que cette exception n'allait pas produire un bébé. J'en étais sûre, d'ailleurs. Ce qui n'avait pas empêché Mason de remplir depuis sa pharmacie. Il aimait que tout soit en ordre.

– On fait la fête, Sam.

– C'est vrai ?

– Ouais, allez viens. Tu t'es inscrite à notre lycée. C'est officiel maintenant. J'ai prévu l'apéro en bas.

Voyant l'expression de son frère, il ajouta :

– Allez, on s'amuse, Mase. C'est tout ! Elle ne risque rien. Promis.

L'air excédé, Mason me posa une main sur les reins pour me faire avancer, et on suivit Logan dans l'escalier.

– Elle ne risque rien parce que je suis là, maugréa-t-il, pas grâce à toi. Tu vas te trouver quelqu'un avec qui passer la nuit, et on ne te verra plus.

– Ça, c'est bien possible.

– Possible ? répétai-je en rigolant.

– D'accord, probable.

Un groupe de filles entra dans le vestibule.

– Sûr, même, ajouta-t-il.

– Bon, l'apéro ! lui rappela Mason.

– Oui, par ici.

Il se fraya un chemin dans la foule qui venait de se former et plaqua une main sur le comptoir.

– Six shots, Strauss. Donne-moi ça, cow-boy !

Un plateau s'approcha, et on lui remplit six verres d'un liquide rose. Logan en poussa deux dans notre direction et leva le sien.

– À Sam, à notre lycée, et à Mason qui n'arrête pas de la baiser !

– Logan !

Éclatant de rire, tous les deux trinquèrent puis vidèrent leurs verres d'un trait avant de me regarder. Ah, d'accord… J'en fis autant. On porta le même toast avec le deuxième verre. Je ne pus m'empêcher de secouer la tête lorsque l'alcool me coula dans la gorge, mais ce n'était pas mauvais du tout. J'attrapai Mason par la ceinture.

– Encore un !

Il m'entoura de ses bras avant de lancer à son ami :

– Strauss, encore un shot !

– Vrai ?

– Bon, moi je file, déclara soudain Logan. À plus, les tourtereaux.

Il s'éclipsa au milieu de la foule. Mason nous désigna alors tous les deux et précisa :

– Juste pour nous deux.

Strauss remplit trois verres et en leva un pour lui :

– Je n'oserai pas porter le même toast, mais bienvenue à ta copine dans notre groupe.

– C'est gentil, fit Mason avant de boire.

Quant à moi, je restais interloquée. Moi dans leur groupe ? Alors que les filles me détestaient…

– Sam ?

– Rien… dis-je avant de boire.

Et l'alcool de me brûler encore la gorge. Puis je demandai :

– Où est Nate ?

D'un geste, Strauss désigna le patio du fond.

– Dehors, avec les mecs. Je crois qu'il se repose avant de remettre ça avec Parker ce soir.

– Elle est là tous les soirs ?

– On dirait…

– Et Nate, il en dit quoi ?

– Bof, il n'est pas très bavard, tu sais. Il te le dirait peut-être à toi, mais pas à nous.

– J'avoue que je n'ai pas songé à lui poser la question. Je ne savais pas qu'il voulait rester discret là-dessus.

Je captai une certaine tension qui montait en lui. Ses mains étreignirent mes hanches et il m'attira contre lui, mais je ne sentis pas la protubérance habituelle quand il me serrait ainsi. En fait, je ne percevais que sa colère.

Strauss parut s'en étonner mais finit par hausser les épaules avant de commenter :

– Je ne sais pas. Tu ne tiens pas à ce que ça reste discret ?

– Ça n'a pas d'importance pour moi… pas en ce qui me concerne, en tout cas.

Apparemment, son intonation disait le contraire.

– Ou alors c'est juste Parker ? Tu ne veux pas qu'elle le fréquente trop ?

Je commençais à bien sentir le regard de Strauss qui nous scrutait l'un après l'autre. Je savais qu'il se demandait si je leur avais parlé de la vengeance des filles contre moi, si c'était la raison pour laquelle Mason semblait ne pas apprécier la relation de Nate et de Parker. Je secouai discrètement la tête et vis ses yeux s'écarquiller. Du soulagement ou d'inquiétude ?

Les mains de Mason me serrèrent davantage tandis qu'il pressait tout son corps sur moi. Cette fois, le sentant se gonfler à nouveau, je fermai les yeux. Il commençait à se frotter contre moi, et tant pis si on se trouvait en public.

Mason souffla dans ma nuque et je perçus son sentiment de possession. Il attira mon bras autour de son cou et on se retrouva enserrés l'un contre l'autre tandis que sa main se glissait dans mon pantalon.

Il ne répondit pas à la question de son ami, mais ce n'était pas grave. Avant d'abaisser mes paupières lourdes de désir, je vis que Strauss était parti. Alors je laissai Mason me soulever et me retourner, m'allonger sur le comptoir, pour se retrouver entre mes jambes. Sa bouche se posa sur la mienne, avide.

– Vous ne respirez jamais ?

S'éloignant instantanément de moi, Mason poussa un soupir exaspéré quand il vit qui nous avait interrompus.

– Qu'est-ce que tu fiches là, Tate ?

La longue fille blonde paraissait fraîche et en pleine forme. Elle portait le même legging que moi, marron au lieu de noir, ainsi qu'un pull crème qui lui dégageait les épaules, laissant apparaître un soutien-gorge en dentelle brun clair. Elle avait ramené ses cheveux sur le côté, et son blush lui donnait l'air de sortir de la couverture d'un magazine.

Un large sourire aux lèvres, elle déclara :

– J'ai entendu parler de l'heureux couple. Je voulais vous féliciter.

Sans quitter son air mauvais, Mason reposa la tête sur moi.

– Casse-toi.

– Ou quoi ? demanda-t-elle l'air faussement effrayé. Tu vas me jeter dehors ? Tu vas devoir te faire à l'idée de me voir. Je reviens, Kade.

Il retint son souffle, juste assez fort pour que je le sente. Ma main se posa sur son torse et je sentis les battements de son cœur s'accélérer.

– Pas question, gronda-t-il.

– Oh, si !

Cette fois, elle ne riait plus.

– Il va falloir t'y faire. Je reste ici.

Et puis son sourire revint, un rien malicieux.

– J'ai cru comprendre que tu ne répondais plus aux appels de ta chère Marissa. Tsst, tsst, Mason. Ce n'est pas très joli, ça ! Elle ne représentait qu'un acte charitable pour toi ? Une façon de te persuader que tu n'étais pas si mauvais que ça ? Mais, maintenant que tu as trouvé la fille qu'il te faut pour bien baiser, tu te fiches de sainte Marissa ? Je l'ai vue, figure-toi. Ses parents ont déménagé près de chez moi et, quand on s'est retrouvées dans un café, elle a pleuré sur mon épaule. Tu n'as pas de cœur, Kade, mais bon, ça, je le savais. Maintenant, la pauvre sait à quoi s'en tenir, et elle n'en est que plus humiliée.

Tout en la fusillant du regard, il restait figé, comme coulé dans le ciment. Je lui passai un doigt sur la joue. Rien. À croire qu'il avait oublié ma présence. Au point que je me demandai si son mépris ne concernait que la situation de Logan. Et s'il s'était passé quelque chose entre eux ? À moins qu'il ne l'ait désirée, lui aussi ? Mais non. Ce n'était pas possible. Il détestait cette fille, précisément à cause de ce qu'elle avait fait à Logan. Elle était la seule coupable.

En tout cas, ça commençait à me gonfler.

– Je serais toi, je partirais avant de me faire jeter, lui lançai-je.

– Ah oui, sérieux ?

– Sérieux.

– Attends, ce n'est pas leur maison !

– Non, c'est celle de Nate.

Elle se rembrunit. Je profitai de la situation :

– Tu ne crois pas qu'il va te virer, si Mason lui demande ?

Elle se redressa, recula de quelques pas, me dévisagea des pieds à la tête.

– Écoute, je suis venue ici en signe de respect.

Mason émit un bougonnement incrédule.

– C'est vrai, insista-t-elle, furieuse. Je reviens m'installer ici. Et je n'ai pas envie que vous me fassiez des ennuis.

– Là, tu inverses les rôles, lui fis-je remarquer.

Sans plus s'occuper de moi, elle se tourna vers Mason et se radoucit :

– J'aime encore Logan…

– Arrête, tu ne l'as jamais aimé !

– Si ! J'ai commis une terrible erreur. J'ai été idiote, égoïste, mais je l'aimais. Vraiment…

– Tire-toi, Tate ! lança-t-il en la repoussant. Allez ! Et laisse mon frère tranquille.

Elle recula encore, s'arrêta de nouveau, un sourire triste sur les lèvres.

– Ouf ! J'avais oublié ta tête, quand tu te sens menacé.

– Je ne me sens pas menacé, je suis furieux, dit-il en se rapprochant. Je peux te pourrir la vie.

– C'est ça ! J'en ai autant pour toi. Et je te signale qu'on est deux contre toi, dans ce cas. Tu n'as pas intérêt à me faire chier, Kade. Tu sais très bien que je peux te prendre ton frère.

– DÉGAGE !

Elle parut sur le point d'en dire davantage, mais ce fut le moment que choisit Nate pour entrer dans la cuisine. Il parut tout saisir au premier coup d'œil et vint lui passer un bras sur la taille. Comme elle commençait à se débattre, il laissa tomber :

– Tu n'as rien à faire ici, Tate !

Après quoi, il adressa un signe de la tête à Mason et sortit, entraînant Tate avec lui. Ceux qui s'étaient arrêtés pour regarder ne disaient plus rien.

– Dehors ! leur hurla Mason.

Ils reprirent leurs conversations et le bruit redoubla de volume.

Il se retourna vers moi en soupirant, se passa une main dans les cheveux et grommela :

– Je ne la supporte pas, cette conne.

En lui caressant la joue, je sentis sa mâchoire crispée.

– On dirait que le prochain semestre ne va pas être aussi marrant que prévu.

Il fit la grimace et, comme je m'étais plusieurs fois posé la question, je finis par demander :

– Elle a raison ?

– À propos de quoi ?

– Logan l'aime encore ?

Ce fut comme si une porte se fermait devant moi. Il se détourna et je compris que c'était vrai, que cette fille représentait une véritable menace pour leur relation. Ce n'était peut-être qu'une coïncidence karmique, mais c'est à ce moment-là que, relevant les yeux, j'aperçus des membres de l'Elite réunis dans la cuisine. Ils m'évitaient depuis que Logan avait laissé tomber Miranda… depuis longtemps, donc. Pourtant, elle était ici. Dans les bras de Peter, toute vêtue de blanc, elle riait de ce que quelqu'un venait de dire et paraissait rayonnante. Malgré l'humiliation que lui avait fait subir Logan.

Elle restait comme un bip sur le radar de Mason depuis qu'elle avait laissé entendre que Logan pourrait avoir des sentiments pour moi. S'il avait réagi ainsi avec elle, j'ignorais la trace que pourrait lui laisser Tate, mais c'était une vraie menace.

J'en frémis des pieds à la tête.

Nate revint, adressant un coup d'œil à Mason. Celui-ci capta le message. Et moi je grinçai des dents. Je n'aimais plus du tout la complicité qui existait entre eux.

CHAPITRE 26

Plus tard dans la soirée, alors que je me trouvais dans le patio du fond, Mason traînait près de moi, un bras sur ma taille, la tête sur mon épaule. Il restait là, tel un lion dans l'attente de son prochain combat. Depuis le départ de Tate, il gardait sans cesse une main sur moi. Geste possessif, qui n'avait plus rien à voir avec ses attentions amoureuses dans l'appartement, mais je ne pouvais nier que ça me faisait encore de l'effet. Ça avait commencé par un frisson purement physique, suivi d'une excitation de malade.

Tout le monde semblait réagir à son attitude, les gens semblaient sur leurs gardes, un peu plus silencieux que d'habitude. Assis à côté de lui, Nate n'avait pas non plus quitté son ami, depuis le passage de Tate, il avait posé une jambe sur la table basse devant lui et bavardait avec leurs copains assis face à eux.

Soudain, Logan nous rejoignit et, comme un seul homme, Ethan, Strauss et un autre type se levèrent pour partir. Au passage, ils arrêtèrent quelques filles qui s'apprêtaient à monter. Ils parurent soudain plus sûrs d'eux. Comme des chiens de garde.

Logan les suivit des yeux avant de se laisser tomber dans un fauteuil, les mains dans les poches.

– Qu'est-ce qui se passe ? demanda-t-il d'un ton prudent.

Je poussai un soupir. Il semblait complètement fermé. Les choses ne s'arrangeaient pas.

Mason se pencha en avant. Nate ne réagit pas.

– Bon, j'y vais, dis-je en me levant.

Une main sur mon bras, Mason m'arrêta, m'obligeant à rester, alors que Logan levait les yeux au ciel.

– Reste, Sam. Tu fais partie de la famille.

Bon, je restai, mais le cœur gros. Impossible de nier que j'avais peur. En voyant Mason poser des yeux de requin sur son frère, je me demandai pourquoi il avait l'air tellement furieux. Logan n'avait rien fait.

Et puis ça commença :

– Ton ex était là, tout à l'heure.

L'œil soudain alerte, Logan sortir les mains de ses poches et se redressa.

– Tu rigoles ?

– Non, elle dit qu'elle revient vivre ici.

– Tu te fous de moi, là ?

Une colère froide montait en lui, mêlée d'un autre sentiment que je n'arrivais pas à déterminer. Dangereux.

– J'aimerais bien, souffla Mason. Mais Nate vient de la jeter dehors.

– Sauf qu'elle va revenir… conclut Logan.

Nate tourna la tête vers eux, impassible. Il avait l'air d'un dieu grec en marbre. Il ne montrait aucune émotion. Il était là pour Mason. Logan avait raison quand il disait ça. Les autres ne comptaient pas, ni Logan, ni moi, ni personne. Il me jeta un autre coup d'œil de chien de garde, et je sentis en lui une cruauté que je n'avais encore jamais perçue. Ce n'était pas la première fois qu'il me frappait par sa dureté, mais jamais au point de me faire peur.

– Elle n'est pas la bienvenue à mes soirées, murmura-t-il.

Mason prit un air sévère.

– Ce n'est pas la question. Logan, elle dit qu'elle t'aime. Elle veut que tu reviennes.

Une série d'émotions lui traversèrent le visage avant qu'il ne se referme complètement. Il s'adossa à son siège, les mains crispées sur les rebords.

– N'importe quoi ! Cette salope m'en a assez fait baver. C'est terminé.

Mason parut se tendre plus que jamais.

– Tu es sûr ?

Il n'avait pas l'air de le croire.

– Arrête ! Elle m'a fait du mal, pas à toi.

– Elle a fait du mal à mon frère, donc elle m'en a fait à moi.

Une tension palpable régnait entre nous. Nate, le seul que ça ne semblait pas affecter, se leva.

– Je reviens.

De plus en plus irrité, Logan donna un violent coup de pied sur la table. Il me faisait penser à un cobra prêt à frapper, mais sans cible à proximité.

– Qu'est-ce qui lui prend ?

– Parker ! lança soudain Nate.

Mason regarda son meilleur ami attraper la fille en question par le bras pour l'entraîner loin de la foule. Il se rembrunit.

– Je n'ai rien contre Nate, marmonna Logan, mais pour un mec qui a toujours été contre les histoires de cul, il se tape la chatte la plus chaude du quartier. Elle va complètement le bouffer.

Comme je fronçais les sourcils à cette réflexion, il tourna vers moi un sourire désolé.

– Sans vouloir te vexer, Sam. Tu fais partie de la famille. Ça ne s'adresse pas à toi.

– C'est ça.

D'un mouvement de la tête, Mason fit signe aux trois gars dans l'escalier de revenir puis me serra de nouveau contre lui.

Parcourue de fourmillements, je me dis que ça ne s'arrêterait jamais. Ce mec considérait que je lui appartenais, mais de nouvelles menaces tombaient sur nous, et il se sentait tenu de le prouver encore. Une décharge d'adrénaline m'électrocuta lorsque sa main se posa sur ma nuque. Son pouce me caressa doucement, s'appuya sous mon oreille, pour que je penche la tête, jusqu'à ce qu'il y pose les lèvres. Il me couvrait de doux baisers qui me coupèrent la respiration durant toute l'heure qui suivit. Un désir puissant, urgent, faisait palpiter mes veines. Il me mettait au supplice et je le sentis sourire contre ma peau. Il savait très bien ce qu'il faisait.

Les types ne nous regardaient pas. Ils bavardaient tranquillement quand on nous apporta à boire. Mason me fit avaler encore quelques gorgées d'alcool, que je bus sans le quitter des yeux. Les siens s'étaient tellement assombris qu'ils semblaient noirs, brûlants de promesses pour la nuit à venir. Moi, j'en avais envie tout de suite. Mon corps le réclamait, et j'allais me lever pour m'asseoir sur ses genoux quand Nate revint parmi nous. Heureusement, il était seul.

– La fille est contente, maintenant ? s'enquit Logan en lui jetant son verre vide. Tu l'as comblée ?

Il parlait d'un ton jovial mais on le sentait irrité et tendu. Je compris alors que je n'étais pas la seule à me poser des questions sur le meilleur ami de Mason.

Nate s'assit face à lui et saisit le verre, qu'il lui relança.

– Quoi ? Elle te pose un problème ?

– Pas du tout, dit Logan en attrapant le verre au vol.

Personne ne disait plus rien.

– Mais, ajouta-t-il, pour un gars qui n'aime pas les petites copines, on dirait que tu t'en es fait une.

– Parker n'est pas ma copine.

– Elle le sait, au moins ?

– Ce n'est pas ton problème, Logan. Ça ne te regarde pas.

Apparemment, Mason n'écoutait rien, trop occupé à me passer la main dans le dos après m'avoir installée sur ses genoux. Il fourra son visage dans mon cou et je fermai les yeux, en train de fondre contre lui. Il m'enveloppa de ses bras, me caressant le ventre d'un geste qui se voulait apaisant.

Sauf que ça ne m'apaisait pas du tout. Je me blottis contre lui, dévorée par la flamme de mon désir qui virait à l'incendie.

– C'est *toi* que ça ne regarde pas, rétorqua Logan. J'en ai marre de l'attitude de Parker. Elle rapplique ici, amène ses amies comme si elle était chez elle.

– Pas du tout ! s'emporta Nate. Si tu disais plutôt pourquoi tu fais la gueule ? Je parie que ça n'a rien à voir avec Parker. Dis plutôt que tu as une fille dans la tête, une ex. C'est ça ? Tu as le feu au cul depuis que Tate s'est pointée ce soir ?

Les lèvres de Mason quittèrent mon épaule et il leva la tête. Sa main continuait de me caresser le ventre, elle se glissa jusque sous mon slip mais s'arrêta là. J'étais en transes.

– Ta gueule, avec Tate !

– Alors ta gueule avec Parker, rétorqua Nate.

– Moi, je ne la baise pas, Tate.

– Et, moi, je ne baise pas Parker, dit-il avec un sourire malicieux. Là, tu vois bien que je suis assis devant toi, en ce moment !

Logan leva les yeux au ciel.

– Très drôle, Nate. Je suis mort de rire.

– Parce que tu croyais être le seul mec marrant ici ?

Et moi je sentais diminuer l'intensité de mes sensations. Nate et Logan se défiaient de chaque côté de la table. À part eux, plus personne ne disait un mot.

– Tu te crois marrant avec ce balai dans le cul ?

J'en restai bouche bée, et les autres aussi. Mason se crispait de plus en plus derrière moi.

– Ta gueule ! lança Nate. Il n'y a que moi ici pour retenir les filles. Si elles n'ont pas massacré Sam c'est parce que j'empêche Parker de…

– De quoi ? fit Logan, les yeux brillants.

– Baise-moiiii… geignit un des garçons.

Voyant ce qu'il avait laissé lui échapper, Nate se plaqua une main sur la bouche.

Mason restait pétrifié derrière moi, le regard fixé sur son meilleur ami.

– Tu peux nous expliquer ce commentaire ?

Jurant entre ses dents, Nate ferma un instant les yeux avant de lâcher sur un ton penaud :

– Désolé, Mase. J'aurais dû vous expliquer avant…

– Ouais, tu aurais dû, mais vas-y, maintenant.

Il me maintenait sur ses genoux d'une main de fer. Je n'osais plus bouger. Quant à son autre main, ce n'était plus qu'un poing en béton.

Un poing que Nate ne quittait pas des yeux en répondant :

– Les filles n'ont pas très bien accueilli Sam.

– Depuis quand ?

– Depuis…

Il posa sur moi un regard désolé.

– Depuis que tu sors ouvertement avec elle. Ça ne leur plaît pas.

– Pourquoi ?

Nate partit d'un petit rire.

– Pourquoi ? Tu rigoles ? Tu les connais, toutes les quatre. Personne ne peut entrer dans le groupe s'il n'a pas fait vivre un enfer à Sam. Tu croyais peut-être qu'elles allaient l'accueillir à bras ouverts ? Et, tant pis si elle est avec toi. En fait, ça aggrave peut-être les choses, puisque c'est Kate la chef.

– Kate n'a jamais rien représenté pour moi.

– Eh bien, elle le sait *maintenant*. Tu l'as jetée. Et ça la fait bouillir de rage, tu sais. Elles sont toutes hors d'elles parce que tu les ignores complètement.

– Ce ne sont pas mes amies, objecta Mason. Ce sont les tiennes. Celles des garçons en général.

Ce qui lui valut un juron de la part de Logan.

– Elles ne voient pas du tout les choses comme ça, intervint Ethan. Elles croient qu'elles sont tes amies.

– Rien à foutre ! Je n'ai plus d'amies filles, surtout depuis que je suis avec Sam. Ma seule vraie amie a été Marissa.

– Ouais, maugréa Nate, et regarde ce qui lui est arrivé. Elle a dû quitter le lycée à cause de ces filles.

– C'était à cause de Tate.

– Et, c'étaient qui, ses amies ? Les quatre nanas. Tu sais ce qu'elles font avec les nouvelles venues. Tu n'as pas pensé qu'elles en feraient autant avec Samantha ?

– Elle est avec moi, gronda Mason.

– Et elle fait partie de ma famille, ajouta Logan.

Nate haussa les épaules.

– C'est pour ça que personne ne vous en a parlé, les gars. Ils savaient comment vous réagiriez.

– Pourquoi tu n'as rien dit ? me demanda Logan, super agacé.

– Parce que c'est mon problème, pas le tien.

Cette fois, Mason explosa. Il me souleva à bout de bras, si bien que je me retrouvai en train de le chevaucher, et il me prit le menton :

– Tu te fiches de moi ?

Sa fureur manqua de m'étrangler, mais je tins bon.

– C'est mon problème, pas le tien. C'est moi la fille qui entre dans leur groupe, c'est moi qui vais devoir traiter avec elles pour les casiers et les toilettes. Tu ne peux pas me protéger partout, Mason.

– Elles ne te toucheront pas. Je les en empêcherai.

– Jamais je ne gagnerai leur respect si c'est toi qui l'exiges. Il faut que ça vienne de moi. Tu le sais très bien.

J'avais trop peur pour seulement essayer de respirer.

Mason semblait obligé de le reconnaître. Malgré lui. Ses exigences ne porteraient pas loin avec ces filles qui se croyaient les reines du lycée. Des dures de dures, qui ne craignaient pas de se salir les mains mais se montraient d'une totale loyauté les unes envers les autres. Si je ne voulais pas aller en cours tous les jours la boule au ventre, il fallait que je les affronte moi-même. Mason allait partir le prochain semestre, il ne resterait que Logan et moi. Il fallait que je m'affirme maintenant.

– C'est des conneries, Sam, grommela-t-il.

J'en fus tellement soulagée que je faillis m'effondrer sur lui, mais je parvins à rester droite. Mes cuisses se serrèrent autour des siennes et je ravalai un soupir tremblé. Je n'arrivais pas à croire que ça ait pu être aussi facile.

Sauf que ça ne l'était pas.

Il se mit à dévisager ses amis l'un après l'autre.

– On va dire que les filles sont débarquées. Ça ne te posera pas de problème, Nate ?

Logan étouffa un cri de joie mais ne put cacher son sourire satisfait.

– Pas de souci, marmonna son ami.

– Sûr ?

– Oui. Comme je t'ai dit, Parker n'est pas la femme de ma vie. Plus vite elle s'en rendra compte, mieux ce sera.

– Et toi, Fischer, ça te pose un problème ? Je sais que vous êtes ensemble, Jasmine et toi.

– C'est bon. Je savais que ça se produirait un jour ou l'autre.

Les deux autres garçons acquiescèrent. Cette fois, c'était réglé. J'ignorais ce que Mason sous-entendait au juste par « débarquées », mais ses copains avaient l'air de savoir.

Quand je me levai pour aller aux toilettes, Mason m'interrogea du regard pour savoir si je voulais qu'il vienne, mais je lui fis signe que non. Il fallait que je brave seule les filles, et puis j'avais repéré quelques amis, plus bas dans le patio, dont Adam, mais aussi Becky et son copain. Je repérai également Lily et Anne, et j'avais envie de leur dire bonsoir.

Alors que je leur adressais un signe à travers la foule, j'aperçus Heather. Elle semblait complètement perdue, l'air effaré. Deux garçons s'arrêtèrent à sa hauteur mais elle les contourna. Ils paraissaient totalement ivres. Alors elle m'aperçut et son visage s'éclaircit.

– Te voilà !

Alors qu'elle se rapprochait, je m'étonnai :

– Mais qu'est-ce que tu fais là ?

Quelqu'un la bouscula, et elle se retourna en ronchonnant, mais l'autre était déjà parti.

– Je voulais être sûre que ça allait pour toi, dit-elle en me suivant vers les toilettes. Je ne savais pas si t'avais parlé à Mason et Logan des frères Broudou ?

Ça me revint.

– Ah oui ! Il s'est passé beaucoup de choses, ce soir-là. Je n'ai pas encore eu l'occasion d'en parler à Mason.

– Ah, bon ?

– Oui. Comme je t'ai dit, il s'est passé beaucoup de choses.

– Raconte.

– Une autre fois. C'est trop long.

Il n'y avait pas beaucoup de monde dans les toilettes du bas. On allait y entrer lorsque la porte s'ouvrit sur Parker et sa bande, qui se dirigeaient vers l'escalier.

Elles nous bloquèrent le passage, l'air plus ou moins hargneux.

Instinctivement, je me blindai.

Parker se planta devant moi, accompagnée de sa meilleure amie, Kate. Elles furent bientôt rejointes par les deux autres. Jasmine et Natalie, si je me souvenais bien.

Heather se faufila près de moi.

– Qu'est-ce que tu regardes ?

Kate, avec sa silhouette mince et son perçant regard noisette, la dévisagea des pieds à la tête. Un sourire aux lèvres, elle passa une main dans ses cheveux bruns. Alors que Parker portait un jean serré, déchiré aux genoux, et un haut blanc ajusté, sa meilleure amie était moulée dans ses vêtements noirs.

Les deux autres arboraient le même genre de tenue sexy. On voyait leur soutien-gorge, sauf pour Kate qui avait l'air de ne pas en porter du tout. Elles semblaient assez athlétiques et devaient s'entraîner toutes ensemble. Cela dit, Heather n'avait rien à leur envier.

– Ne te mêle pas de ça, Jax ! la prévint Kate.

– Tu crois que ça va m'arrêter ?

– Tate revient ! intervint Natalie en jetant ses longs cheveux noirs sur une épaule. Tu le savais ?

Heather se figea, les yeux écarquillés. Elle semblait au bord de la panique. Pourtant, elle secoua la tête, et ce fut son animosité qui l'emporta :

– Vous me faites chier ! J'en ai rien à fiche ! Il y a longtemps qu'on n'est plus copines, Tate et moi… en fait c'est depuis qu'elle est devenue la vôtre, les princesses caïds.

– Les princesses caïds, répéta Kate en levant les yeux au ciel. Non mais tu nous prends toujours pour des chochottes ? On est plutôt des pitbulls, maintenant.

– Putain, tu veux vraiment jouer à ça ?!

– Ouais, alors tu dégages !

Là, je sentis son coude se coller contre le mien.

– Non. J'en ai ras le bol de vous voir enquiquiner d'autres filles. Vous vous en êtes jamais prises à moi, alors là, c'est mon tour. Si vous attaquez mon amie, va falloir m'attaquer moi aussi. Sauf que vous ne vous doutez pas de tous les amis que j'ai dans ce lycée. Alors si on se battait avec des mots ?

– Tu es morte, lâcha Kate, glaciale.

Pourtant, alors que ses amies nous encerclaient, elle recula tout en marmonnant :

– C'est noté, Jax. Et toi, salope, ajouta-t-elle à mon égard, merci de nous avoir fait débarquer. Ça ne va pas arranger tes affaires.

Heather retenait son souffle quand elles s'éloignèrent pour grimper l'escalier en file. Une fois qu'elles ne furent plus à portée de voix, elle pivota vers moi :

– Elles se sont fait débarquer ?

À entendre son ton, ça n'annonçait rien de bon.

– Tu sais ce que ça veut dire ? insista Heather en me saisissant les bras.

Je fis non de la tête.

– Elles sont éjectées, Sam. Complètement virées de chez les garçons

– Tu m'expliques ?

– Ça veut dire qu'elles font plus partie de rien. Ces filles étaient les seules que les mecs aient admises dans leur groupe, mais maintenant elles sont virées. Ça veut dire qu'ils leur parlent plus, qu'ils couchent plus avec, qu'ils les fréquentent plus, quoi. Quand ils les croiseront dans un couloir, ce sera comme s'ils ne les voyaient pas. Elles sont devenues des inconnues pour eux. Putain… Mason a vraiment fait ça ?

Je trouvais ça très dur. *Mais, il est comme ça, Mason…*

Heather se mit à sautiller sur place.

Je ne l'avais jamais vue si contente.

– J'ai l'impression que tu ne vois pas ce que ça veut dire.

– Oh, si ! J'ai vécu ça il y a cinq mois.

– Oui, mais pas elles. C'est incroyable, Sam. Sois contente. Ton mec a frappé un grand coup, et ça va faire mal longtemps. Tu ne sais pas combien de filles détestent ces quatre-là dans le lycée. Elles se sont fait plein d'ennemies, qui vont finalement réagir. Tu ne te rends pas compte !

– Ça veut dire que tu as des amis au lycée ?

Heather s'immobilisa, son sourire la quitta.

– Oui, je t'ai menti. J'en ai quelques-unes, sinon, les autres vont plutôt à Roussou.

– Et alors ?

Elle se mordit la lèvre.

– Je me sens de plus en plus à l'aise avec ces gens, alors que d'habitude j'ai l'impression de faire partie du camp ennemi.

– Tu es venue ici pour moi ?

– Oui. Maintenant tu es fichée. Viens.

– Attends, il faut vraiment que j'aille aux toilettes.

– Bon, dit-elle en continuant de surveiller les alentours.

– Qu'est-ce que tu fais, Heather ?

– Je cherche de nouveaux amis. On va en avoir besoin si on s'attaque aux princesses caïds.

– Je croyais qu'il y avait maintenant des tas de filles qui pouvaient leur résister ?

– Ça ne veut pas dire qu'elles vont nous aider. Bon, je t'attends du côté du billard. J'ai connu plusieurs de ces filles quand je faisais partie de l'équipe de tennis. Kate a horreur de ça, si je me souviens bien, et je sais que pas mal d'entre elles la détestaient aussi. Allez, dépêche-toi. J'ai plein de gens à te présenter.

Elle s'en alla du côté d'un groupe de filles splendides avec leurs cheveux blonds et lisses, leur teint bronzé et ces visages dignes de magazines. Elles la regardèrent s'approcher d'un œil méfiant mais, bientôt, elles l'entourèrent et se mirent à l'écouter avec attention.

Décidément, Heather n'avait aucun mal à se faire des amis. Ça me rappelait les paroles de Mason disant que Heather Jax n'était pas une fille normale. J'avais de la chance qu'elle se soit intéressée à moi. Je sentais bien que j'allais avoir besoin du plus de monde possible, et je n'étais pas douée pour me faire des amis.

En me retournant, je ne pus retenir une exclamation de surprise :

– Qu'est-ce que tu fiches là ?

Jeff se redressa, passa une main dans ses cheveux toujours aussi dressés. Il sourit.

– Qu'est-ce que t'en penses ? Ça ne fait pas trop haut ?

– Jeff, fis-je, les bras croisés.

– C'est bon…

Fourrant les mains dans ses poches, il reprit son allure habituelle et me parut plus petit et frêle que jamais.

– Qu'est-ce qui se passe entre toi et Jax ? demanda-t-il.

– Tu connais Heather ?

– Je suis allé plusieurs fois chez elle.

Voilà qu'il remettait ça avec ces réponses évasives que j'avais entendues pendant trois ans.

– Jeff !

Je n'avais pas de temps à perdre avec ses petits jeux. Il fallait que je me fasse des amis. Sans parler d'aller faire un petit pipi d'abord.

– Oh, ça va ! Je viens en ami.

– Tu n'es rien de plus.

– Je sais. Pas la peine de prendre cet air réjoui.

– Tu m'as trompée. Pendant deux ans.

Il haussa les épaules.

– C'est du passé. Je croyais qu'on avait tourné la page.

– Moi aussi.

Il m'examina un instant avant de repartir d'un petit rire.

– D'accord. J'ai compris. On arrête les plaisanteries. Mais, sérieux, comment tu connais Jax ?

– Je travaille chez Manny's. Je croyais que tu le savais.

– Non, mais je pige mieux, maintenant.

J'en avais vraiment marre, pourtant, je sentais que quelque chose n'allait pas. Il essayait de gagner du temps.

– Tu vas me dire ce que tu veux ou pas ? insistai-je. Je viens de me fourrer dans une embrouille avec les princesses caïds. Il faut qu'on réagisse, avec

Heather, pour que je ne me fasse pas botter les fesses au lycée.

– Toi ? Tu ne te laisses pas faire comme ça.

– Elles sont quatre.

– N'empêche. On m'a raconté ton accrochage avec Tate, l'autre soir. Tu es plus solide que tu crois. C'est d'ailleurs pour ça que tu as des jambes d'athlète. Elles paraissent fines, mais il y a du muscle là-dedans. Au pire, tu pourrais toujours t'enfuir. Elles te rattraperont jamais.

– N'importe quoi !

Il m'avait assez fait perdre mon temps comme ça. Je le plantai là.

– C'est bon, là ! Arrête. S'il te plaît !

Il me rejoignit, se planta devant moi, les mains levées. Je tentai de l'esquiver, mais il me bloqua encore.

– S'il te plaît, Sam ! Je suis trop gêné, là. Je ne sais plus à qui parler. Tous les deux, on est différents.

– L'ennui, c'est qu'il n'y a plus de « tous les deux ».

– Non, je veux dire que tu es différente des autres filles. Je sais qu'entre nous ça ne s'est pas bien passé…

Je haussai les sourcils.

– … enfin, c'était à cause de moi, s'empressa-t-il d'ajouter. J'ai pas trop assuré.

– Attends ! Tu sors toujours avec Jessica ?

– Tu rigoles ? Elle est avec un catcheur de la fac.

À la façon dont il se détourna, je sus qu'il me cachait quelque chose. Je me lançai :

– Et elle le trompe avec toi ?

Pour toute réponse, il baissa les yeux.

– Tu ne pigeras jamais, Jeff ?

J'avais envie de lui tordre le cou. Mais il fallait avant tout que je lui explique :

– Pose-moi les questions que tu voudras, mais je te dis tout de suite que ce n'est pas la peine de t'amener avec Lydia ou Jessica. Sérieux. Je sais, entre toi et Jessica il y a les jours avec et les jours sans. Je ne sais pas pourquoi, mais je ne veux pas la revoir. J'en ai ma claque de ces deux-là.

– Moi, aussi, j'en ai marre. Et c'est pas de ça que je veux te parler. Juré.

J'avais quand même bien envie de me tirer. Après tout ce qu'il m'avait fait, ce mec ne méritait rien d'autre, pourtant, mes pieds ne bougèrent pas. Alors je me rendis compte que j'avais perçu une sorte de désespoir dans sa voix. Et quelque chose d'autre qui semblait proche d'une vraie… souffrance ? Soudain je voyais un autre Jeff. Le voyou narquois avait fait place à cet être… vulnérable.

– Qu'est-ce que tu veux ?

Je m'en voulais déjà de tomber dans le panneau. Pourtant son sourire le quitta vite.

– D'accord, dit-il. Bon, tout le monde sait ce qui s'est passé entre nous. Je trompe toutes les filles avec qui je sors. Sauf que là, j'ai rencontré quelqu'un d'autre.

Je me doutais déjà de la suite.

– Et tu ne veux pas lui faire ça, à elle ?

Il hocha la tête.

– Et tu veux devenir le mec cool pour qui elle te prend ?

– Oui ! Tu vois que tu as tout compris.

Je lui envoyai une tape sur le crâne.

– Exactement, mais tu es tout sauf un mec cool. Tu triches tout le temps. Alors arrête de tricher, et ton problème sera résolu. Ne me fais plus perdre mon temps. J'ai trop de taf, là.

– Quel taf ?

– Je me cherche des amis.

– Je suis ton ami.

– Sûrement pas ! Tu es mon ex-petit-ami. On n'est pas amis.

J'allais repartir mais il me retint encore.

– Écoute-moi, s'il te plaît. Je t'aiderai pour ton taf.

– Ah oui ? Je voudrais bien voir comment.

– Je connais presque toutes ces filles. Je t'ai beaucoup trompée.

Ce qui m'arracha un soupir exaspéré.

– Alors, continua-t-il, aide-moi à devenir un véritable ami et je charge plusieurs filles de veiller sur toi, dans ton nouveau lycée.

Malgré moi, ma méfiance s'apaisa un peu.

– Tu sais ce qui m'est arrivé ?

– Tout le monde le sait. Ça a fait le tour du lycée, quand on a appris que la copine de Kade allait changer d'école. L'Elite en est toute dépitée. Ils vont plus pouvoir te provoquer.

– Je croyais qu'ils avaient lâché depuis longtemps.

– J'ai entendu dire qu'ils s'y remettaient. Miranda a repris les commandes. Elle en veut à toutes les filles qui couchent avec Logan Kade.

– Décidément, elle ne pigera jamais rien.

– On s'en fout. Ils vont crever, s'ils s'en prennent encore aux Kade. Elle s'est déjà grillée avec son hypocrisie, personne ne la plaindra si elle remet ça.

– Je ne savais pas que tu appréciais si peu Miranda Stewart.

– En fait, il y a beaucoup de choses que tu ne sais pas.

– Par exemple ?

– Écoute, tu vas m'aider à plus tricher ? Je vais mettre ces filles dans ton camp, promis. C'est dans mes cordes. Je saurai faire.

– Mais c'est bien fini entre nous, compris ?

Il prit un air faussement horrifié.

– Tu crois que je cherche ma mort ? Pas question que je me confronte aux Kade.

Et puis son visage se détendit pour reprendre cette expression à la Casanova que je ne lui connaissais que trop bien.

– Quoique, une rencontre avec Logan Kade, ça ne me déplairait pas. Je me vois un peu comme un de ses apprentis. On est de la même étoffe.

– La même étoffe ?

– Oui. Avec les dames. Elles nous adorent.

– Logan a déjà eu une relation sérieuse.

– Ah oui ?

– Et tu voudrais savoir comment il manœuvre entre ça et ses « dames » ?

– J'aimerais bien. Comment il s'y prend quand il a une relation suivie ?

– Il ne triche pas.

Je le saisis par la chemise pour l'écarter, puis lui donnai une autre tape sur le crâne.

– Problème résolu. Dégage, maintenant.

Alors que je me faufilais dans la foule, il lança encore :

– Ça ne m'aidera pas beaucoup, mais d'accord. Je respecterai ma part du contrat, Sam. Tu verras, et là, tu m'aideras ! J'en suis sûr !

Je grommelai entre mes dents :

– Imbécile !

CHAPITRE 27

– Tu as fait ça ! me cria-t-elle.

Elle avait levé les bras, et je lui trouvai mauvaise mine. Je retins mon souffle, le cœur serré. Pourquoi avais-je si mal ? En même temps, je ne pouvais détacher mes yeux d'elle.

Je murmurai :

– Maman ?

Elle secouait la tête dans tous les sens, de plus en plus vite, jusqu'au moment où elle s'effondra contre le mur, glissa jusqu'au sol. Elle se replia sur elle-même sans cesser de remuer la tête.

Mon Dieu ! Je tombai à genoux près d'elle.

– Maman ?

Quelque chose n'allait pas, je le savais bien, mais je ne voyais pas ce que je pouvais faire.

– S'il te plaît, dis-moi quelque chose, maman.

Sa main tressaillit sur sa jambe, sa tête sursauta et elle feula avant de se jeter sur moi.

Je m'éveillai en sursaut, le cœur battant à tout rompre.

Il faisait chaud, tellement chaud. J'envoyai promener mes couvertures, tentai de respirer. Il fallait que je me calme. Mon cœur ne cessait de s'emballer. Je m'assis au bord du lit, le front entre les jambes, à la recherche d'un peu d'oxygène. J'avais les mains moites, le visage trempé de sueur, comme tout le reste de mon corps, d'ailleurs.

Mason gémit près de moi et je ne bougeai plus, de peur de le réveiller. Et puis, lentement, avec des gestes mesurés, je sortis du lit, m'accrochai au canapé pour ne pas tomber par terre. Serrant les dents, je restai là le temps que mes jambes me portent à nouveau. Après quoi, j'enfilai un sweat et un jogging de Mason. Ouf ! Je respirai. Je me sentais mieux.

Cependant, je n'arrivais pas à chasser ma mère de ma tête. J'avais sans cesse des flashs d'elle. Il fallait que j'arrête de penser à cette nuit-là. Cette seule évocation me donnait des palpitations.

Je vivais en plein cauchemar. Elle était toujours là maintenant. Dès que je fermais les yeux, je me retrouvais en pleine attaque. Je serrai les dents. Je ne pouvais plus le supporter.

Mason se retourna, sa main me cherchant à tâtons avant de se caler sous son oreiller. Le drap glissa sous sa taille, ses épaules s'arrondirent et les muscles de son dos se crispèrent.

Jamais je ne me lasserais de lui. Je ne le savais que trop et, quelque part, j'en éprouvais un sentiment de culpabilité.

Il ne vivait pas avec son père à cause de moi. Je m'étais interposée entre eux, et Mason serait parti le prochain semestre. Quand je songeais à l'année prochaine, mon cœur se serrait encore un peu plus. Il ne resterait que Logan et moi.

Il n'était pas question que nous vivions tous les deux chez Nate. Mason ne le voudrait pas. Moi non plus. Alors que faire ? Et Helen ? Je savais qu'elle n'accepterait pas cette situation. En fait, je jurerais qu'elle avait déjà des projets précis. Elle demanderait que Logan la rejoigne à Los Angeles, à moins que ce ne soit elle qui vienne pour le prendre sous son toit.

Mais pas moi bien sûr. J'étais seule. De toute façon, j'allais me retrouver seule.

Ni mère. Ni père. Aucun des deux. Une larme me coula sur la joue, que j'essuyai d'un geste agacé. Franchement, j'étais idiote.

Pourquoi est-ce que je pleurais, d'abord ? Je m'adossai à mon siège, relevai les genoux contre ma poitrine et poussai un soupir.

Il fallait que j'arrange la situation.

Que je règle certaines choses.

Mon estomac se noua, mais je savais ce qu'il me restait à faire.

Attrapant mon téléphone, je tapai un texto. La réponse ne tarda pas. Tout fut réglé en une minute.

La boule au ventre, je me levai, enfilai des chaussures puis me dirigeai vers la porte.

J'entrai dans un vestibule plongé dans l'obscurité. Et si elle n'était pas là ? Quelque part, je préférerais, mais quand je l'entendis bouger, mon cœur bondit.

Elle était bien là, assise devant la table, éclairée par la lune à la fenêtre derrière elle.

Ce fut elle qui parla la première.

– Bonsoir, Samantha !

La gorge serrée, je parvins à émettre un simple :

– Bonsoir.

– Quoi ? Ni maman, ni Ann-Lise ? On en est là ?

Je me raidis.

– Tu me sembles bien joyeuse, comme si tu oubliais le mal que tu nous as fait, à moi et à ma famille.

– C'était ma famille aussi.

– Non, maman. Ta famille, c'est toi-même. À la rigueur James, tant qu'il ne t'a pas quittée. Mais ça ne durera pas. Tu vas bien trouver le moyen de le faire partir. Tu vas le tromper, l'attaquer d'une façon ou d'une autre.

– Fais attention à ce que tu dis !

– D'accord.

– Très bien.

Un silence passa entre nous, alors que j'avais tant de choses à dire.

– Alors, tu m'as appelée pour qu'on se voie, reprit-elle.

Ce n'était tout de même pas à elle que j'allais me confier. Elle ne m'écouterait pas. Elle se défendrait. Elle m'attaquerait. Elle n'écouterait rien, alors, je me rendis.

– Dis-moi que tu vas me laisser tranquille.

– Si ?

– Quoi ?

Elle se pencha, les yeux brillants de rage. Une rage contenue pour le moment. Je me demandais combien de temps ça durerait.

– C'est toi qui es venue. Tu veux que je te laisse tranquille. Je suppose qu'il y a une raison à ça. Tu veux que je te laisse tranquille si… quoi ? Si tu reviens ? Si tu t'installes chez David ? Qu'est-ce que tu veux, au juste, ma petite chérie ?

– D'abord, ne m'appelle plus jamais comme ça. Parle-moi plutôt comme à une étrangère. Compris ?

– Très bien.

Cette réplique tranquille me transperça. J'essayai de ne pas en tenir compte. C'était moi qui devais me conduire comme une étrangère. Il fallait que je l'oublie, que j'oublie qu'elle avait été ma mère.

– C'est tout ? reprit-elle.

– Je crois que James est un homme bien, dis-je entre mes dents.

– Tout à fait.

Sa silhouette sombre se redressa fièrement. J'ajoutai :

– Mason et Logan ne vont pas revenir auprès de leur père, sauf si je viens aussi. Tu le sais, James le sait. Et tu sais que James rêve de les voir revenir.

– Il les aime beaucoup.

– Arrête. Arrête, s'il te plaît. Ce ne sont pas tes enfants. Ils ne font pas partie de ta famille. Tu as de la chance que leur père t'aime, mais ils ne t'accepteront jamais. À la rigueur, ils te toléreront, si je le leur demande. Sinon, ils t'en feront voir de toutes les couleurs. Et maintenant que Mason a entendu sa mère, c'est exactement ce qu'il fera. Il veut te le faire payer. S'il ne l'a pas encore fait, c'est à cause de moi.

J'en avais la chair de poule, pourtant je parvins à terminer :

– Alors j'ai une proposition à te faire.

Je guettais sa réponse, qui finit par arriver, sèche et hargneuse :

– Quoi ?

Une sourde colère m'envahit. J'avais envie de l'attraper par la peau du cou, de la gifler, jusqu'à ce qu'elle réagisse enfin. Mais elle s'en garderait bien. Alors je restai immobile, comptant jusqu'à dix pour mieux me maîtriser.

– Je vais revenir, si tu acceptes qu'il n'y ait aucune relation entre nous. On vivra sous le même toit, mais ce sera tout. Je ne suis plus ta fille. Tu n'es plus ma mère. Tu n'as strictement rien à me dire. Quand je verrai David, tu ne diras rien, tu ne feras rien.

Elle serra les lèvres. Je m'en fichais.

– Si je vais à Boston voir Garrett, tu ne diras rien, tu ne feras rien. Comme si je n'étais plus ton enfant. Je ne serai que la copine de ton futur beau-fils, qui vivra ici. C'est tout. Et tu ne diras pas un mot de tout ça à James. Sinon…

J'avais les yeux pleins de larmes mais je parvins à les retenir encore, le temps de murmurer d'une voix cassée :

– Si tu dis un mot, je laisserai Mason et Logan te pourrir la vie. Ils pourront te faire ce qu'ils voudront.

La voyant blêmir, je me sentis envahie d'une noirceur grandissante.

– Ils ne se contenteront pas de te faire du mal, ils t'enlèveront James.

Elle ferma les yeux, croisa ses bras tremblants sur sa chemise de nuit. Sur le moment, elle me parut toute frêle.

Ce dont je me fichais éperdument.

– Tu sais que je ne te mens pas. Tu as toujours manipulé ton entourage, tu as fait du mal à tout le monde. Tu laisses derrière toi une trace de sang et de larmes, aussi bien pour David, que pour Garrett ou pour moi, ou pour tous ceux que tu as fréquentés. Maintenant, tu manipules James. Tu ferais mieux de le quitter, ça lui ferait moins de mal.

– Pas question, souffla-t-elle.

– Il a perdu ses fils à cause de toi. C'est de ta faute s'il les a rejetés.

Elle porta une main à sa joue pour essuyer une larme.

– Je ne voulais pas que ça se passe ainsi, Sam. Je voulais juste un peu de respect…

– Tu voulais tout dominer, oui !

Je dus m'agripper à la table. Il fallait que je me maîtrise encore, pour pouvoir repartir. Après je pourrais m'effondrer.

– Tu voulais que Mason s'éloigne de moi pour que je n'aie pas auprès de moi quelqu'un qui m'aime.

– Non, bredouilla-t-elle en baissant la tête.

Je réprimai un sanglot.

– Parce qu'il y aurait quelqu'un d'autre dans ma vie, et que je te laisserais alors tomber. C'était juste ça, non ?

J'attendis mais elle ne répondit pas.

– Non ? insistai-je.

Elle secoua la tête en murmurant :

– Tout s'est passé trop vite. Je ne pouvais rien faire. Ça m'a complètement échappé.

Et elle éclata en sanglots :

– Je n'y pouvais rien. Quand j'ai vu ce qu'ils me faisaient, ce qu'ils te faisaient… Ils te détournaient de moi. Ils mettaient tout sur mon dos. Et puis David et Garrett sont arrivés. Ils voulaient tous les deux que tu fasses partie de leur vie, je n'y pouvais rien. Je ne peux pas perdre ma seule fille…

Je faillis me lever, mais je restai accrochée à ma chaise. Il fallait que je tienne bon, que j'entende son consentement.

Mais elle continuait de se lamenter :

– Tu es à moi, Samantha !

D'un seul coup, ses yeux se rouvrirent.

J'y lus toute sa folie, mais cela ne me faisait plus peur.

– Personne ne peut t'arracher à moi ! cracha-t-elle. Personne ne peut te toucher…

– Je suis déjà partie.

Elle s'interrompit, le souffle court.

– Je suis partie. Je me fiche de ce que tu penses. Tu as détruit tout l'amour qu'il pouvait y avoir en moi. Tu n'as même pas réussi à arranger les choses. Tu as appelé Garrett pour lui parler de moi. Tu essayais de jouer les mères vertueuses, mais ça n'a pas marché.

– Tu es mon enfant. Personne ne pourra t'arracher à moi. J'ai eu tort d'appeler Garrett, en fait. Il n'aurait jamais dû apprendre ton existence. Quant à David…

Elle poussa un soupir, détourna les yeux.

– Quant à David, il n'était resté que pour toi. Il m'avait quittée une fois, tu le savais ?

Je fis oui de la tête.

– Papa ?

J'ouvris la porte de leur chambre.

Ce souvenir me secoua, mais elle ne s'en aperçut pas. Elle avait de nouveau baissé les yeux, et sa voix me paraissait lointaine.

– J'ai eu tort de me conduire ainsi avec toi. J'ai eu tort de faire ça à ton frère et à ta sœur. Mais je ne pouvais pas le perdre. Il savait que je l'avais trompé. Je n'avais pas d'autre solution pour faire disparaître la preuve de ma trahison.

J'écarquillai les yeux. C'était donc tout ce qu'ils représentaient pour elle ? Une preuve ?

– Mais je ne devais pas penser à eux. Je savais que j'étais enceinte, alors je l'ai avoué à David. On s'était beaucoup retrouvés à cette époque, sans la moindre protection. Il croyait que je prenais la pilule, mais j'avais arrêté. Je n'avais plus ma tête à moi. Et puis j'ignorais qu'il ne pouvait pas avoir d'enfants. Il ne me l'a dit que ce soir-là. D'après lui, j'aurais déclaré au début ne plus en vouloir, qu'un seul me suffisait… alors il n'y avait plus pensé.

Mon pire cauchemar se réalisait.

– On a eu une terrible dispute, ce soir-là. Plus tard, je l'ai vu partir avec une valise. Ça m'a rendue folle. Je lui ai lancé à la figure tout ce qui me tombait sous la main. Il ne devait pas s'en aller. Il ne pouvait pas m'abandonner.

Ses épaules se mirent à trembler. Elle enfouit sa tête dans ses mains en sanglotant de plus belle.

– Je ne pouvais pas le perdre, mais il est parti quand même. Il a dit qu'il n'était pas ce genre d'homme. Je ne savais pas où il allait. Je n'ai pas arrêté de l'appeler, mais il ne décrochait jamais. Jusqu'au moment où j'ai trouvé son téléphone, qu'il avait laissé dans la cuisine. Je n'avais plus personne à qui parler, personne pour m'aider. J'ai pensé que c'était la seule chose que je pouvais faire. Personne ne voulait plus de moi. Je ne pouvais pas perdre David, je l'aimais encore, à l'époque.

J'étais paralysée sur mon siège. Impossible de détourner les yeux, mais impossible également d'écouter ça. Je ne voulais pas le savoir. C'était la pire nuit de ma vie qui recommençait. Je ne pouvais rien empêcher. Quelque part, je ne voulais pas que ça s'arrête, je voulais tout savoir, pour comprendre. Il fallait bien que je comprenne, d'une façon ou d'une autre.

Alors qu'elle s'effondrait en sanglotant, je lâchai :

– Et ensuite ? Qu'est-ce qui s'est passé ?

Reprenant son souffle, elle leva sur moi des yeux horrifiés, son maquillage avait complètement coulé et il formait des cercles noirs sous ses paupières. Ses lèvres se remirent à trembler. Pourtant, elle parvint à se redresser, à faire non de la tête.

Je fermai les yeux.

– Je ne savais pas ce que je faisais, répondit-elle.

Mais non, c'était faux. J'allais la contredire quand elle ajouta :

– J'ai complètement divagué ce soir-là. J'avais tué mes enfants dans mon ventre et tu t'occupais de moi. Je souffrais, Sam, mais j'ai préféré garder le secret. Je savais ce qu'ils en pensaient, que j'aurais besoin d'un psy. Seulement ce n'était pas à ma vie que je voulais mettre fin, c'était à la leur, mais tu étais là, et pas eux. Et ils disaient que si je te tuais, ils reviendraient.

Je me pliai littéralement en deux, comme si elle venait de m'inonder d'eau bouillante.

– J'étais folle, Samantha. Je savais que j'avais tort, pourtant, je n'ai cessé de te faire du mal. Je me suis interdit de continuer. Il fallait que j'arrête. Je savais qu'ils ne reviendraient pas, et ils m'ont dit qu'ils me quitteraient encore si je n'arrêtais pas de te frapper.

Mon Dieu ! Elle les entendait ?

– Tu leur as parlé ?

Son visage s'était fermé, comme vidé de toute émotion.

– Je savais que ce n'était pas vrai, que je ne les voyais que dans mon imagination. Mais ils me faisaient du bien. Ils m'aimaient quand même, bien que je les aie tués. Ça ne s'invente pas, ces choses-là !

– Alors c'est pour ça que tu as arrêté ?

Elle haussa une épaule. C'était facile pour elle. On battait son enfant et ça s'évacuait d'un haussement d'épaules. Je n'en revenais pas. Qui était cette femme ? Dégoûtée, je finis par demander :

– Est-ce que tu m'as aimée, à un moment de ma vie ?

– Mais bien sûr, ma chérie !

– Sauf que… ?

Elle détourna de nouveau les yeux, son expression se referma, sa voix s'égalisa :

– J'ai fait deux horribles choses à mes deux bébés. Je les ai frappés, je t'ai frappée, mais j'ai appris de mes erreurs. Je n'aurai plus jamais d'enfant. Désormais, je vis pour James, je m'efforce de devenir une bonne épouse, la meilleure possible, et puis, je sais que ses garçons lui manquent. Je sais bien que c'est à cause de moi qu'ils sont partis. C'est pourquoi j'ai répondu à ton texto. Je savais que tu voudrais passer un marché.

Elle était folle. Inutile d'aller chercher plus loin. Ça, ma mère ? Non, c'était une inconnue.

Elle paraissait très contente d'elle-même.

– Je ferai ce que tu veux. Tu peux revenir. Je te laisserai tranquille. Je ne m'occuperai que de James. Je ne te dirai rien, pas plus qu'à Mason et à Logan. Tu as raison. Ils devraient vivre avec leur père. C'est aussi l'avis de James. Il veut retrouver ses garçons. Il sait qu'il ne pourra pas t'empêcher de sortir avec Mason. Vous pouvez tous vous installer ici. Ça nous va très bien.

Délire. C'était le seul mot qui me venait à l'esprit. Mais j'essayai de faire le vide. Il me fallait encore des réponses.

– Je me rappelle avoir été interrogée par les services sociaux, mais on ne m'a jamais éloignée de toi. Je ne suis jamais allée à l'hôpital. Pourquoi ?

Encore un haussement d'épaules.

– Tu leur as dit que des filles de ton école étaient venues t'embêter à la maison, et que je t'avais trouvée comme ça. J'ai soutenu cette version, et David n'a jamais su la vérité. Il se doutait de quelque chose, je le savais. Mais je ne t'ai jamais plus frappée. J'ai mis tout ça derrière moi, et ensuite la vie s'est bien passée… pendant des années.

– Jusqu'au jour où tu l'as trompé. Encore une fois.

Elle hocha la tête sans répondre. À quoi bon, de toute façon ?

– Et Garrett ? De quoi tu l'as menacé ?

– Oh…

Un sourire, cette fois. Il avait droit à un sourire, tandis que j'occupais à peine ses arrière-pensées.

– Je ne lui ai pas raconté grand-chose. Mais je lui ai dit que je ferais tout pour que tu le détestes. Il ne m'a pas crue, alors je suis allée rendre visite à son ex-femme. Je lui ai dit que Garrett l'aimait toujours et que c'était déjà le cas quand il vivait avec moi. Je lui ai tout dit sur Helen, en la montrant sous un angle tellement négatif qu'elle ne lui permettrait jamais de revenir auprès d'elle, ainsi, il n'aurait pas le droit de te voir. Ça a marché.

Elle émit presque un petit rire de satisfaction.

– Je ne croyais pas que ça marcherait, mais on dirait que si. Il n'a même pas demandé à te voir, Samantha.

Je fus parcourue d'un frisson en l'entendant prononcer mon nom.

En réprimant l'envie absolue de me jeter sur elle pour lui rendre ce qu'elle m'avait fait, je repoussai ma chaise. Je ne sentais pas mes jambes. Ni rien du tout. Alors je préférai me détourner.

Je me retrouvai dans l'allée sans me rappeler être sortie de la maison. J'étais arrivée en voiture. James se tenait devant, en pyjama et robe de chambre. Il faisait la grimace en lisant les titres de son journal. Et il se renfrogna davantage en m'apercevant. Le soleil venait de se lever, je ne savais pas trop quelle heure il était, mais certainement encore tôt.

– Mason et Logan ne reviendront jamais sans moi.

Ma propre voix me surprit tant elle semblait anxieuse.

– Et Helen ferait partir Logan, vous le savez bien.

Il fronça encore les sourcils.

– C'est arrangé, poursuivis-je. Je reviens ici avec eux.

Ses yeux s'éteignirent.

Je continuais d'avancer vers lui, le cœur serré.

– Je ne les laisserai pas non plus s'en prendre à elle.

Cette fois, il répliqua :

– Ils ne voudront pas venir.

– Je saurai les convaincre.

Il acquiesça et se détourna.

– Désolé, Samantha, pour tout ce que tu as eu à subir.

Pourquoi me disait-il ça ?

– J'aime beaucoup ta mère, je voudrais l'aider. Je ne peux plus rien pour ma famille, ni pour mon épouse. C'était ma faute si Helen est partie, ma faute si ma famille s'est brisée. Je ferai tout pour que ça ne recommence pas. Je peux aider ta mère, vraiment. Je l'aime, je resterai avec elle, quoi qu'il arrive.

Il ne se rendait pas compte de ce à quoi il s'engageait, mais je ne répondis pas. C'était sa vie. Son avenir.

Et ma mère allait faire son malheur.

Je ne montai pas dans ma voiture. Je préférai courir jusqu'à la maison.

CHAPITRE 28

– Ton service est terminé.

Heather m'envoya un coup de serviette sur les fesses. Je me retournai vivement pour la fusiller du regard mais captai son sourire.

– Ton beau gosse est arrivé, de toute façon.

Oh !

Malgré tout, ça continuait à rouspéter en moi, on était encore loin de la fermeture, en plus je n'avais pas travaillé vendredi. Néanmoins, en jetant un coup d'œil sur la porte, je fus prise dans un tourbillon de sentiments étourdissants. Mason venait de passer le seuil, l'air bien décidé. Ça me calma. Je ne pus m'empêcher de le suivre des yeux tandis qu'il se dirigeait entre les tables jusqu'à notre coin du fond.

Il respirait l'assurance, la confiance en soi. Comment reprocher aux autres filles de s'interrompre pour l'observer, elles aussi ? Il était beau.

– Écœurants, marmonna Heather. Vous êtes tous les deux écœurants.

– Il est en avance. C'est toi qui l'as appelé ?

– Peut-être bien.

Elle me décocha un clin d'œil avant d'attraper l'assiette suivante qu'elle déposa sur le guichet, prête à être servie.

– Tu ne vas pas me le reprocher ! ajouta-t-elle. Demain, c'est ton premier jour au lycée public. Il faut te reposer, autant que possible avec l'Apollon, là-bas.

– Merci, Heather.

Elle me décocha un sourire étincelant.

– Préviens-moi juste quand tu décideras de leur parler de nos visiteurs de l'autre soir.

Je compris qu'elle faisait allusion aux frères Broudou.

Elle voulait que j'avertisse Mason le plus vite possible, plutôt que de le voir s'emporter pour avoir été prévenu trop tard. Mais je voyais les choses autrement, je préférais livrer un seul combat à la fois. J'avais déjà assez à faire pour convaincre Mason et Logan de retourner vivre chez leur père. Ça m'avait pris tout le week-end, et je n'avais toujours pas obtenu de réponse. Et voilà qu'arrivé à ma hauteur, il me prit la main, l'air de dire, « j'espère que tu sais ce que tu fais ».

– Bon, lança-t-il. On retourne à la maison.

– C'est vrai ?

J'allais me jeter dans ses bras, mais il me retint.

– Attends, c'est juste parce que tu as raison à propos de Logan.

Ça me fit quand même rire. J'avais réussi. Helen les avait appelés tous les deux dès le lendemain pour leur dire qu'ils avaient le choix : vivre à Los Angeles avec elle, ou la voir revenir à Fallen Crest. À quoi j'avais répondu à Mason que si Logan s'installait avec elle, je me retrouverais seule et sans abri l'année de terminale. Alors il s'était radouci. Je compris qu'il faisait ça pour moi.

– Merci, murmurai-je en renversant la tête en arrière.

– Tu veux ma mort, gronda-t-il. Je me remets dans la merde pour toi.

D'un doigt, je montrai que je lui offrais mes lèvres. Qu'il s'empressa de couvrir avec un petit rire. Et je me laissai emporter. Me saisissant par la taille, il me souleva de terre pour me jeter sur son épaule.

– Mason !

Il me tapa sur les fesses.

– Logan a commandé la pizza. Si on n'y est pas en vingt minutes, on n'a pas fini d'en entendre parler.

Il n'y avait que Logan pour compter le temps d'une pizza. Je me débattis.

– Allez, lâche-moi !

– Nan. Tu pourras pointer sa sortie, Jax ?

Sa voix retentit derrière nous :

– D'accord ! Et ne faites pas de bébés.

Mason frémit sous moi. Ça me rappela son expression lorsque je lui avais dit que je serais en retard au travail, et je pouffai de rire. Il me tapa encore les fesses.

– Ce n'était pas drôle. J'ai vieilli d'une année ce jour-là.

Bien fait pour lui.

– Lâche-moi ! S'il te plaît !

– Nan.

Ce fut ainsi qu'il m'emporta jusqu'à sa voiture, pour me déposer à l'intérieur. Il alla jusqu'à boucler ma ceinture, puis à la rouvrir lorsqu'on se gara dans l'allée de Nate. Il coupa le moteur puis se tourna vers moi, sauf que j'avais déjà sauté dehors. Je me mis à courir vers la porte, mais il me rejoignit en deux enjambées, et aussitôt je me retrouvai sur son épaule.

– Mason ! Ça suffit.

– Logan m'a dit de te transporter à la maison, alors je te transporte. Il a l'air super excité pour je ne sais quoi.

– La pizza ?

Je le sentis hausser les épaules alors que nous traversions le patio du devant.

– Aucune idée. Tu le connais. Plus une idée est bête plus elle le séduit.

– Mais…

Mais il ouvrit la porte et se retourna. Un chœur éclata :

– SURPRISE !

Je restai bouche bée devant la foule rassemblée derrière un Logan qui nous ouvrait les bras.

– Joyeux anniversaire, Sam !

Parmi tous ces gens, Becky m'adressa un signe.

– On a une semaine d'avance, non ?

– C'est pas vrai ! m'écriai-je

Je frappai Mason dans le dos pour qu'il me laisse descendre. Il se mit à rire et me reposa à terre. Le sang m'était monté à la tête, alors il me garda contre sa poitrine. Mais je n'avais qu'une envie : regarder le groupe assemblé face à nous.

Becky et Raz, l'air déjà un peu bourré.

Adam, qui me souriait en agitant la main.

– Tu te rends compte que moi aussi je suis invité ?

Je souris, sans cesser de parcourir chaque visage. Je me détendis en constatant que l'Academy Elite ne faisait pour ainsi dire pas partie du lot, à part Mark. Là, je me crispai un tout petit peu à l'idée de ce qu'il craignait : que sa mère n'épouse David plus vite que prévu. Sauf que ce n'était pas possible. Ma mère et lui n'étaient divorcés que depuis… je ne savais plus. Je ne leur avais même pas posé la question. Je ne voulais pas le savoir.

Mark se pencha vers moi :

– Salut, Sam ! J'ai demandé à faire partie de la fête. J'espère que ça te va.

– Bien sûr…

Ce n'était pas comme si on formait déjà une famille… ou si ? David faisait-il encore partie de ma famille ? Je ne savais plus.

Puis ce fut Lily qui me présenta un large sourire.

– Surprise ! Je parie que tu ne comptais pas me voir ici, mais me voilà ! J'ai pris ma soirée pour partager ton gâteau d'anniversaire.

– Tu es la bienvenue, dis-je avant de me pencher pour demander : Logan a commandé un gâteau ?

La main de Mason se serra sur ma hanche, et je sentis ses doigts aller et venir dans une douce caresse.

– Évidemment ! Un anniversaire sans gâteau, ce serait un crime pour Logan.

– Ah, bon.

Il me sourit :

– Tu n'aimes pas les gâteaux ?

– Bof… je m'y ferai.

– Fais-lui au moins le plaisir d'en manger un peu. Je crois qu'il l'a fait lui-même.

– J'en prendrai deux parts.

– Joyeux anniversaire, Sam ! lança Nate en s'approchant.

– Attends, je passe devant ! cria Logan en se faufilant devant lui.

Là-dessus, il me souleva et me posa sur son épaule avant de se tourner vers le groupe.

– Tout le monde doit lui donner la fessée, à part Mason. Il n'arrête pas.

Il se dirigea vers la cuisine, mais j'eus le temps de voir Nate et Mason échanger un sourire.

Alors que Nate posait une main sur l'épaule de Mason, Logan entra dans la cuisine et je ne les vis plus. Il me déposa sur une chaise devant le comptoir où trônait un énorme gâteau blanc avec dix-huit bougies. Aucune n'était encore allumée, mais un détail m'interpella.

– Logan !

– Quoi ?

Visiblement, il guettait ma réaction.

– Ça ne te plaît pas ?

Deux bougies semblaient différentes des autres.

– Dis-moi que ce ne sont pas des joints.

Il éclata de rire, bientôt imité par toute l'assistance. Et puis le petit ami de Becky se précipita pour les enlever, les essuyer et les ranger dans un sachet en me jetant un regard penaud.

– Il trouvait ça drôle.

Là-dessus, il s'esquiva pour rejoindre Becky, et ce fut elle qui me souffla à l'oreille :

– Désolée.

Logan riait encore.

– C'était une idée mortelle !

– Dommage que tu n'aies pas encore passé le test pour la saison de basket, lança Nate.

– Tu parles, marmonna Logan, soudain pensif.

Sur le moment, on aurait presque cru que ces deux-là s'entendaient bien. Qu'est-ce qui s'était passé ?

Je rangeai la question dans un coin de mon cerveau pour la poser plus tard à Mason, ce fut là que je captai son regard, brûlant de désir et de promesses.

Mon corps réagit au quart de tour et je serrai les jambes. C'était mon anniversaire. Pour le reste il faudrait encore patienter quelques heures. Ce qui ne m'empêcha pas de me lécher les lèvres.

Il me décocha un sourire coquin, et je soutins son regard.

Ce fut Nate qui reprit la parole :

– C'est également une soirée d'adieux, quelque part. Puisque vous allez tous les trois rentrer chez vous.

Logan lui opposa un air béat.

Alors je compris pourquoi il semblait soudain si détendu. Mason rentrait chez lui, avec Logan et moi. On n'aurait plus Nate dans les pattes. À son grand regret, semblait-il.

– Merci de m'avoir accueillie chez toi.

– La maison t'est toujours ouverte, Sam.

Comme il semblait sincère, je lui retournai un sourire tout aussi aimable. Peut-être que ce déménagement permettrait un jour la renaissance des quatre terribles. Ça me manquait.

Lily s'approcha de moi tandis que Logan commençait à couper le gâteau. Elle m'étreignit un instant.

– Heather et toute l'équipe arrivent après la fermeture.

– Ça va faire tard. Tu es sûre qu'ils en ont envie ?

Elle me lança un regard ravi.

– J'ai cru comprendre que Heather allait fermer plus tôt. Elle trouve que tu en vaux la peine.

J'en restai stupéfaite. Ça allait leur coûter cher, car le restaurant était désormais plein tous les soirs. Ce qui en disait long sur sa gentillesse.

À côté de moi, Lily pouffait de rire.

– Quoi ?

Elle désigna le gâteau. Logan n'avait pas coupé de petites parts, il l'avait juste divisé en fonction du nombre des invités. On était neuf, dont six garçons qui reçurent les plus grosses, mais les trois restantes me paraissaient encore gigantesques.

Lily prit la sienne en ronchonnant.

– J'ai pris deux kilos rien qu'en regardant ce truc.

– Tu dois le manger ! s'écria Logan avant de lever les mains. Bon, tout le monde ! J'ai une nouvelle importante à vous apprendre. Aujourd'hui, ce n'est pas l'anniversaire de Samantha. Je sais, je sais ! Ça doit vous paraître très choquant, mais vous vous en remettrez. On va se réconforter tous ensemble. Raz, où sont les joints ?

– Logan !

Son sourire s'étira au point de former deux fossettes.

– D'accord, d'accord ! Non, sérieux, on a prévu de fêter ça une semaine en avance pour mettre Sam sur le cul. Ce dont mon grand frère va s'occuper ce soir.

Il haussa un sourcil en direction de Mason.

– Logan.

– Mais, bon. Je fais ce discours parce que j'ai fabriqué un gâteau avec toutes sortes d'excellents produits naturels. Comme je n'avais pas le droit d'ajouter quelques trucs plus cools, on s'en passera. Paix et prospérité, d'accord, Raz ?

– D'accord.

Il leva le poing.

Ce qui fit rire Logan... avant de s'assombrir presque aussi vite. Après les plaisanteries de rigueur, il prit sa part de gâteau.

– Joyeux anniversaire, Samantha ! Je t'aime. Tu vas devenir ma demi-sœur et peut-être ma belle-sœur un jour mais, en attendant, tu sais que tu fais déjà partie de la famille. Et je crois que je peux parler pour tout le monde ici en disant que tu vas te faire défoncer, ce soir !

Il leva son gâteau devant lui :

– Salut à Sam la défoncée !

Tous portèrent leur toast. Puis ils essayèrent de chanter *Joyeux anniversaire* sans fausse note, après quoi Logan et Mark embrayèrent sur *In Da Club.*

Moi qui avais déjà la gorge serrée, je me détournai. Je n'allais pas me remettre à pleurer.

Deux bras m'entourèrent, à la fois minces et doux. Becky sur ma droite, Lily sur ma droite. Elles me serrèrent contre elles l'une après l'autre avec de gentils sourires.

– Joyeux anniversaire, Sam !

– Merci, les filles !

Je leur tapotai l'épaule en baissant la tête, incapable de retenir mes larmes.

Ce fut là qu'on sonna à la porte.

Logan alla ouvrir et revint avec cinq boîtes de pizza. Il les posa sur la table, ouvrit les couvercles, dégageant ainsi d'excellentes odeurs. Des assiettes en carton, des couverts en plastique et des serviettes en papier nous attendaient déjà.

– Servez-vous, les kids !

Et Nate annonça :

– On a de la bière, du soda, je crois… et d'autres boissons dans le bar dehors.

Les garçons sortirent les premiers, suivis des filles avec leurs assiettes pleines. On s'assit autour des tables et Nate fit office de barman. Il s'assura que tous les verres soient remplis.

Tout se passait bien.

Je n'aurais jamais cru qu'on pourrait s'offrir une telle soirée. Pourtant, les plaisanteries fusaient, personne n'avait l'air de vouloir massacrer son voisin. Même quand Becky vint s'asseoir à côté de moi, j'en fus heureuse. Elle s'était conduite comme une véritable amie lorsque j'avais besoin d'elle, j'espérais qu'elle le resterait, même si ce n'était plus aussi intense entre nous. C'est Lily qui m'étonna le plus. Elle avait un sacré sens de l'humour, lâchant régulièrement des bons mots. Le reste de l'équipe Manny's nous rejoignit deux heures plus tard. Anne s'assit à côté de Lily et elles se mirent à papoter devant une Heather amusée.

Plus tard dans la soirée, lorsque Mason me rejoignit au lit, je lui dis en souriant que j'avais adoré cette fête.

Il se glissa près de moi et posa la tête au creux de ma nuque en soupirant. Ses mains commencèrent à me caresser sous les seins et il me garda ainsi, contre lui. Puis il murmura :

– C'est parce qu'on t'aime tous.

– Tout se passera bien, dis-je, déjà gagnée par le sommeil. Toi. Moi. Logan. Même Nate. Nous tous. Et Heather.

Son corps tremblait derrière le mien alors qu'il se rapprochait encore.

– Oui, tout se passera bien.

– Promis ? dis-je alors qu'il m'embrassait dans le cou.

– Promis.

– Même avec les familles ?

– Même avec les familles, assura-t-il en commençant à me bercer. Dors bien, Samantha. On a école, demain.

– Je t'aime, Mason.

Il m'embrassa encore dans le cou, puis sur l'épaule.

– Moi aussi, je t'aime. Dors, maintenant.

– D'… ac… cord…

Et je m'endormis.